疾行记

王新宪 著

华夏出版社

自　　序

常说"人生如梦",我说人生如书。

是啊,人生来如同一部"无字书",随着年岁、阅历的增长,才渐渐变得深沉而厚重。待到年迈体衰,似乎又是一个轮回,"书"变得简约乃至消逝,这似乎也印证了辩证法则。笔下是曾经的过去,如同褪色的底片,我试着耐心擦拭一遍,让它们重新清晰生动起来,借此回馈与我们事业同行的领导、同事和朋友,或许还能给"纪实""事故"一类弥补点缺憾。

没有疾残,就没有今天的自己。

我不满周岁就染了脊髓灰质炎,从此,走的路就像是倾斜的。人初始动力是原生态的,哲学家培根说"是自卫的本能","自强"当属后知后觉了。小时候,我常被街上孩子嘲笑,他们在背后追喊"地不平呀""一二一!"跟着一摇一晃模仿我走路的样子。因为走得慢,有路人嫌挡道就骂,"死瘸子,闪开!"我走路很小心了,还是几乎天天摔跤,一条新裤子没穿几天,两膝盖处就磕破了,伤痛我能忍,可这心里难受啊,那年代吃穿都不宽裕,只觉得挺对不起父母。自己很清楚不如别人的地方,自卑但更多的是无奈,可从来没有埋怨之心。生我养我者，最不希望眼前这样的是亲人，病残落我身上，那痛却深深刻在父母心里。

上中学后，同学们推荐我当一班之长，有了点被"尊重"的感觉，也显现了一些"用处"：到初中毕业时，一个全校出了名的落后班，拿到了市里颁发的"先进集体"奖状。荣誉之下我很快又成了学校的"累赘"，继续念书的同学走了，我没有升学的机会；分配了工作的同学走了，我也没有就业的机会。

后来工作了，有一次与认识的人一起开会，人坐在对面，眼睛盯着我的脚好一阵子，"嗤"的一声捂着嘴笑了。一刹那，感觉"自尊"再次被踩到了脚下。你想想，熟悉的尚且如此，其他人还用说吗？不过，也真要感谢种种"非文明"的遭遇，它一次次地激发起我的"愤量"，心底里迸发出来的强烈"不平"感，驱使我寻找改变自己的道路。

我走入社会算早，从不足16岁的"重体力"劳动者开始，不觉间已近半个世纪，始终在"一亩三分地"里圜转，难免孤陋寡闻，也确成了某种缺憾。幸好，遇上了变革图新的年代，记不清多少人的悉心扶助，与之风雨同舟互携而行。因此，该书从狭义说"写自己"，其实是我看到的历史演进中的人间巨变，而这里最生动的是亲人、同志和朋友……即便如此，我也不想叫它作"回忆录"，希望少一些沧桑感，那叫"记"吧，这样和记忆、记载什么的都有关系了。对过往的事情可以溯本追源，却不可篡易。还有，这里没有多少文学语言，读起来枯燥也是难免的了。

名取《疾行记》，我想至少有三重寓意：一曰，身为残疾人，一晃六十余年，负"残疾"匍行，万千感受唯有自知；二曰，是改革开放让人们感悟"时间就是生命"，迎来了"奋勇当先"的新时代；三曰，站在要担当的岗位，为事业负"责"而行，兄弟姐妹之困苦感同身受，迫使我行事"疾步快走"，唯恐怠慢误苍生。

走过的这些年，对我生命轨迹影响至深的，是父母的教育和社会的磨砺。对我耳濡目染的，是他们那种不求人、不算计、不虚假的性格。同事说我有北方人的豪爽，容易相信人，又具有南方人的细腻，做事注意过程。我虽然不乏"细心"，似乎又没有鲁迅先生说的"南人的优点是机灵"，这成了自己的盲点，情愿把生活往简单里看，那点单纯亦是性格使然。

感谢我曾经的老师，帮助自己塑造了新的"健康观"和"幸福观"。记得在大学读书时，伦理学讲的传统幸福观，是"久旱逢甘露、他乡遇故知"，更有"金榜题名时、洞房花烛夜"，这当然都是人间乐事。可是，同在这块土地上的残疾人，面对幸福和痛苦、尊重和歧视、从肉体到灵魂，与常人感受有着天壤之别：每天身体的折磨，会让人失去残存的那一点点生的欲望；当得到别人帮助时，又可能要付出舍弃隐私的代价；羞辱虽游离于肉体之外，可它对灵魂的摧残，使人锥心之痛达到极致；残疾，可以使人从雄心万丈的巅峰坠落到万念俱灰的深渊。同时，你也想不到，残疾人坐在轮椅上，别人看到的是禁锢，但比起卧床不起的，他们感觉是迎来了"走出家门"的自由；听不到声音的孩子，他们把对天籁之音的想象，描绘为一幅幅五彩缤纷的画卷。"盲人点灯"真的白费蜡吗？不是，那是照亮了自己好让别人不要碰着，是自身安全的最低需求……

人在世上，对生命的感受竟如此不同。

从自在到自觉，这种社会意义上的转变，是到残联的岗位以后。我有了这些机会——聆听中央领导同志关于残疾人事业的深刻阐述；

学习邓朴方同志的论著《人道主义的呼唤》，切身感受到事业开拓者们的政治智慧、崇高理想和道德追求；还有张海迪、史铁生等残疾伙伴们不甘沉沦、自强奋进的故事……这些，使我能够逐步去理解残疾的哲学精神，领会人文关怀的深刻内涵，思考人类为什么要孜孜追求生命的终极意义。

书中没有什么解密档案，也难寻奇闻轶事。在它的时间纬度里所呈现的，从1966年到20世纪末，跨越了"文化大革命"的劫难、从拨乱反正到改革开放、向市场经济破冰转轨、中国特色社会主义道路的新探索……按顺时针讲述的一个个小故事，可以让人们感受到近半个世纪以来布衣百姓的悲欢冷暖，探解人道主义事业的初衷，感触国家在曲折中进步的脉搏，这些细枝末节，一一构成了追寻中国梦的珍贵记忆。

对未来憧憬的描绘，更多是年轻人的事了，他们知识萌新，思想敏锐，视野宽阔。希望该书可以帮助青年人更多地了解过去、更好地掌握自己的未来！

目　录

—— 上　　篇 ——

"复课闹革命"　/3

"学工""学农"的日子　/9

不讲"人道"的道理　/13

失学，待业　/16

当上工人了　/19

青年突击队与读书小组　/25

插片机　/33

火村工作队　/37

当"先进"的代价　/43

工友情不会天上掉下来　/46

父亲的"怀疑"　/50

政工组的"累活"　/54

不一样的锻炼　/61

企业全面整顿 /65

变局中的厂领导 /71

党校与华南师大 /74

囧境遇好人 /79

民政福利厂，她的历史贡献 /82

"君子之交"同志情 /85

"在游泳中学游泳" /88

全国福利生产改革工作会议 /92

解困房二三事 /96

两难之择 /100

第一次出境 /103

众推手，伤残青年协会 /106

元岗余晖 /111

一代人之情感 /115

——下　篇——

"上级要求成立"的组织 /123

"三人行"理事会 /127

你知道"他们"有多难 /131

"主动申请"残联主席 /136

"靠自己站起来" /139

从"爱心满花城"到远南运动会 /144

"老烟民"退伍了 /156

敢为人先的事业排头兵 /159

康复，多少人的期盼 /163

就业，"按比例"的破冰 /173

夯基础，"咬定青山不放松" /177

"无障碍"与地铁1号线 /183

从"花园慈善月"起行 /190

难题，"机动车"的导与疏 /195

迈步再跨越 /202

启蒙，走出去与请进来 /206

血脉浓情 /215

残疾人和自己的组织 /223

学习、学习、再学习 /231

说"风气" /235

南音唱晚 /238

挽留 /243

开局"三个一" /245

"27号文件" /249

给市长"开小灶" /251

争创全国"示范" /254

公开信，来自省委书记 /257

"起死回生"的学校 /259

手术车与"视中行动" /263

"残工委"的户口 /267

工作抓上去是"硬"道理 /272

"鼓与呼"的力量 /277

赶上了"末班车" /280

新官理"旧事" /283

"国忠"之终 /286

事业"情"缘 /289

送"战友" /292

想再说几句话 /295

—— 外　篇 ——

为《残疾人事业理论研究丛书》作序 /301

残疾人居家服务之我见 /303

进展与缺陷 /308

提高理事会工作效率 /313

与青年同志谈"三个基础" /319

知善　知义　知理 /324

青春为理想而歌 /328

诚如生命 /330

荣誉与责任 /333

给力"县残联" /335

不再"忐忑" /336

说长道"短" /338

未了的责任 /339

见面能留三分情 /341

颠倒了的价值 /344

说法治思维面对的障碍 /346

小学往事 /357

怀念卓大宏教授 /361

马仔 /364

文"痣" /368

有爱无碍 /369

后记 /374

上 篇

当年,我无缘从"初中"再往前走一步,"中学生"的身份,定格在了1970年的7月。后来近二十年的日子,是在福利企业里度过的。

"复课闹革命"

1968年秋,我离开了先后两次就读的文德南路小学,到离家仅仅一里外的学校上初中,这就是广州市第二十五中学。

学校,坐落在老城区的中心,处文德路西侧、文明路南面。学校前身为"大埔同乡会",始建于1925年。在抗日战争时期,曾作"广东省女子师范学校",抗战胜利后又改称"华南中学"。1955年,正式编定为"广州市第二十五中学"。2010年,合并到文德北路的第十三中学。

入学的那年,因"文革"的原因,已经停课很长一段时间了,由于学校秩序刚刚恢复,延迟到了11月初才正式开学。这要追溯到1967年6月8日,《人民日报》发表了毛主席"复课闹革命"的重要指示。11月26日,《人民日报》再次发表社论,强调"大中小学校都要复课闹革命"。到1968年秋,虽然大部分学校已经复课,但此时正值"文化大革命"的高潮,政治运动一波接一波,大多数人不由自主地被裹挟前行。作为学生,我们当时也想弄明白:是为了"革命"而复课呢,还是复课为了"闹革命"?有趣的

原广州市第二十五中学教学楼

是在40年前，鲁迅曾对广州中山大学的学生呼吁"读书不忘革命，革命不忘读书"。想想，这会是一回事吗？

当时，中学只设了初中部，我所在的教学班按序列编为"一连三排"，共有55名同学，其中男生27人、女生28人，分别来自文明路、文德路和回龙路的三所小学。我们的班主任是王玉琴老师，驻班工宣队员先是李永攀师傅，后来是陈定兰师傅。课室安排在老楼的二层，第二学年又移到了东侧新楼的首层。

新学年伊始，校方提出了第一个要求：每个同学都要自己动手做一个"忠字牌"。做法是用约25厘米宽、40厘米长的硬纸板做底子，外面裱糊上彩色花纸，上方贴上毛主席的头像，下方再嵌上一个巴掌大的"忠"字，这就算符合要求了。"忠字牌"制作完了以后，还要进行全班级评比，谁做得精美别致或有创意，除了老师给予表扬外，还能获得在全校陈列的"荣誉"。此外，学校还有一项硬性规定，就是人人要做课间操，作为每天的"规定动作"，而课间操又分两种形式，一是普通的广播体操，二是手拿"红宝书"跳集体"忠字舞"。

从1969年开始，广州市中学的语文、数学、物理、化学和英语等课程都恢复了，还增加了如"农业知识"一类的课，内容有农业"八字宪法"，教授农机、化肥和农药的使用方法等。这时候，"文革"已经进入第四个年头。我仅存下来的几篇当年的语文作业，虽说是管中窥豹，也能让人感受到当年的燥热和喧哗。

这是1969年6月写的一篇作文，题目叫《胸怀朝阳干革命　大风浪里炼红心》。同年10月，又写了《工人宣传队好！》，用了两千多字的篇幅，讲述学校一年来各方面的变化，但内容与题目没有太多联系，通篇充满华而不实的豪言壮语：

时代的列车，朝着毛主席指引的方向，奔腾呼啸，滚滚向前！

革命的航船，沿着毛泽东思想的航道，乘风破浪，高歌猛进！

经过无产阶级"文化大革命"战斗洗礼的广州市第二十五中学，在毛泽东思想的光辉照耀下，人换思想校换装。在伟大祖国成立二十五周年的大喜日子里，全校革命师生更是精神焕发、斗志昂扬，以跃进的姿态跨进二十世纪七十年代，在新的一年里取得更大的胜利……

我在作文《七·二三布告发布的日子》里写道：

天刚泛白，一阵急促的敲门声把我从梦中惊醒，开了门，是一个同志通知我们早上去开会，他说还要通知别的家。我望着他的背影，心中猜不知又有什么重要的事儿。

我回到学校，跟着队伍往越秀山体育场的方向走。队伍走得很快，我开始还可以跟上，走不多远就掉队了。到中山五路口，我已经是满身大汗，双腿发软几乎抬不起来。

各单位的队伍高举红旗陆续进场了。重型机器厂工人走那么远的路不怕辛苦到这里，充分显示了工人阶级最听毛主席的话，雷厉风行执行无产阶级司令部的战斗号令。无产阶级专政的坚强柱石——人民解放军列着整齐的队伍全副武装进来了，雄赳赳气昂昂，为我们有这样的革命队伍而感到自豪，让一切帝修反在我们面前发抖吧！工人阶级最可靠的同盟者贫下中农过来了，他们对毛主席有无限深厚的阶级感情，长年累月战斗在农业第一线，他们不愧为抓革命促生产的模范。各行各业的队伍还在不断地进来……

大会在庄严的《东方红》歌声中开始了。省革命委员会副主任孔石泉同志宣布大会开始，顿时全场响起了热烈的掌声。孔政委宣读了中央委员会关于山西问题的布告。山西省是我的家乡，对那里的问题我怎能不格外关心呢？当听到一小撮阶级敌人制造的反革命罪行时，我恨得咬牙切齿，全体革命同志也被激怒了，不断高呼：打到一小撮阶级敌人！巩固无产阶级专政！

愤怒的口号响彻了越秀山麓，使阶级敌人胆战心惊。七·二三布告大长革命人民志气，大灭帝修反威风，是对阶级敌人疯狂进攻的有力、坚决回击，它不但适用山西，而且适用全国。我们一定要牢记毛主席关于"千万不要忘记阶级斗争"的伟大教导，提高革命警惕，狠狠打击一小撮阶级敌人！

大会在《大海航行靠舵手》的歌声中结束了。

按照毛主席提出的"无产阶级必须在上层建筑，其中包括各个文化领域中，对资产阶级实行全面专政"的号召，在学校布置的功课中，"指鹿为马"的文章我也写过。比如《鼓吹的是什么东西——评毒草歌曲〈在松花江上〉》，全文共两千字，仅摘录开头一段，就可以看到是如何牵强附会、无限上纲，来体现所谓"革命的批判性"的：

《在松花江上》以"九·一八"事变为历史背景，作于抗日战争初期。但是，这个作于一个如此伟大的抗日战争中的文艺作品，却丝毫没有歌颂人民战争和表现中国人民同自己的敌人英勇斗争不屈不挠的英雄气概，而用凄凄惨惨的声调，把中国人民的伟大形象刻画成跪倒在敌人脚下、忍气吞声的亡国奴。这是一株狂热鼓吹国民党"亡国论"和资产阶级人性论的大毒草……

这些当年"高大上"的语言，我没有原创的水平，基本上是从一些报刊、广播和文件中引用、改造过来的。在狂热的洪流中，没有人能独善其身，这种文字上的极端更不值一提了。要知道，当年人们不像现在人们提到那段历史时么平静，而是争先恐后积极投身"革命"，要当不掉队的"革命造反派"。

当然，是不是"革命派"，也不是自己就能说了算，别人要根据"实际表现"，来鉴定你是属"革命派""保守派"还是"骑墙派"。在珠江园院区里，凡是面积最大的住户，都要退出一间房，让住房困难的职工入住。我家住进来的是一对新婚夫妇。裴叔叔与父亲观点基本一致，他的妻子徐老师和母亲同属"另一派"。他们经常在客厅争论不休，甚至在厨房做饭的时候也会争论几句。幸运的是，我们两家人几年下来都相处得很好。可笑吗？当时可是认真的。你看看 1968 年第一期《红旗》杂志《对派性要进行阶级分析》的文章吧，就引用了毛主席的话"党外有党，党内有派，历来如此"。同年 5 月，两报一刊社论《乘胜前进》又提出"派别是阶级的一翼"，从理论上阐述派性的"客观性、正确性"。当然，在"派性斗争"中，也有动机不纯粹的，在对老干部使狠劲的人中，既有出于对"修正主义"的公愤的，也有因私怨而借机发泄报复的。

1970 年的夏天，马上要初中毕业了。7 月 3 日的那天，我参加了入团的"通表会"，介绍人是冯老师和阿容同学。同月 27 日，与其他同学一起正式宣誓加入共产主义青年团，下面是"誓词"中的一段：

我是在毛泽东思想哺育下成长起来的革命青年，是毛主席忠实的红卫兵，我坚决、迫切要求加入中国共产主义青年团。今后我决心更

疾行记

高地举起毛泽东思想伟大红旗,自觉接受工农兵的再教育,彻底改造世界观,决心在中国共产党的领导下,执行党团的决议,履行团员的义务,密切联系群众,做名副其实的共青团员!

我们的时代是革命的时代、战争的时代,勇挑中国革命和世界革命重担是时代赋予我们的光荣而又艰巨的战斗使命!我决心发扬"一不怕苦,二不怕死"的无产阶级彻底革命精神,当大跃进的闯将,为彻底埋葬帝修反而奋斗终生,下定决心,不怕牺牲,排除万难,去争取胜利。

我坚信我们的事业是正义的,紧跟伟大领袖毛主席,胜利一定属于我们!

这段誓词是全市统一的还是学校自己的,今天已难以考证。不管怎么说,它也成了上个世纪六十年代学校生活的特殊印记,给许许多多同龄人留下了难忘的回忆。

思之得

有人说"秀才造反十年不成",也有人说"莫道书生空议论,头颅抛处血斑斑",所谓见仁见智。"文革"十年旷世浩劫,付出的是两代人的痛:中壮年,是旧中国的过来人,他们迎来了新社会的巨变,正年富力强厚积薄发;青少年,是新中国自己培养的知识大军,风华正茂正当时——可惜,多少青春年华被不期而至的"极左"思潮吞噬了。

相信历史不会简单地重复,但是我们不能忘记曾经发生的过去。

上　篇

"学工""学农"的日子

在初中的两年里，我先后参加过四次"学工""学农"的活动。不说当时是什么政治背景，对我们这些稚嫩懵懂的学生来说，这成了走出校门看社会的人生第一步，能够与工人、农民朝夕相处，切身感受"锄禾日当午，汗滴禾下土"的辛劳，"接受再教育"也确有裨益。

先说第一次"学工"。开学后不久，同学们就被分成了两拨，一部分到农村参加秋季农作物的抢收，我和其他同学在工宣队李师傅带领下，到了地处三元里的广州市蓄电池厂。三元里，这个地名大家都很熟悉，1841年第一次鸦片战争期间，当地103个乡民众反英侵略的英勇斗争，就发生在这块英雄的土地上。

该厂生产的是工业用蓄电池，是当年市里为数不多的工业名牌产品，也是每年举办出口商品交易会的外贸产品。进厂后的第三天，厂长生动地给我们讲述了企业的发展史：就在脚下这块城北郊荒芜的土地上，通过十多年艰苦奋斗的历程，由几十个人发展到几百名职工的中型企业（以当年规模），从人工操作的笨重劳动到半机械化、全机械化生产，使我国此类蓄电池产品从原来单纯依赖进口，到不仅满足国内需要还成为出口的驰名商品，这巨大的变化实属不易。

在车间劳动中，让我感到最难受的就是浓烈的硫酸味，刺鼻呛喉得厉害。刚几天工夫，有的同学就不见踪影了，我坚持了下来。在"学工"结束前，我写了一篇约两千字的"学习小结"，工宣队的同志看过后，认为写得挺认真的，真实反映了"学工"思想认识，于是将它贴在了工厂的宣传栏上。

"小结"以"最高指示"开头，引用了两段当时使用频率很高的毛主席语录："看一个青年是不是革命的，拿什么做标准呢？拿什么去辨别他呢？只有一个标准，这就是看他愿不愿意、并且实行不实行和广大的工农群众结合在一起。""学生也是这样，以学为主，兼学别样，即不但学文，也要学工、学农、学军，也要批判资产阶级。"

三元里人民抗英纪念碑

"小结"的内容表述，自然脱离不开当时的"文革语言"，剖析自己的言行也多有自觉"上纲上线"，毕竟刚跨进中学校门才两个月呢，思想行为的幼稚也就不足为奇了。但是，里面也蕴含着本质的，而且对后来很重要的东西，那就是崇尚学习的精神和不怕吃苦的精神，说得更具体些，就是要使自己做到"学习靠自觉、进取有动力、吃苦能忍受"，这些成了我人生路上起步的垫脚石。

工业大道南端的广州市橡胶一厂，是我第二次"学工"的地方。它是广州市的重点大厂，主要生产"钻石牌"自行车轮胎，是当年我国主要的轻工业出口产品。

我被分配在硫化车间的质量检验组，这里是产品包装出厂前的最后一道工序。我们的到来实际上是给工厂添了麻烦，虽然帮不上什么忙，但工人师傅依然对我们很热情。这里有一点和蓄电池厂很相似，就是车间的气味很难闻，每到硫化机开模出半成品时，整个车间都弥漫着"臭鸡蛋"味，呛得人喘不过气来。

在"学工"期间，个别同学突发奇想地提出：为了向老工人学习艰苦奋斗的精神，要从家里步行到工厂，或从厂下班后步行回家，每天必须走这么一回。我也好强，心里想："你们能走我也一样可以走。"从文德路到工业大道的金沙路，按当年的城市面积，几乎是跨过了半个海珠区。早上起来步行回厂是来不及了，我选择了下午放工之后，走慢点回家晚了也没关系。话虽这么说，走起来还是很累的，我想抄个近路，跟着同学在小巷里绕来绕去，这些地方从没来过，连方向都弄不清楚，结果是越走越远。还好，当时体力充沛，竟也坚持了下来。我现在回想起来是觉得挺可笑的，但这也不经意间成了润物无声的磨炼。

到了学工结束的时候，轮胎检验组的师傅送给我两本小红皮书，是"老三篇"和《毛主席哲学思想选编》。当我偶尔拿出来翻看的时候，工人师傅的音容笑貌，仿佛从过去的黑白照片里又浮现在眼前。

"学农"的地方是在花县（今为花都区）的松江村和巴江村，我们还曾在县农业中学旧址里住过。在计划经济年代，出于"备战、备荒"的需要，十多年来粮店卖的都是陈米，不知道在粮仓里搁了多久。凭"购粮本"的定量，每市斤卖 0.146 元，价格十多年不变。到农村后，我们没想到的最大快乐，就是能吃上当季下来的新米，煮熟了是亮白油润香喷可口，没有菜也能落肚三大碗，我当时真是在想，怎么会有这样好吃的白米饭啊！

整个连队五个教学班中，数我们班是最"理财有方"的。我和小何、小杜都来自文德南路小学，我们仨负责全班的伙食采购。在农村的那些日子里，每天早晨约莫7时许，同学们还在呼呼酣睡，我们已经浅一脚深一脚地走到了赤坭镇的集市。这几个人里我的经济条件算好的，带着同学进了喧闹嘈杂的茶楼，把肩上的挑子一撂，给每人要一碗排骨汤粉，每碗卖1角5分钱。那俩同学已经饿得急不可待了。等小店伙计端出来，只见厚实的土瓷碗里，铺满了新鲜排骨，雪白的米粉上泛着一层香喷喷的猪油，哎呀！真是肥而不腻爽滑可口。饱食过后，我们就蹲地倚墙闭目养神了。

"朝食"一过，南方的广东已经艳阳高照，脸上感到火辣辣的。地摊上本来水灵灵的毛瓜、白瓜和绿生生的通心菜、白菜等等，开始奄拉发蔫了，这时卖菜的老乡也越发着急，还得赶回去干农活哪。噢，时机到了，我向俩伙伴递了个眼色，讨价还价的"游戏"开始！他们论斤论筐地计较，我在旁听着，感觉到接受的底线了，点点头，就把一个摊档的瓜菜全买下来，我们悠然打道回府，农民兄弟也满意而归。

还有一招，就是和村里的知青们发展友好关系，用我们手里的粮票、油票与他们直接交换农副产品，"以票易物"，这在马克思的政治经济学里是没有的。双方各得其所，对我们来说不光"物美价廉"，而且就地取材，省了往镇上跑的奔波辛劳。

很快到了"学农"的最后一天。

我指着草棚木架子上装油盐酱醋的土瓦罐，问那俩"伙夫"同学："这些怎么处理啊？"既拿不走，又不舍得留下送人，于是做了个人穷志短的决定：把剩下的黑砂糖、粗盐、菜油，一股脑儿全倒进正熬着红豆粥的大铁锅里。到开晚饭时，大家嚷嚷起来了："哎呀，这粥什么味儿，怎么又甜又咸的？！"我们赶紧和盘托出，大家听后竟都领情也不埋怨了。不是吗，难吃也比没吃的好，何况落到肚子里谁也没吃亏啊。

唯独我们这个班，凡是交8.5元（全月伙食费）的同学都退回了2元，真是皆大欢喜。带队的工宣队长陈定兰师傅很惊讶，她疑惑不解地问我："其他班级还要加收好几块钱的伙食费，你们班竟还有钱退？"听了这话，我心里一阵得意。

思之得

如果抽象地说向工人、农民学习，是不会有人站出来反对的，问题是学什么、怎么学？这看法就多了，想必也不是一两句话能说清楚的。我觉得，应该学工农身上本质的东西。

那时候处于朦胧的年龄，还谈不上思想觉悟这一层，学"工农"随大流而已，充其量算体验社会生活罢了。当然也不必刻意必妄自菲薄，积极的因素还是有的。从大面上说，当年脱离了学生的实际，以荒废学业为代价，成了"形而上学"的积极实践者，方向当然就南辕北辙了。

不讲"人道"的道理

作为"十年动乱"那段历史的亲历者，四十五年后，我在机关纪念"五四"青年座谈会上回忆道：

我记得"文革"年代的那一幕。

老干部被"革命造反派"在家属院游斗，他们双手被墨涂黑，细铁丝深深地勒入老人的脖子，下面拽着沉重的铁牌，强迫他们边走边敲锣喊："我是大黑手！"正值广东七、八月间的酷热天，他们脸憋得发紫，一步一蹒跚，汗水滴到滚烫的水泥地上顷刻无影无踪。我当时并不知道他们的"罪行"是什么，只是内心强烈感觉这是在羞辱、折磨人。真不明白，平日斯文和蔼的"叔叔阿姨"，怎么一夜之间变得这么狠？！

马路上，不时见到衣着褴褛的尸体被捆在电线杆下，他们是被人诬为"监狱跑出来的劳改犯"，然后被活活打死的无辜普通百姓。那是人性泯灭的年代，我们的作文里从不单独使用"善"字，因为那个年代它是贬义词，与"虚伪"同义！

我上面说到的"打劳改犯"是一起发生在广州的"暴民事件"，时间是1967年的夏天。8月11日前后几天，据说是广州"文革"期间死人最多的。那些天街上谣言四起，不知道始作俑者是谁，蛊惑说"公安系统把在监狱的犯人放出来了"，还有更耸人听闻的："粤北监狱的犯人都跑出来了，他们要来报复广州人！"一时间，惊恐情绪迅速蔓延，全市各处的锣声、敲打脸盆声"嘭嘭"大作，临街居民自发在路口筑栅设卡，逐一盘查"可疑"的路人。

不知有多少人度过了这不眠之夜。到了第二天即12日上午，我经过珠光东路菜市场时，看到路北的木头电线杆下围了一圈人，神情木然地在议论什么。我走过去踮起脚往里一瞧，不禁倒吸了一口气：地上躺着一个40岁左右的壮实男人，一身旧的黑粗布衣服，上面沾满了泥土，双手被麻绳捆着，肿胀的脑袋淌着黑褐色的血，看上去人已经没有气息了。

曾有人点算过，仅离我家最近的德政路到文德路这一段，看到的尸体就有8具！据当年一些见证人回忆，中山七路、中山八路、连新路、教育路、万福路、惠福西路、沿江路，甚至远到郊区的芳村、白鹤洞，都能见到尸体。据有关部门的不完全统计，在这三两天内被活活打死的平民有200人左右。

呜呼哀哉！这些冤魂至今不知向谁索命？当年那些下手的人有负罪感吗，真是天晓得啊。

这时正值"文革"发动的第二年，广东省、广州市的党委、政府基本瘫痪了，正道来的消息没有了，群众的惶惶心态正好与谣传相契合。能怨市民幼稚妄动吗，这是当时盛行"怀疑一切、打到一切"、社会秩序混乱的直接恶果。你想一想，堂堂国家主席突然成了"叛徒、内奸、工贼"，广东省委的权被"一月风暴"刮走了（发生在1967年1月22日），广州市公检法系统也被砸瘫了。试想，在一般老百姓脑子里，还有什么不会发生的呢？！

凡学校的全体师生大会，几乎每次都是以阶级斗争、路线斗争为主题，"闹革命"仍然是学生的主课。每所学校都要在老师、学生中揪出"阶级异己分子"，在学校的批斗大会上，被诬告者，百口莫辩；整人者，随心所欲。人们都沉浸在一种莫名的兴奋中，唯恐自己不是货真价实的"革命者"。记得来自文德南路小学的两个女生，印象中她们个子偏小身体瘦弱，平日寡言少语。据说在她们书包里发现了写有对学校不满的纸条，在学校多次批斗后，她们被押到了粤北农村监督劳动。她们那年才十四五岁，就成了这场梦魇的牺牲品。

思之得

　　一场浩劫，对发动者和被发动者来说，都是人伦悲剧。他们的共同之处，如鲁迅所指：是"将人生有价值的东西毁灭给人看"。

失学，待业

　　1970年初夏，已经快到毕业的时间了。一天下午，我被同学叫到了教室东面拐角的楔形空地。这是我们课间常嬉耍打闹的地方，同学们戏称这儿为"别有天"，碰上迷信的人，一定不喜欢这"晦气"的雅号。

　　班主任王玉琴老师已经在那里等着。她看着我，神情忐忑地说："因为你的腿不方便，学校没有同意你继续念高中。"老师沉默了一下又说，"知道这样对你不公平，但我左右不了这事，也很无奈，希望你不要难过。"我当时感觉很突然，心里有种说不出的难受，委屈的泪水在眼眶里打转儿。

　　在这个学年，我被推为一班之长。经过大家憋足了劲的努力，我们这个全校几乎最落后的班级，成为当年学校的先进集体，拿到了广州市革命委员会颁发的奖状。这多不容易啊。即便这样，学校也没有念及这"苦劳"例外开恩让我继续上学。

　　我难过了一段时间后，也渐渐释怀了，不就是不让上学吗？已经是这样了，那就找工作吧。我向父母提出，想到一家较为熟悉的国企单位，当一个电话接线员。我觉得自己的腿虽不方便，但口齿还算伶俐，坐着工作与健全人没有两样，算是个不高的"合理要求"。

当时，我主要是担心因眼睛近视体检不及格。体检的那天一大早，我急匆匆走到南关电影院对面的车站，乘5路公共汽车到了沙面东桥，下车后径直到复兴大街，在门诊部对着的江堤上，拿着视力表认真地看啊记啊。当天的体检还挺顺利，回家的路上，我心里琢磨着什么时候能上班。

不久后的一天，父亲下班回到家里，脸色很不好，低着头沉默了好一会儿才对我说："单位的军代表不同意安排工作，说领导干部要带头不走后门。"母亲在旁，她的眼睛一直盯着我，没有说话。我看得出来，父母心里是很难过的。当时，我想去的单位已经实行了军管，主事的是军代表。

事情就这样过去了，父母没有为我再做新的努力，估计他们是怕再碰钉子了。

到8月的一天，珠光街道的同志找到家里来了，说他们那儿缺一个会计，征求我的意见。当时，我说不出什么原因，可能就是提不起兴趣的缘故，没有答应下来。又过了一段时间，北面楼的肖阿姨知道我待业在家，上门游说了一番，想让我帮她加工软塑玩具。因为住在一个院子里，自己有点磨不开面子，心想反正闲着没事就去吧。至此，我就这样开始了"劳动人民"的生涯。

加工地点设在黄家大巷里，这是一户华侨家庭，老式楼房首层的客厅都不敞亮，地面铺的是暗红花阶砖，这里成了临时的加工作坊。我干的活，是用最小号的眉笔和缝衣针做工具，给玩具娃娃画眉毛、点眼珠子。说起来还挺有趣，这些模具注塑出来的玩具胚，加工后成了一个个可爱的小精灵。每当玩具加工到一定数量后，就用大号尼龙编织袋装满，肩扛到沿江路人民银行前，再乘4路公共汽车，到西华路的塑料玩具厂交货。我当时干的活不算少，但工钱是象征性的，少得可怜。

街道还拉我参加一些临时性的工作。一天晚上，街道组织我们上门进行防疫检查，要求居民扎破手指，在小玻璃片上留下验血的样本。在前面的几户人家还算顺利，不料到桥商街的某户，一女子伸手让医生扎了一下，血刚从中指尖挤出来，她"哇"了一声，就瘫倒在地上。我被这情景吓得愣住了，我看过小说描写"见血封喉"的情节，就见这点滴血，整个人竟然昏死过去的，还是第一次遇见，在场的医生把这叫"血晕"。

实践，这就是生活里的实践，极普通的常识一旦缺少了，人的感觉就是虚脱苍白的。

思之得

在《宪法》都失去权威的年代，人们学习的权利、劳动的权利，实际上都掌握在他人或"组织"的手里。

公平与正义，是现代社会的核心价值观。公民权、人权观念的接受，是后来拨乱反正、思想解放的重要成果，它对建设社会主义法治国家，产生着深刻、长远的影响。

当上工人了

在街道打"散工"六个月后，来到了1970年的岁末。广州市革命委员会下发了一个通知，要求市民政局承担起市革委会交给的任务，将近200名应届毕业的残疾学生，集中安置到其下的福利工厂。可能是家住在东山区的缘故，我被分配到地处东山口铁道旁的广州市东升电器厂。

当年，属于广州市民政局管理的福利工厂共有十二间，大致分为化工、机械电器、木材制品、缝纫制衣和其他等五个行业，主要产品有二十八种。据《广州市民政志》资料记载，当年创建这类工厂的目的，是为了组织市内残疾人、城市贫民、烈军属和荣复转退军人等民政对象实现就业，借此摸索社会福利事业发展的途径。

至今，我还保留着老厂子的一张旧信笺，上面印着"地址：东山署前路关园4号，电话：776259，供销电话：751531，电挂1346"。东升电器厂的前身，是市社会福利五金制品厂，成立于1958年5月28日。建厂初期，厂址设在广州市维新路340号，即现在的广州起义路165号址。1959年9月，搬迁至东山署前路关园。1965年1月，因试制交流电焊机成功，并成为厂主要产品，经上级批准，更名为广州电器五金制造厂。当年建厂的手续是严格完备的，由广州市民政局申报，经市计委正式批准成立。

话又回到了当年的12月，根据市革委会的有关要求，市民政局将我们集中在华宁里小学，办了一周的学习班，讲啥内容我完全忘了。记得最后一天是在民政局四楼礼堂，召开学习班总结会。学员阿关第一次在这样的场面表决心，显得很紧张，话说完了，离开时一下子把桌上的话筒绊倒在地，惹得会场"哄"的一阵笑声。

当上工人了，我成了工人阶级的一员啊，心里有股捂不住的高兴劲儿。在二十世纪六七十年代，"工人阶级领导一切"是最具权威的口号，能当工人就有发自心底里的满足，特别是在全民所有制的单位，还有些莫名的优越感。

第一天进厂是什么情景，我没有印象了，记得在民政局集中后，我们是二十多人一起乘车到厂的。在车上，我仅与身旁叫"马仔"的青年聊了几句，没有与其他人搭讪。无论如何也想不到，在40年后为了纪念这位我最早认识的、憨厚的伙伴，我在《三月风》杂志发表了一篇回忆文章，题目就叫《马仔》。

一进厂里，感觉整个厂子真像个小社会，当时还没有"社区"这词，各车间可以说就是社区里的街道、胡同。我被分配到制造电器产品外壳的车间，当时也叫"箱壳班"。为什么当时许多工厂都把车间叫成"班"呢？我想是与提倡"全国人民学解放军"有关，当时许多学校、企业、农场的内部，设班、排、连，成了一种"革命"的时尚标志。

我的班长叫黄秀珍，她是个热情正直、快言快语的女强人。副班长是冯巨流，腿有残疾，人挺温和厚道的。他们相当于车间的正、副主任，既是车间里说一不二的指挥者，又是通情达理的带徒师傅。

我所处的生产环境是很艰苦的。南方夏天的热，那叫酷热，室内温度常常超过人的体温，外面是四十多度，把沥青路面都烤化了。车间内几乎没有通风设备,靠几台大功率风扇"呼呼"地吹,浑浊的空气被它来回搅拌着,弄得人头昏脑涨,温度却一点没降下来。待到了又冷又潮的冬天,又是另样的难受。车间的墙壁、机器设备和工具材料等等,能看到的东西都是冷冰冰的,它们把活人身上那点暖气都吸走了。我们实在熬不住了,就偷偷把废旧棉纱点燃,烤一烤那冻得生痛发硬的手,耳朵、脚趾经常长冻疮,又痛又痒难受极了。

只要开工的电闸一合上,车间噪声始终在80分贝以上,相距半米就听不清对方说话,把"震耳欲聋"用到这儿一点不夸张。地板上横七竖八的角铁、槽钢等型材,剪切后薄钢板的锋利毛刺,稍不留神就会把人绊倒或扎伤。每天下班后工作服沾满铁锈、油渍和汗斑,用毛巾往鼻孔一抠,能带出两个黑圈,全是工业粉尘。

生产柱上油断路器缸体、电焊机和变压器箱体,是厂里的重活脏活。我有时候累得两腿发抖,站都站不住了,顾不得难看一屁股坐在地上,实在是干不动了。师傅在旁看着,谁不辛苦呢,他毫无表情地劝道:"来吧,抽根烟提提神,这口气就歇过来了!"就这样,我从16岁开始,因"生计"所迫成了真正烟民。起初为了省钱,抽七八分钱一包的"百雀""电车"香烟,转正后工资高了些,就买贵一些的,像两毛多的"丰收"这一类,已经算是享受上好烟了。

开始干的钣金工活儿,每天挥动铁锤不止上万次。约一年后,我感觉右手老是酸痛无力,于是到东山区人民医院就诊。我询问大夫是什么毛病,他捏了一下我的右手肘关节,又看了看我后问:"你是做什么工作的,有没有长时间的机械动作?"哦,医生的话马上使我明白了。医生知道原委后说:"用手强度太大,关节过早劳损了。你想好得快就打封闭针吧,但会很疼,你忍得住吗?"我茫然地点点头。医生把我的右手向内作弯曲状，拿着比一般针头都要粗的针头，直接扎到肘关节的骨头缝里，哎呀太痛了！我眼泪都出来了。

一段时间后，班长分配我在车床加工柱上油断路器的缸盖，每个有三十多斤重。有的同志说，这么大的缸盖在一米多高的车床搬上卸下就够累了，加上老车床运转震动又大，如果稍不注意，就会出事故。又因为自己走动不灵活，干起来更吃力，但我考虑到艰苦的工作正是锻炼自己的好机会，虽然累一点，还是一声不吭，坚持完成了生产任务。

这是我当时记下的另一工种的劳动感受。

话题转到中午时分的厂食堂，在这里，劳动者度过了短暂放松的快乐时光。工友们自觉地排着队，这里头有管理人员借此时机拉着职工说公事的，有打诨说笑的，也有绷着脸就等着填肚子的。食堂每顿收1角5分的菜金，提供没有油腥的青菜、三片薄得透光的肉片，大米是粮店专卖的，都是仓储了多年的陈米，这些都没有人抱怨。

工人阶级也有"觉悟"不高的时候。食堂大厅里经常有职工嚷嚷，源头是"分配不公"，彼此关系好的，伙房师傅"高抬贵手"多抖动一下，饭盒就多落得了一片肉。觉得吃了亏的人，指着食堂的小窗口骂："妈的！等着吧，你们生的仔都没屁眼！"哎呀，这话骂得是够毒的。

骂归骂，其实里面的师傅还是挺尽力的，为改善伙食也绞尽了脑汁。我举一例：他们从市场低价买来北方人叫"下水"的猪大肠，不嫌腥臊难闻反复刮洗冲净，沥干水后抹上老抽酱油，再放到柴火上慢慢烤，熟后只见色泽金黄油亮，入口甘肥香脆，成了职工极爱的荤食，取其雅号"假烧鹅",这是"短缺经济"逼出来的招啊。

南方的中午,无论寒天暑地,职工都习惯眯上一会儿。午饭后,大家都在第一时间抢占车间的凳子"据为己有",我不好意思多占,就将三张二十厘米宽、三十厘米长的"日字凳"相对拉开点距离,头、身和脚各垫一张,就靠这两巴掌宽的小凳,半悬着身子躺下竟也睡着了。

我还有一些"自我放松"的时候。厂里开例行的职工大会时,我觉得无聊了,就将工友名字编成打油诗来取乐儿。偶尔生病医生给了假条,我舍不得在家休息,就到文德北路中山图书馆借阅《红楼梦》《西游记》《牛虻》等新华书店没卖的书,回来就和阿洪、小任这些"文学青年"讨论书中的章节内容、诗词歌赋,来比试、"炫耀"自己的阅读能耐。

其实,我在图书馆借阅最频繁的还是技术书籍。比如苏联在卫国战争前出版的《工模夹具高级教材(中文版)》,是当时国内能看到的也是工艺水平最高的教科书了,里面从简单模具到复合模具都有系统、翔实的介绍。由于书不能外借,遇到难题就得去查阅,我对馆藏这类书的索引早已烂熟于心。有些常用的技术书籍,在新华书店还是比较容易找到的,比如我身旁备用的《机械制图》《五金机械手册》和《钳工手册》等等。

当工人手里出活儿是最要紧的。车间交给的生产任务,我大多都能提前完成,余下的工夫就去帮助别人。有时候任务很紧,也不会太急躁。黄秀珍师傅常对别人说,"新宪什么时候都咁老定"(粤语,镇定的意思)。也不奇怪,中学时班里同学都已经叫我"新伯"了,我当然不愿意有这个"称号",无奈那时已经有点少白头,加上又是班长，老师经常在外集中学习，遇事我得拿出主意。

时间到了1975年9月1日，黄师傅接到通知，要调到喷漆班当班长了，我在当天的日记中写道："工作需要，厂部决定自己从今天起担任班长，此事的确出乎我的预料，一点思想准备都没有。自己在这个车间工作四年多了，可是对管理的事注意得不多，许多问题都是门外汉。困难是有的，但有一条，就是组织上决定了的事，须先照办，并办好。我想有一天，当不需要当班长的时候，再写一篇略长的日记，谈谈收获和想法。"

20世纪的七十年代，是计划经济的鼎盛时期，老百姓戏称社会上有"三件宝"：医生、司机、猪肉佬，和他们拉上关系好处多着呢，医生可以无病开出假条、司机可以用公车帮拉私货，肉铺师傅能多给些肥肉、杂碎什么的，他们都能给亲戚朋友带来"实惠"。车间有的人干活没有啥积极性，借口说厕所"客满"，跑到厂外的公共厕所，逛一圈个把小时才回来，连厂长也觉得奈何不得，这厕位"供不应求"也是实情。有的还经常"装病"，到记账的延安路卫生院弄假条，这些成了一些职工长期心照不宣、乐此不疲的准"福利"。

那时候工人眼里还有一种"实惠"，就是停电。20世纪七八十年代，广州严重缺电，工厂实行每周"开四停三"，而且供电局还会随时拉电闸。当隆隆轰鸣的车间突然静下来时，工人们欢声鹊起，这意味着可以歇啦，甚至能回家了！可是当用电恢复了，他们又拼命把耽误的活抢回来。这种现象着实令人费解，在这"特殊的年代"，人们的心态往往是扭曲的，但工人师傅身上的责任心和是非观念，对自身行为起了压舱石的作用。

思之得

"工人阶级要在阶级斗争中和自然界的斗争中改造整个社会，同时也改造自己。工人阶级必须在工作中不断学习，逐步克服自己的缺点，永远也不能停止。"

这是毛主席说过的一段话，自己还是普通工人的时候，就反复学习过。从唯物主义认识论的观点看，通过周而复始的学习与实践，来改造自己的主观世界，实现自我革新、自我完善，在与时俱进的当今显得更为重要。

青年突击队与读书小组

黄立新，厂长兼党支部书记，职工都乐于叫他"黄叔"。黄叔在厂里的资格老，很受大家尊重，处事"有牙力"（粤语，说话顶用的意思）。早在1958年，东升电器厂的前身——社会福利五金制品厂成立时，黄叔已经是这儿的负责人了。他很支持年轻人变革创新，在困难的时候总是给我们打气，给我留下了深刻的印象。

进厂的时候，团支部几个委员都已经是老青年了。1973年，我接任团支部书记后，很快就成立了青年突击队，基本上是厂里的青年积极分子参加，也有像卢师傅那样的老团干，队员都能吃苦，颇有战斗力。突击队每周组织义务劳动1~2次，清理车间、仓库搬运、矽钢片卸车和突击安装电焊机等等。大多都是在职工下班后连续干，一直到晚上的八九点才结束，周日临时有任务就要马上回厂，大家也没有太

疾行记

多的怨言。

当然，即便大家有积极性，思想工作也是要走在前面的。1976年的春节期间，我在2月3日的日记中写道："春节将过。今年自己有进步，用了几天的时间，访问了老工人、青年工人、干部等三十多户人家，了解了不少情况，加强了联系。通过此事，我深感过去工作做得太不够了，圈子搞得太小，对毛主席的话学而没用，怎样相信群众、

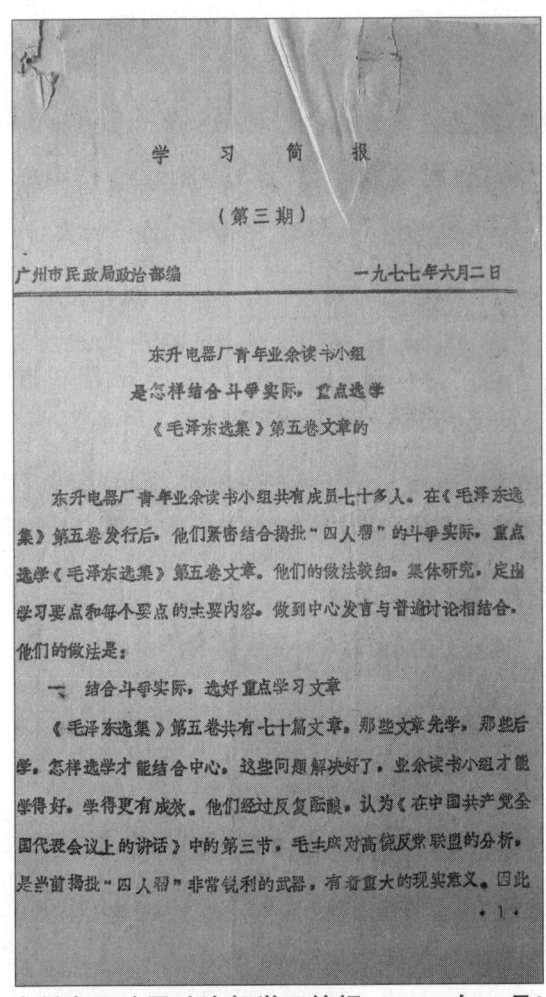

广州市民政局政治部学习简报（1977年6月）

发动群众，想得很少，怕不只是认识问题，和世界观也有很大的关系。能否真的做到亲者疏、疏者亲？"

1977年6月，民政局政治部编印的《学习简报》登载："东升电器厂青年读书小组共有成员七十多人。在《毛泽东选集》第五卷发行后，他们紧密结合揭批'四人帮'的斗争实际，重点选学《毛泽东选集》第五卷文章。他们的做法较细，集体研究，定出学习要点和每个要点的主要内容，做到中心发言与普遍讨论相结合。"

读书小组成立于1973年，由厂团支部发起，也是从这一年开始由我担任团支部书记。读书小组最初仅有十几人，后来不断发展到近百人，占全厂青年人数近80%。与此同时，团支部还自办刊物，取名《青年生活》。青年工人投稿热情很高，思想评论、长短诗词、散文小说和科普知识等等，各种内容和体裁都有，文风也挺生动活泼，有些作品放在现在，即便中文专业的研究生，也未必都能达到这样的水平。刊物从1974年开办，一直坚持到1978年，刊出了近50期。

作为学习提高的一种途径，我也参加了投稿，如《青年生活》第1期（1974年12月）有一篇我写的短文《谈谈对困难的态度》：

你当过学生吗？想一想，那时候最常见是什么困难呢？你大概会掰起手指数：功课多来又不会做，和同学、老师关系有时不够好啰……

现在呢？你可能又会觉得以前的困难有点微不足道了。踏入社会后，接受了新事物，然而也带来了许多新问题。正由于缺乏毛主席所说的"阶级斗争和社会生活经验"，有的同志对一些问题就感到惊讶，怎么会这样！有的陷入沉思，为什么呢？有的着急，到底怎么办哪？问题解决不了即成困难，有的同志百思不得其解，苦恼，影响了学习，也影响了工作。比如，学政治理论或业务技术，有的同志觉得自己笨，学了也记不住，加上身体条件限制，心急又自卑。

据说清朝乾隆年间的词曲家叶奕绳，小时笨得很，边学边忘，后来狠下决心，不怕别人嘲笑，把要学的写在纸上粘在墙上，日夜对墙苦读死记，这就是古人说的"粘墙细读"。如今许多像大庆王铁人式的优秀工人，文化低，通过刻苦学习，就能攀上理论山，拿下技术关！新中国工人钢铁般的决心和毅力，昔日的苦学寒儒岂能比拟。不过倒给我一个启示：只能通过努力学习与实践，而绝不是"天才论"所谓的"特别灵"。

有青年朋友问：怎样才能搞好同志间的团结呢？人民内部一定要团结。然而，人民内部也有是非问题，在原则问题上，要出以公心，站在党的立场上，该批评就批评，该斗争就斗争。如果搞折中，面面俱圆，只能是害了同志，又害了自己。

任何斗争都是要付出代价的。为了坚持原则，暂时受到一些讽刺打击、非难和冷落，正说明斗到要害了。为了革命的利益，心里是非常坦然的。当然和老好人的"群众关系"相比是逊色了，然而前者才是真正的群众关系。

种种困难，多而复杂，一篇小文，先谈到此。总的来说，"我们的同志在困难的时候，要看到成绩，要看到光明，要提高我们的勇气"。毛主席这一教导是我们对待困难的根本态度。

在整个局系统中，我们厂青年业余学习是组织最严密、参加人数最多、学习内容最系统，也是坚持时间最长的。之所以能做到，充分体现了组织者的毅力和智慧。

有一段时间读书小组处于低潮，仅有一半的人坚持下来，有些学习骨干见状想放弃了，主张人来多少算多少"听其自然"。团支部的几个核心骨干，在经历这些曲折起伏后没有泄气，而是通过认真总结经验，寻找青年学习教育的规律，改进创新学习方法。他们在总结中提到："青年人学习具有许多特点，如：喜欢政治道理简单明确，讲述一针见血，不啰啰唆唆；喜欢时间安排适当，使他们能统筹安排私人事务；喜欢增长各种各样自然科学与社会科学的知识；喜欢安排严谨又具有突击性。"四个"喜欢"是摸索出来的，真可谓实践出真知。

随后，读书小组从具体环节入手：首先是抓住骨干、巩固核心。由原来5个后来8个学习积极分子组成骨干组，分别由他们带领8个学习小组，他们带头先学一步，负责辅导、答疑工作；其次是制定学习计划，研究思想动态；再次是做好思想工作，具体帮助到个人。具体方法有六点：一是分期学习，每期学习12节（每周1节），每期学习结束放假1个月，以消除长期学习的疲劳感觉，并有消化、复习的时间；二是在放假期间，骨干组制订下一期的学习计划，做好工作安排，不打无准备之仗，以保证学习质量；三是建立考勤制度，克服学习散漫现象，保证学习秩序正常；四是组长负责，克服管理不细致现象；五是分散讨论，提出问题，目的是经过小组讨论，共同吸取明白的部分，提出疑问的地方，促进思考；六是分析解答疑难问题。

当时的学习内容，也涉猎很广。有革命导师的经典著作，主要是哲学、政治经济学领域，其他学科涵盖了文学、历史、地理、天文、医学等等。负责讲课的青年人都认真准备，引用的材料很丰富，这样大家才爱听，并即便用现在的眼光去评价，水平也是蛮不错的。学习内容里的社会科学、自然科学基本知识，成了那个年代精神上的"有机"食品。

疾行记

年轻人，激情与生俱来，青春就是燃烧的烈焰。读书小组的积极分子小宇，在"红五月"的假期里，伏案疾书，激扬文字，写下了读书小组的学习小结，并即兴创作了《献给青年业余读书小组的歌》（节选）：

　　树上的百灵鸟喳喳叫，
　　青年节的赛诗会开得真热闹，
　　一首首诗一曲曲歌，
　　比得那百灵鸟掩羞飞逃。
　　啊！我不禁唱上一首，
　　献给青年业余读书小组，
　　夸咱们青年业余读书小组好。

　　下班的铃声刚响，
　　我急忙背起我的挎包。
　　"哎，我说小李，
　　你怎么下班就打冲锋，
　　铃声刚响，
　　你就这样往家跑。"
　　老师傅擦着油污的手，
　　对着我直把头摇。
　　师傅的脾气我可知道，
　　下班总是不慌不忙，
　　早上他来得最早。
　　我忙说："师傅别误会，

今天是我们青年学习小组活动日,
要是回家我才不这样跑。"
师傅听罢哈哈笑,
左右摇的头变成上下捣。
"原来是这样,算我没有调查就乱放炮。
快去,快去吧!
你可要认真学好,
明儿回来,
也帮助帮助我开开窍。
哈哈哈……"

看!
十几个青年围坐一堂,
十几双手都捧着学习资料,
十几双眼睛在凝眸思考,
十几个青年都在开动大脑。
集思广益,
这个学习方法真见效。
别看满屋子"臭皮匠",
加起来除三,
这诸葛亮也不少。
十几张嘴畅所欲言,
十几张脸膛眉开眼笑。
你提醒我,

我启发你，
问题越谈越清楚，
认识越学越提高。

祖国的前途，
人类的理想，
国际的形势，
革命的发展，
绝不是没有关心的必要！
青年人的心胸，
不能把这些问题闪抛。
要努力在理论上学懂弄通，
在实践上成为行动的指导。

毋庸讳言，在那个历史年代，读书小组是在"左"的思潮氛围中度过的，学习内容和方式都留下那个时候的印记。客观地看，由于当时工厂企业是处在"政治舞台"的最基层，对上面"抓革命"的事，下面是"云里雾里"不知所以，反倒减少了那些"极端"的影响，让职工能够自发地投入"促生产"的惯性中去。

通过自觉学习和实践锻炼，读书小组中有19人加入了党团组织，39人成为各车间的学习和生产骨干。1976年2月，在市民政工业公司首届团代会上，我被推选为市民政工业公司团委副书记（兼职）。青年突击队、业余读书小组的经历，使我对"坚持"这两个字刻骨铭心，这成为我实践中"知难而进"的不竭力量之源。

> **思之得**
>
> 有研究学者提出，不要把"文革"和"文革时期"等同起来，不要把"文革"的错误理论和实践与这十年的整个历史等同起来，它们之间有联系又有区别。这观点体现了历史的逻辑性和客观性。

插片机

在全国福利企业中，能够生产技术含量较高机电产品的并不多，因此我们厂在省的福利企业中可以说首屈一指，在机电工业部也挂了号，产品基本由国家下达计划统购包销。

从1958年开始，厂最初的产品是内、外卡钳和不锈钢短直尺。到1964年，开始研制生产电焊机和电流互感器。1965年更名为广州电器五金制造厂，仍隶属广州市民政局，生产的BX系列交流电焊机、DGC系列小型变压器，产品大部分纳入国家计划，成为国家和省计划内的机电产品生产厂。1966年9月更名为广州市东升电器厂，由市民政工业公司主管，列入国家机械工业部和省机械工业厅的电焊机定点生产厂。1972年接受广州高压电器厂移交的DW4-10户外高压多油断路器，成为国家定点生产厂。同期产品还有单相高压全封闭式点火变压器、可控硅整流直流弧焊机等。1983年12月经市经委批准，更名为广州电焊机厂，仍隶属市民政工业公司。

1973年初，有一次车间早读学习元旦社论，并结合讨论新一年厂的工作时，一位职工提出建议：小型干式变压器是厂的主要产品之一，省内的销量很大，现在变压器生产任务重，但主要工序全部靠手工，劳动强度大，效率低，能不能造一台自动插片机，来代替人工插矽钢片的工序？安装车间青年陈锡联是有心人，他用好几个星期日画了一张草图，分别向厂党、团支部汇报了自己的想法。

党支部很重视这个建议，立即召集了有关生产、技术人员研究，大家认为设想方案的基本原理是对头的，关键是看制造工艺是否过关。党支部决定把任务交给团支部，要求用业余时间研制，并拨了一笔试制经费。就这样接下任务后，宋卓平、胡作鸿、杨毅、任伟胜等青工陆续参加进来。从一开始大家就进入了状态，几乎每天都自发加班，有的描绘草图、有的开车床、刨床加工零部件，经常因搞得太晚，连夜班公交车都搭不上了，就混进厂里的单身宿舍，随便对付一宿。

当时的确遇到很多困难，比如，没有相似设备能够借鉴，一些制作零部件的金属材料也欠缺，最大的问题是我们这几个青年人中，工龄最长的才二年，最短的是二个月，缺乏基本的机械知识和技术能力，由于没有经验，总体设计上留下了不少缺陷，造成了很多的误工返工。在意想不到的困难面前，我们有些信心不足，试制工作一度处于半停工状态。"后生仔心血来潮"，"等着'啤把'收尾啦"！（粤语，虎头蛇尾的意思）等闲言碎语也接踵而来。

在这个关键的时候，黄叔鼓励我们："有什么困难就提出来，你们解决不了请车间师傅帮忙，零部件解决不了就拿到外单位加工。"这样，我们经受住了各种压力，最终坚持了下来。

一段时间后，我们又听到"雪上加霜"的消息，有人说：小型变压器啊，现在市场上已经饱和了，今后这个产品的任务不多了，插片机搞出来也没有用啦！这些话传到耳朵里，我们几个人的思想又波动了，甚至有了"刹车"放弃的念头。这关口组织观念起作用了，我把上述想法向厂部做了汇报，厂领导严肃地说，为什么要刹车？产品不多也要做下去，敢于革新这个精神不能丢。接着，厂领导在全厂车间负责人会议上，强调了技术革新对企业的重要意义，要求各部门都要支持我们，并指定了厂技术组协助研制任务。

随后，出现了令我们感动的一幕：一些工人师傅主动在下班后与我们研究难题；机械车间师傅帮助加工难度大的部件，如齿轮、螺杆、滑轨线槽等；供销部门的同志外出联系，请加工设备强一些的单位帮助加工蜗轮、伞齿等；有的车间把闲置设备上的电动机借给我们。这一下子，明显加快了研制的进度。

长时间的业余加班，月复一月的苦干，对我们的确是不容易的事。参加进来的同志，三分之二是残疾人，白天要完成自己繁重的活儿，下班后还有如青年团、突击队和批判会等社会活动，说不累真是假话。"寒冷的冬天，大家也干得满头大汗。炎热的夏天，脸上、身上的汗水和油污混在一起。经常是开始干的时候站着，站累了就跪着，甚至是坐在地上干。"这是我记下来的真实情景。由于太疲劳了，有时大家蹲在一起安装零部件，你叫拿螺栓，他给拿了螺帽，你说这里的问题，他答非所问，人呆如木鸡。你看，人都累成了这个样子。

在同甘共苦的五位伙伴中，我入厂比他们稍早，年龄也比他们略大，又是团支部书记，承受的压力也最大。"我深知，自己的一言一行都直接影响到大家的情绪，只有暗下决心努力多干一点，来减轻大家的负担。除了坚持和大家一起突击外，每天我都早早回厂，争取上班前多干些活，中午我也抽空做工。有的同志有畏难情绪，我就耐心做

业余时间研制变压器插片机（1973年）

思想工作，和大家一起学习毛主席的教导，学习大庆工人阶级艰苦奋斗的精神。"这是在日记里写下的。

同年10月，黄叔调到地处北郊长涩的东升电器元件厂，担任党支部书记兼厂长。苏衍怀同志接任后，依然鼓励、支持我们继续干下去。

就这样日复一日，整整一年半业余时间的坚持，在1974年9月14日下午，试机成功！自动插片机造出来了，立刻派上了用场。"插片机试车了！你看，当小型变压器的矽钢片，放进用两个铁板做的'肚子'里，一按电钮，好大力气的马达，竟把传动杆、螺杆、齿轮、偏心轮……都带动起来，灵活的机械手，用每秒一个来回的速度，随着'呲嚓、呲嚓'的声响，准确地把矽钢片推到变压器的内壳里。随着红、黄、绿信号灯的一阵闪烁，哎，机器忽而停了下来，哦，它是等人们来拿已经插好的产品啦。"

这是大家兴奋不已的那幕场景，这一天，靠人手工插片的历史就此改变。

> **思之得**
>
> 这故事已经过去了将近半个世纪。现在来看，当时制造的工装设备，运用的是最简单的机械原理，采用的也是最普通的金属材料和加工工艺。但是，这毕竟是在 40 多年前，靠这样的环境条件，靠这么一些人，最终把事情做成了。我们也因此完成了人生熔炉中的一次淬火。

火村工作队

1976 年，谁都希望但都预料不到，这一年成了史无前例"文化大革命"的终点。

这一年，市民政局党委在全系统组织开展基本路线教育，为了体现对知青工作的重视，把所属的火村果园农场，作为开展路线教育的重点单位。同时，出于培养青年骨干的考虑，从下属事业单位、福利厂选调了一批人，由局政治部主任徐源本带队，组成了工作队进驻农场，从当年 9 月到翌年 2 月，历时半年之久。

火村果园场，在广州市远郊萝岗镇的辖区内，交通虽然有火车、长途公共汽车，但车站离农场都有一段不短的距离，出行并不方便。但地理位置离广州市区近，总算是个不错的知青安置点。因此，除了正常毕业生分配渠道来的，还有带照顾的成分的，比如来自民政系统、省直机关的干部子女等。

农场设有场部，下有基建队、大田队、种植队、养殖队、小工厂等。我和来自民政局所属企业和事业单位的另两位同志，合成一个小组派到小工厂，当时也称"五队"。住宿则和分在"三队"的工作组同志一起。

那时候，不能说我做思想工作没有一点经验，但是做知青的工作，相比做学生、青年工人的工作，完全是两码事。对当时情景有下面的记载：

"我觉得，要改变知青队的面貌，就要做好后进知青的转化工作。但一开始和个别比较后进的青年接触，就碰了钉子。问他们叫什么名字，不吭声，再三问也不开口，反倒听到讥笑、讽刺的声音；开会要求遵守会场秩序，他们不听。耐下心来和他们交谈，除听到粗言烂语外，没有几句正经话。有的还声言不和工作队讲道理，认为工作队是来整他们的，戒心很重。"可见，"文革"的"造反有理""读书无用"和"怀疑一切"，对青年的荼毒有多深。

虽然腿不方便，但与农场知青的"三同"我坚持了下来。除了与知青同吃、同住、同劳动外，每到假日回广州，我就去家访，与家长一起做思想教育工作。

有一次，要找一位青年谈心沟通情况，我和另一位同志白天两次到家里，都找不到人，只好晚上再去，等到11时多，才见上面。此情此景触动了这位年青人，他敞开了心扉，一直谈到深夜12点多，向我们反映了很多具体情况。我们在工作中注意继续帮助他，后来他的变化很大，加入了共青团组织，成了队里的骨干。

还有一次，我费了老劲找到家住得很偏僻的一个知青家里，他又惊讶又感动地说："怎么都想不到你会来我家，工作队同志这么关心，我一定改正错误，争取做好。"小伙子真没有食言，在后来的表现中有了明显的转变。

由于五队和三队离得很近，两个队是合用一个大厨房。我看到厨房的鼓风设备年久失修，就和队友一起对其做了更新改造，减轻了厨房知青的劳动强度。当时伙食条件差，每天都是糙米加青菜，每顿3~4两米饭，隔天有3分钱猪肉，也就是每周只有1角钱肉食。肚里没油水，白天干活累啊，有的年轻人熬不住了。

一天深夜2点左右，突然有人把我推醒："嘿，王同志，吃烤雀仔吗？"一个黑乎乎的东西在眼前晃了一下，我迷迷糊糊摇摇头，又睡了。第二天，我走到一间知青宿舍，感觉怎么有点怪怪的，再仔细看，床全都变矮了！在我的追问下弄明白了，原来他们白天抓了几只小鸟，等天黑后偷偷开荤解馋。他们不敢到厨房去，没火怎么办呢？索性"就地取柴"，他们把自己宿舍里的床腿锯了下来，"野外烧烤"就成了。

我暗暗侥幸：好家伙，幸亏没吃！否则我这工作队同志也"下水"了。

我们到农场的时候，知青新宿舍已经落成有一阵子了，但屋里的窗框一直没装上玻璃。岭南冬天气候是湿冷湿冷的，特别在城外没有建筑物的阻挡，北风呼呼刺骨难熬，连壮实的男青年都扛不住，女知青更是叫苦不迭。我见此情景，主动去找领队的大老李商量：我们设法把玻璃装上吧，这件事是早应该做的。李景华组长很快与场部协调，解决了窗户玻璃来源，紧接着带领小组同志，几天时间就把玻璃全装上了。从这件事开始，队里知青对我们的"戒心"开始化解了。

最初，我召集五队的知青开会，屋子里没几张像样凳子，人都靠着墙根蹲着、挤在门口站着，实在不像开会的样子，他们以前都是这样。这状况不行啊，我脑子一转，先做了个坦诚的检讨："工作队召集开会，却没有凳子给大家坐，是我们没准备好！"以后我们在屋里增加了凳子，人坐整齐了就有开会的气氛，"正常秩序"在无形中被大家慢慢接受了。

阿强和阿鸣，他们俩在队里最不服从"管束"，是让知青队长挺头痛的"人物"。阿强的家庭条件较困难，阿鸣则是干部子弟，这点从他们平时的衣着就能看出来。我在晚上经常到知青宿舍聊天，借此指出他们的毛病，哪怕看到一点点小进步，也及时在场面上表扬。当寒冷天气要来时，我注意到阿强的衣服很单薄，借回厂办事的机会，我托人弄了一张计划内的棉衣票，当时候可稀罕哪，给一个厂统配下来的也没几张啊。凭它我到高第街商店买了一件大号蓝色棉衣。当把新棉衣送到阿强手里时，他愣住了，用手在眼角拭了一下，低着头久久不语。

1976年3月5日，敬爱的周总理去世了，那几天，父母的心情似南方的雨天阴沉沉的，父亲下班回来就坐在客厅，不停地抽烟，话也少了。几天后，我们单位已经准备好了开追悼会，突然接到上面通知说不开了，也没有任何解释。怎么办呢？我和两个要好的伙伴不约而同想到了一块，在朋友家里自设了灵堂，我们默默无语肃立着，一起遥祭敬爱的总理。接着，也就半年时间里，朱老总、毛主席竟先后离去，巨大的悲痛阵阵袭来，大家有种天要塌下来的感觉。

10月初的一个晚上，两个组的同志在宿舍床上盘腿坐着聊天，我摆弄着一部巴掌大的微型收音机，突然，从微弱的信号中断断续续传出"洪湖水呀，浪呀么浪打浪啊……"，久违的歌声让大家惊喜不已，真有绵绵阴雨中突然见到一缕阳光的感觉，苏丽英情不自禁跟着唱了起来，我们赶紧摆手示意她小声点啊，这歌是上面不让唱的。

"四人帮"倒台了！我们和五队知青一起，兴高采烈地集合游行，从宿舍一直走到农场场部前，其他队也先后到了，我见到人们有种难以言语的轻松，欢笑声一片，热闹如同隔三岔五的农村赶集日。

1977年元旦后，工作队的任务基本完成了。毕竟费了不少心力，我没有完全放下心来，回城后又给曾经"帮教"过的知青写信，再三叮嘱他们要遵守农场纪律，安心劳动锻炼。2月间，我意想不到收到一封回信，下面是信的原样内容：

王同志你好

接到一信，我们心甚喜多得你的心情指教，关心教育，我，不少叫我做好工作，不正当事切勿做，但经过你教育后，我尽力学习，感谢你多的通讯帮助，但我文化太小写信不好请为原谅，如有空时间请到来舍下多的教育为要此致。

祝你身体健康

春节俞快

1977年2月11日晚11时25分提
强．鸣合

我看了信以后，感到了一种少有的欣慰和感动。阿强、阿鸣这些小青年，放到现在看就是"调皮""任性"，他们的心地是朴素、善良的，当时他们的表现，多是出于对希望和前途迷茫而"放任、发泄"而已。

我随后又写信，向五队知青干部了解近来的情况，也很快收到了回信，信里面说："非常感谢你们对我们的关心，特别在'困难的时候'，尤其受到鼓舞。目前，队里的工作刚转入正轨，由于电木粉到今还没有，所以，原压塑车间的人力全部投入包装车间，除少数人开机器，大多数都是订盒的。人员、生产到目前为止才叫稳定下来，至于队里的其他方面工作，今后还要逐步来的。相信五队的形势一定会向着'好'的方面发展的，请工作队同志等着好消息吧。"

对我来说，这是一段难忘、很有意义的经历。在1977年3月召开的民政工业公司学大庆先进集体和积极分子代表会上，我讲了这样一段体会：

"在做工作过程中，自己自始至终注意坚持既做教育者，又做受教育者，处处注意学习知青的长处；重调查，对后进青年做认真研究，不凭主观想象；对有反复的青年不急躁斥责，而是耐心分析原因，更细致地做思想工作。在同志们的共同努力下，后进知青都有了不同程度的进步，使队的革命和生产局面有了一些改观，自己从中也受到深刻教育，有了新的提高。通过三个月的锻炼，自己深感到这次确是为自己补了在工厂里难以补上的一课，使自己在改造思想上又有了新的收获。"

唯独使大家很难过的，是与我们一起参加工作队的广州档圈厂政工干部苏丽英，她是从海南回城的老知青，工作泼辣能干，是个很优秀的女同志。她不幸在1981年患癌症去世了，留下了不到3岁的小女儿。我们一起去知青三队、五队工作的同事，每当说起阿苏，都痛心惋惜不已。

思之得

无论是机关还是基层，领导干部的核心能力，体现在善于做"思想"活，缘由是你工作面对的是"活人"而不仅是"物件"。善于沟通思想的人，一般来说，合作系数、包容系数都比较高，在群众中容易站住脚，这比什么都重要。

让被领导者真的心悦诚服，你才可能将"承诺"付诸实现。领导者把话说得再好，不能开花结果，那就形同大街上的"标语口号"，时间长了，剩下的可能就是反效果了。

当"先进"的代价

这是由一个铝制饭盒勾起的回忆。

几年前的一天，我出差办事回到了广州，晚上在母亲住处陪她老人家吃晚饭。回到自己的小家以后，我总觉得弟媳手里的饭盒特别眼熟，有种似曾相识的感觉。

第二天，再回到母亲那儿，我急迫地把饭盒要过来一看，泛黄的盖子上，两行依稀能辨的红字映入眼帘："东升电器厂1972年先进生产者奖品"。哦！这可是我当工人唯一留下的奖品啊，这可太珍贵了。

记得有一年，厂里年终评先进，能评上的大约有十个人左右，我是其中的一个。获奖者除了面子上感觉光彩外，"一等奖"还能获得实物奖励，奖品是一个洗脸盆，当时商店的售价是2元。

厂的总结会开完了，我兴冲冲往自己车间走，当经过冲剪车间时，耳边传来窃窃人语："那脸盆是'双料'的（质量好，售价要贵一些）！"接着是带有点愤愤不平的附和声："让那些捧脸盆的人干活吧，谁还会那么笨哪！""是啊，我也不干了！"又有人跟着发泄情绪。

全年奖励才一个"2元钱"的脸盆，一年算下来每天仅仅6厘钱，当时竟对人产生如此的刺激。我第一次领到工资是普通工一级、月工资额33元。相当长时间里，福利企业工资制度共实行九个种类，分别为：技术工、普通工、残疾工、搬运工、炊事员、司机、医务人员、技术人员、行政人员。我干的活是钣金工，属于重工种，粮食定量为每月33市斤。那年代，省市机关干部无论级别高低，定量都是26市斤，这体现了当时计划供给制度的公平特征。也就因为这样，一些老工人不高兴了，"为啥给你们这么高？一来就拿30多块钱、33斤米，我们进厂时才14块钱、28斤米，他妈的，太不合理了！"雷师傅愤愤不平地说。

1971年厂内工资等级类别表

技术工级别	一	二	三	四	五	六	七	八
工资额	39.00	45.60	55.40	62.50	73.10	85.50	100.12	117.00
普通工级别	一	二	三	四	五	六	七	
工资额	33	38	42	47	50	62.50	73.10	
残疾工级别	一	二	三	四	五			
工资额	30	35	40	45	50			
搬运工级别	一	二	三	四	五			
工资额	39.00	44.00	50.00	58.00	68.00			
炊事员级别	九	八	七	六	五			
工资额	34.50	39.50	45.50	53.50	70.00			
行政人员级别	二十四	二十三	二十二	二十一	二十	十九	十八	
工资额	47.50	54.50	61.50	68.50	77.50	86.50	96.50	
医务人员级别	十九	十八	十七	十六	十五	十四	十三	十二
工资额	40.50	45.50	51.00	56.00	62.00	68.50	76.00	87.50
技术人员级别	技术十三	助理技术员						
工资额	61.00	60.00						

上 篇

我每天都是骑自行车上班，要比别人早近一小时到车间。那年头，工资低、劳动强度大，每天借看病蒙休假条的人不少。我几乎每天都一个样，开工前就得考虑怎么调度好人力，把有某种技术专长的人补充到缺勤的岗位上，保证生产线能正常运转。如果实在找不出人来，就只好把自己给顶上。仅加工电焊机箱壳的系列产品就有十多道主要工序，柱上油高压开关、干式变压器等产品外壳工序也不少。

当车间主管要求技术全面，否则就会受制于人，关键时候还可能让你管的人给"拿住"了。还要有做思想工作的本事，你的安排别人不乐意的话，还得耐心说服开导，而且真要做通思想，要不表面应诺暗里"磨洋工"，到节骨眼了上换不行不换也不行，你更受不了，生产任务不等人啊。

我责任心是强的，在上班路上就开始琢磨厂里的事。有一次，骑着车子想事走了神，经过东华东路铁路岔口时，冷不丁自行车轮横夹在分叉的两股铁轨里，人立马摔在了地上。还没缓过神来，看道口的工人大声喊："快起来走啊，火车要来啦！"我的腿又不好使，赶紧忍痛爬起来使劲把车拽到铁路边上，这时火车轰隆而过，我惊出了一身冷汗。

1975年3月，我参加了市民政局工业学大庆经验交流暨一九七四年先进集体、积极分子会议。会上，我用自己写的讲稿，做了题为《虚心向老工人学习　自觉接受三大革命斗争的考验》的个人体会发言，那时候流行的叫法是"讲用"。也是这一年，我被评为广州市工业学大庆先进工作者，成为广州市工业学大庆经验交流会代表。

1977年3月，我被评为广州市民政工业公司一九七六年度工业学大庆先进集体和积极分子，在代表会议上做了发言，题目是《努力学

习　刻苦磨炼》。5月，被广州市委、市政府评为先进生产（工作）者，出席了广州市工业学大庆会议。9月，又出席了广东省政法系统先进集体、先进个人大会，获"广东省政法系统先进工作者称号"，属于省劳动模范序列。

我心里明白，自己是从民政系统里走出来的，无论到了什么时候，斗转星移依然感情如初，如同幼子对母亲的感觉一样。也可以说，在最年轻力壮的岁月里，我全部力气都用在了公家的事情上。

思之得

　　我自1979年走上管理岗位后，再没有获得过类似的荣誉，这应该是要求不一样了。后来，有种权威提法"评先要向一线工人倾斜"，云云。细想下来，这是近似"异化"的表象，本来就是受表彰的主体，怎么成了勉强的"倾斜"对象呢？它背后的现实是，人们的观念已经悄然发生了变化……

工友情不会天上掉下来

我十六岁开始当徒工，跟师傅学技术活态度是很虔诚的，听老工人的招呼也是发自内心的。

回想这"工人阶级"当时的境况，一两句话还真说不清楚，但明明白白的是，在和平环境里创造的物质财富，是无数的工人、农民和知识分子用他们的心血与汗水浇灌出来的。

那时候，没有尊卑之分的感觉。我曾经半蹲半跪在地上，给老工人挑出脚掌上的铁屑毛刺，在简陋的水龙头下，帮助同伴冲洗眼睛中的粉尘，在拳头和唾沫中平息工友间的纷争……我的其中一个师傅，姓何，干活很卖力气，技术也好，就是找不到老婆，终生"寡佬"（粤语，单身汉的意思）一个。隔三岔五向我借钱，每天下班后百无聊赖就借酒消愁。可也就是这样的老工人，当你有难处的时候，出手帮人毫无二心实实在在。

记得有一年的夏天，我干完一堆活后，躲到了地下室仓库歇息，因为天热时这儿最荫凉，也没人打扰。我刚在木箱上坐下，何师傅急匆匆走了进来，他用手抹了一下脸上的汗就说："喂，安装车间讲嘞，柱上油上盖有四个孔对不上，无法安装。"我心里一惊，工夹具是我弄的，那是尺寸有误！头脑瞬间嗡了一下，有点不知所措。因为孔板是电焊上去的，每个产品的四条焊缝加起来有20厘米长，要用錾子逐个凿开，打磨后重新焊接，再补涂防锈漆、外层漆，这返工付出的工作量很大。但如果处理不及时，影响了总装工序，带来的损失更是难以估计。

"不要想那么多了，我帮你吧！"就这样，他与我一起用了好几个工作日，逐个检查返工，他左手的拇指、食指被砸成了酱红色，也没有说一句责备的话。我那愧疚的心，很长时间也没能放下来。

工伤事故对于一线工人来说，如同看不见的"魔鬼"如影随形，难以完全幸免。当我自己领到五级技工薪酬时，光左手就先后被铁锤砸、砂轮磨和铁板割，留下3处永久性的伤疤。

第一次流血，是要弹直一条约4米长的槽钢，在另一头配合的工友没把住，我右手抡锤砸在左手的大拇指上，砸开一道3厘米长的口子，隐约都能见到骨头了。第二次属"自作自受"，我用食指触摸模具的加工面，想来判断加工的质量，没注意到磨床高速旋转的砂轮还没完全停下来，瞬间把食指盖削去了一半。

工伤就得找医生啊，那年代的医疗体制，现在听起来还真是匪夷所思。

这事缘自第三次受伤。我与刘师傅到海珠桥南的高压电器厂干活，给柱上油电路开关的外壳画开料加工线。刚挤压出来的钢坯半成品还渗着机油，当画完线的钢盖垒到超过人头时，就渐渐出现了倾斜，眼看马上要倒下来，师傅正蹲在那埋头干活，我赶紧一步跨过去，用左手臂紧紧顶住下滑的钢盖，一下子，直径50厘米厚5毫米的钢盖砸在我手臂上，锋利的毛刺划了一道4厘米的口子，鲜血顺着手臂流到了手掌上。

师傅说要带我去医院，我怕耽误了生产任务，坚持不让师傅去。我用右手紧紧捂着伤口，到了河南红会医院，他们只做了简单的包扎，非让我回到有医疗记账关系的医院再处理。结果，我举着还在渗血的手，回到东区人民医院才把伤口给缝上。替我包扎的医生边听边摇头说："这真是的，他们太不负责了，幸好你年轻！"

一天，隔壁的冲剪车间突然一阵骚动，我听到有人惊慌地喊："剪了手啦！"气氛一下子紧张起来，大家都放下手里的活儿跑了过去。在一部剪床刀口外侧，我赫然看到3个白刷刷的手指头落在那儿！

我看着君美同志镇定地捡起断指，用手绢包上，这时又有人喊："快点到伙房拿冰来！"伤者是已经五十多岁的女师傅，她被送到离厂最近的东山区人民医院，当即进行了断指再接手术。

一周后，我再去看望受伤的师傅，她苦笑了一下说："接不上了，昨天医生把纱布揭开，断指像小面粉团似的掉了下来。"就这样，师傅还没退休，她的左手就因伤残提前"退休"了。

我们车间新来的青工小肖，我曾经多次叮嘱过他，绝对不能戴着手套操作机器。年轻人手皮嫩，生怕柱上油开关钢盖上的毛刺割伤了手，偶尔还戴着手套上岗。有一天，真的出大事了：钻床切削出来的铁屑，把小肖的棉纱手套紧紧"咬"住，粗大的钻头把他整个大拇指绞断，连带拉出30多厘米长的肌腱。我从办公室跑到现场看了，场面很恐怖，令人头皮直发麻。

小肖被紧急送往中山医学院，做手术时间很长，他的父母一直在外面等着，俩老人的心紧张得能拧出血来。经过手术，大拇指是接上了，但功能却无法恢复，小肖成了名副其实的残疾人。

还有"另类"的意外工伤，出在同属公司系统的兄弟厂里。在召开全厂大会前，一个青年电工例行去检查调整话筒，本来是很简单的一件工作，但意想不到的事竟发生了，话筒漏电！这年轻人当场触电殒命。

还有不是工伤造成的意外。

打倒"四人帮"普天同庆，我们大家都聚在厂门口笑语欢庆。不知道是谁拿出一串长长的鞭炮，在旁的龙师傅马上接了过去，三两下子就攀爬到厂大门的顶上。这时候，又不知道谁顺手递了一根铁棒，龙师傅接到手后把那串鞭炮缠绕上去，亢奋地举了起来。这时悲剧发生了，铁棒触碰了横在空中的高压线，瞬间电弧一闪，"啪！"龙师傅"啊"了一声，重重地摔到了地上，为防货车的碾压，倒地处还铺了厚厚的铁板，一个硬汉就这样当场死了，身后留下了出生不久的幼儿和年轻的妻子。

工人，工伤的概率就肯定比常人高，他们付出的是企业最高的成本，就是以生命、健康为代价。在那个时候，不能简单地说企业不重视安全或责备个人的疏忽，人是血肉之躯，头痛脑热、年老体衰，安全能力自然下降。当时许多机器设备，也谈不上完备的安全装置，师傅们仅能告诉你一些安全操作的基本动作。我干过这行当明白，真正的安全保障要靠严格的制度和可靠的防护设施，而这些又受当时企业管理水平和技术条件的种种局限。

思之得

长年累月积攒下来的"平民"情，无形中成了防止思想蜕变的"免疫力"。对工人、农民的感情，对百姓的感情，并非无源之水想象而至，它是在血与汗的浸润中滋养而成的。

父亲的"怀疑"

1974年，我参加工作已经过去了四个年头。

有一天，父亲突然表情严肃地问我："你在厂里表现怎么样啊？"在父亲面前，咱兄弟几个都犯怵，我心里不知道老爸想问什么，有点紧张地回答："可以呀，我连续两年都评了先进。""那也不等于各方面都做得好，为什么你现在还入不了党呢？"这是父亲真正想问的，在他心里可能已经存疑一段时间了。我一时语塞。的确，交申请书也有三年了，思想汇报几个月就主动写一次，自己工作也是努力的，可就是没有下文，我的心里也着急。

父亲的疑问，我想还来自一次自己的外出。入厂几年下来，我没有离开过广州市区范围。某天，一个要好的工友小钟问我："喂，你去过广西没有？""没有啊，但我知道，桂林山水甲天下，南粤名山数二樵！"我满不在乎地答道。"我们一起去吧，广州飞到桂林的机票是30元。"小钟有点兴奋地说。现在看这票价，当然是太便宜了，可那时候的青年工人，一个月工资一般才40多元，飞北京机票是90元，也不算便宜啦。

我俩就这么启程了，到桂林、阳朔等地"自由行"，快活地玩了一圈。我们回程时为了省钱，只买了硬座票，还要在衡阳火车站上车。没料到，乘车的人实在太多了，怎么也挤不上去，我只好先从列车的窗口攀进了车厢，然后将小钟拽了上来，真够狼狈的。这是我最早体验到什么叫"要辛苦去旅游"的感受。

出去的时候，没敢跟家里人说，父母常出差，对这几天我没在家也没留意。回来后和长兄聊天悄悄说了，不知道他怎么走了嘴让父亲知道了。父亲很不高兴，训斥我太大手大脚，去玩就花去一个月工资！我心里也挺委屈的："已经挑了个最近的省啰，回来还差点扒不上火车，这够节约啦。"怎么解释都没用，这事给父亲留了个负面印象。

终于在工作后的第五年，1975年10月，由黄君美、劳祝女同志为介绍人，我成为光荣的中国共产党的一员。当时没有设预备期。几年后，在一次和君美组长聊家常时，她笑着说："我见过你父亲，高高大大的。"我疑惑不解地问："是吗，什么时候？""几年前了，来厂里了解你的情况，还让我不要告诉你。"

仿佛是在这一刻，我才明白了父亲平日看我时那欲言又止的眼神。父亲，这就是父亲。

2006年6月18日是父亲节，那天也是个周日。我边做家务边听着广播，无意中，听到收音机里的一句话："人往往记住了别人偶尔给予的好处，却忘记了父亲对我们一辈子的恩情……"听罢，我干着活的手无力地垂下，眼泪夺眶而出。

我不由想起刚上初中的那年，父亲带着我到鹤山县宅梧公社看病的那一幕。

当年，与"文革"如火如荼同步的，是各种"人间奇迹"的涌现："无药麻醉做手术""针灸让聋人开口说话""用石材造机床""针挑治愈瘫痪"……这时候广州也在盛传：某农村有个老中医，能用祖传秘方治愈小儿麻痹后遗症。这是个"久旱逢甘露"的喜讯啊！我突然有了重新回归"正常人"的盼头，心思全在这个"享有盛名"的神秘的老中医身上。见我这样，父母亲显得很犹豫。他们为我的病不知操了多少心，现在会有治愈的可能吗？他们不想让我失望，还是决定去碰碰运气。

父亲领着我，坐上了往鹤山去的长途汽车，在坑坑洼洼的沙土路上颠簸了一整天。傍晚，在宅梧公社的一个乡村小客店落了脚。踏进简陋的小房间，只见一张粗糙的小桌子，发黑的木架床上铺了张汗渍斑斑的竹席子，墙上斜挂着顶发霉的蚊帐。太累了，父亲说了句"睡吧"就躺下了。没多久他又坐了起来，拿煤油灯往前一照，身体的侧面现出点点红斑。这一整夜，我们让小臭虫咬得无法入睡。

第二天早上，我们在当地人的指点下，终于找到了那个村子。我让这位颇为"传奇"的老中医看过,他开了一贴谁来都一样的方子,全是些用来蒸熏泡洗的草药。在回广州的路上,父亲背着足有半人高的大麻袋,这些中草药重量不轻,正值盛夏,酷日当头,从小村里一直扛到车站,父亲满脸憋得通红,汗水渗透了衬衫。当时乡间的班车很少,中途上车更不会有座位了,父亲已有较重的高血压病,在闷热狭小的车厢里,被前后乘客紧紧挤着,傍晚才回到了市区里。

我还记得,每周总有三四个晚上,住在家属院的干部到家里来谈工作,父亲总是热情接待,耐心听取意见,然后既是解释又是开导,真是苦口婆心。他分析问题、说服能力都很强,我在隔壁房间做作业,常无意间听到他们的谈话,可以说,父亲是教我做思想工作的第一个"家庭老师"。

父亲生前只留给我两件物品,一块他戴了二十多年的手表,一件穿着机会不多的半新毛料大衣,再没有其他的东西了。但是,父亲的教育和影响,让我走到了今天,老人家给予我的这些,此生受用不尽!

思之得

父亲看我的眼神,常常浮现在我的脑海里。这世间真的没有后悔药,当老人走了以后我才刻骨铭心地感悟到,父爱是那么的深沉,他对你说过的话不一定都对,但对你的爱却是一定一定的。有这样负责的父亲,是人生可遇不可求的幸运。

政工组的"累活"

"文革"期间，原有的党委、政府机构被"砸烂"了，全省最高行政领导机构——省革委会，下设了政工组、办事组、生产组和外事组等办事机构，企业也上行下效，无论工厂架子大小也都叫"组"，厂部一般设政工组、生产组、技术组、供销组和财务组等。说到我们厂，是政工组与厂领导同处一室，背景出于当时的政治环境，是"特殊性"和"可靠性"，把政工组排了在前面，让我们享有与书记、厂长一起办公的"待遇"。

当年，厂部办事机构人事安排是：政工组组长黄君美，生产组组长谭显南，技术组组长张善林、副组长黄飞，供销组组长吴仕週、副组长钟卓君，财务组组长欧丽生、副组长袁连发等。这几个办事组都挤在同一层楼办公，说话声音大一点谁都听得到，管理部门之间也常有扯皮摩擦，但氛围还是挺和谐的。当过空军教官的黄飞口才很好，经常在出差回来后宣讲路上的趣闻，比如关于建三峡水库的传闻，说一旦溃坝武汉等长江沿岸大城市将会毁灭，等等，大家听后既兴奋又紧张。

1976年7月，我脱产担任了厂专职宣传干事。政工组的主要工作有：党务、劳动工资、人事档案、奖励惩处、宣传教育、计划生育、工青妇、工会等。两年后的1978年11月，我担任厂政工组副组长。

黄君美同志是政工干部的模范，她做事一板一眼，党性观念很强，从不计较个人得失，每天都早来晚走，是那一代人任劳任怨的缩影。工会干事苏章玲，原来在东莞的国企工作，是一个勤勉、正直的干部。保卫干部聂忠健与妻子伍丽妍一起，从部队的文化单位转业，夫妻俩继承了部队的好作风，工作认真负责。宣传干事李小眉，性格温和，写得一手漂亮的字，父亲是华南师范大学的老教授。

每逢厂里开大会都由政工组来组织。那时候条件很简陋，没有固定统一的座椅，有些人自备了木辘轳、小凳子，使劲往会场四周、门口靠，每次开会都得费一番唇舌整顿场面。后来我想了个法子，向老木工梁师傅建议，从机器包装箱拆下来的垫木条，别拿来当柴火了，利用它们做成长条靠背椅子，每张能坐4~5人，有几十张这样的椅子就足够了。三四百人能够整整齐齐地坐着，开会的散乱现象有了明显的改观。

设立厂图书室。我们与邻居庙前西街新华书店建立了良好的合作关系，每当他们要到外面搞书市活动，我们就帮忙搭铁架棚子，凡是有新书到了，店里都留一些，让我们从中挑选一部分，因此当时新出版的通俗文化类书籍，厂职工都能借阅到。

播音室设在综合楼二层，除每天定时转播省、市广播电台节目外，还及时广播厂里的好人好事，稿子由各车间通讯员提供。上面的两件工作我还在车间时就兼上了，这也耗去自己不少时间和精力。

有一次，我从播音室回到车间，职工问我，你听到了吗？电台今天表扬我们了，讲的时间还挺长。我忍不住笑了："是我讲的，听不出来吗？""是吗？真像电台播的！"可见，每次都得认真啊，还真有职工在听呢。后来，我也实在顾不过来了，就把这两项工作交给了其他青年团员，她们学习了图书馆的管理办法，为职工服务得挺周到细心。

疾行记

  要说最费劲的事，要数遇到休息日集中收听"最新指示"或"两报一刊"社论。在二十世纪的六七十年代，只有少数职工家附近有公共电话，如果有事多数靠直接到家里通知本人，如果碰上家人都不在，还要多说些好话请邻居帮忙转告。

  广州城区，是随着古珠江水道、网河演变发育而成的，因而大街小巷的走形，也纵横交错七扭八拐的。有一次，我骑自行车到职工家里通知事情，在海珠区找龙导尾巷，结果被路人指到了龙套尾巷。嗨！真是"神龙见首不见尾"，住巷前头的住户，有的还不知道巷尾的街道叫啥名，还有其他职工等着通知呢，真让我急得不行。

  就这样，十几人分头累死累活跑大半天，把全厂的人都通知齐了，等到晚上八九点，高音喇叭响了："毛主席最新指示……"，就几句话工夫，"收听广播完了，散会！"这时候职工犯愁了，这么晚了哪有回家的公交车啊，有的人只好在车间熬上一晚上，第二天还得照常干活。就这么折腾，当时也没人敢说什么。

  1978年后，开始落实各项政策，以消除"文革"极"左"带来的"遗患"，最大限度地调动职工的积极性。其中一项重要工作，就是全面清理职工档案，这关系到每个职工特别是老职工和他们家属的政治生命。

  一直以来，干部职工入团、入党，都要经过严格的外调和政审。按规定，单位人事档案都不外借，只能在管理部门内调阅。如何筛选、摘录档案里的内容，这很体现外调人员的政策水平和文字能力，且这些资料提取后一旦归档，就成了个人历史新的证明材料。我在清理档案时，如同在看人间一幕幕命运沉浮、荣辱交替的悲喜剧。

  我们厂从1958年成立起至1966年初，上级管理部门是民政局生产教养科，直到民政工业公司成立后的 1966 年 1 月，才结束被"生产教养"的历史。单位不大，但由于历史原因，职工身份构成颇具复杂性、特殊性和多面性，特别是新中国成立前后发生的巨变，对芸芸众生的影响让人感慨不已。这里有被称为"三代贫农四代乞丐"的城市贫民；有改造从良获得新生的女工；有上级部门派出的管理干部；有因伤病退伍的军人；有经甄别"不宜留用"的公安干警；有反右运动中因"说错话、站错队"被迫转业的军官；有爱说"牢骚怪话"从大厂清理出来的高级技工；有无依无靠的收容对象、劳改释放人员；有受当地迫害回国的海外归侨；有举目无亲的孤儿院学员；有为了找"饭碗"的应届毕业中学生……看过这些档案后才知道，有些人"身怀绝技"却深藏不露，有些人一表人才内里却"劣迹斑斑"，展现在我面前如同斑斓十色的"小社会"。

除了上述比较重要的事外，职工也有犯难的小事直接找来的，我从不往外推，记得就有两次取巧"破案"的事，还挺有戏剧性的。

一天中午，挂着单拐的生产组组长老谭来找我，说他在厂里丢了块手表。我一听，这可麻烦了，当时手表属贵重东西，国产手表也相当于学徒工三四个月的工资呢，能找回来吗？我安慰他不要抱太大希望了。

那天也巧，快过午休时间了，我想起曾见老谭在喷漆车间门口洗手，莫非他把手表取下来搁在什么地方给忘了？我下意识径直走到那地方，眼睛环顾四周仔细寻找，没有。我正准备离开，眼光落在洗手处水龙头下的地面上，职工洗手后留下了一堆碱沙，皂泥浆里似乎有点发亮。我心头一紧，预感到是有什么东西，赶紧过去蹲下用手一扒，果然是个手表！失而复得让老谭喜出望外，他笑着说："哦，我想起来了，在饭前洗手的时候没站稳滑倒了，是别人扶我起来的，估计就是那会儿把表给甩掉的。"

第二次"查出"的涉案人是"马仔"，这事我在"外篇"回忆文章里有详细记载，这里不赘述了。两次取巧"破案"，凭的是我对职工的了解，我对大部分职工的性格品行、能力特长和家庭情况都知个大概，这就是能够"临门一脚"的本钱。

1981年11月，在广州市委党校第一期理论班毕业后，公司党委任命我为东升电器厂副厂长兼工会主席。从1981年12月至1984年4月，我依旧与政工组的同志在一起工作。

兼任工会主席，多是围绕着职工的生老病死来忙活。诀窍是：脑子清、耳朵灵、跑得勤、端得平。计划经济的年代，没有"不患寡而患不均"的土壤，职工的"获得感"大体是差不多的，这是那时候群众工作好干的主要因素。

我感到遗憾的是，多次去做"两口子"的思想工作，劝厂里闹矛盾的夫妻不要离婚，都无功而返。又几次受职工之托，为厂里的大龄青年牵线，也没有"终成善果"。怎么说呢，"婚姻"这本书，我可能一辈子都读不懂，何况那时自己还不是"过来人"呢，更不明白那些只能意会不可言传的家事，败下阵来就是难免的了。这我认了，需要体验的东西靠硬生生地想象是得不出来的。

那个年代的特点，偏重强调集体行动、集体作用和集体荣誉，每个人的个性、情感和偏好被厚实的工装严严地裹着。1980年前后，随着清除"极左"思潮的影响和经济体制改革的萌动，政治、经济环境越来越宽松，社会活力逐步显现，工会也尝试着组织大家"外出活动"，这又成了挺稀罕的"职工福利"。

先是组织职工到珠海横琴岛"旅游"。在改革开放初期,那里还是一个荒海岛,杂草丛生、渺无人烟,却成了"走私"的理想集散地。这么说来,还有点神秘感,那里到底走私什么东西呢?其实也就两样:香皂、饼干。计划经济的代名词就是"短缺经济"啊,人民币10元一桶的嘉顿罐装饼干,2元一块的力士牌香皂都是紧俏货。旅游一趟,每人扛着几箱饼干、几十块香皂归来,兴高采烈得像过节一样,连带"干群关系"也改善不少,职工由衷地说我们给大家办了好事。

没多久,人们的兴趣转到了深圳特区,职工又涌向了沙头角的中英街。公司保卫科成了热门地儿,因为它有权确定各厂每天办理特区"通行证"的限额,职工如果能把外地的客人捎带上,更是显得有面子的事。在特区的人潮里,从一般生活用品如酱油、奶粉等,到牛仔裤、黄金戒指、项链和手镯,只要比内地市场便宜的都是抢购的对象。

不光毗邻港澳的广东,我的北方老家山西,改革的春风也吹活了人们心底的念想。地市的邮政局过去是计划经济里的传统老大,也感受到了潜在的危机,有了迈出步子改革搞活的冲动。其中凸显行业优势的,就是要让邮政储蓄"活"起来,对储户必须比传统银行更有吸引力。一些有进取精神的干部职工建议,到深圳沙头角买进一批黄金首饰,作为物美价廉的储蓄奖品,以增强对储户的吸引力。

山西的同志朴实厚道,一路南下省吃俭用,我热情接待并安排了住宿,翌日送他们上了往深圳的列车。虽然只是帮了家乡一个小小的忙,我心里也挺高兴的,要不怎么说故乡水家乡情呢。邮局的同志都觉得为公家办了件好事而高兴。谁料到,返回当地后,竟然被人告到了外汇管理部门,说这是违反了国家金融管理条例,带队到深圳的领导被迫停职检查了3个月。但上级很快发现了问题,还了蒙冤的同志一个公道。

这不禁让那些敢于"吃螃蟹"的人叹息，他们的结局往往成了事实上"改革有罪、开放无理"的注脚。我联想到1978年冬，安徽小岗村带头联产承包的18位老乡摁手印的事，当年改革开放可不是顺理成章的事，风险真的很大啊！

不是一直有人把非技术专业的干部特别是政工干部称为"万金油"干部吗？我倒认为叫"万能胶"干部更贴切些。因为，大到国家社会、小到社区乡村，组织上都离不开具有"黏合力"的干部，他们无论放到什么地方、什么单位，都善于找出各种问题的相互关系，把它们"黏"在一起形成合力。如果没他们，队伍就可能是一盘散沙，成不了大事。至于最终是否"黏"得牢固，那要看干部当下的政治品质、思想水平及工作能力等，当然还有起重要作用的外在因素。

思之得

有人说，大凡当过士兵的将军，都会爱护士兵。我的干部生涯，是从"副股级"开始的，我能感受"布衣"的喜怒哀乐，有种天然的归属感。"原生态"的实践，帮助我配对了排忧解难的"钥匙"。要说几十年工作中"真招、实招"，究其渊源或许就是在这里。

不一样的锻炼

1974年2月，在党中央下发1号文件后，全国如火如荼的"批林批孔"运动就此展开了。在厂里，主要是组织批判林彪的"克己复礼反动纲领"。

1974年的七八月间，市委宣传部举办"儒法斗争史学习班"，组织了各局的理论辅导员，在中山纪念堂听了7节辅导课后，就分头到本系统的基层单位开展宣讲活动。1975年1月至7月，我被借调到局理论辅导组学习和工作，由宣传科长石玉钟领导，魏宏泽具体负责，辅导组成员还有赵子明、陈北林、罗瑞群、陆艳琼等同志。当时，民政局宣传部、"运动办"合署办公，这里的人不少都是"老民政"了，从日常相处中就能感受出来，他们都有相当的工作水平和实践经验。

辅导组开始的学习安排，是让我们学习《共产党宣言》《反杜林论》《国家与革命》等马列原著，一段时间后，就开始撰写辅导报告稿，然后分头到下面的企事业单位宣讲。粉碎"四人帮"后，开始进行思想理论上的拨乱反正。这期间我写下了这样的心得：

自己联想起在革命战争年代，有不少的知识青年参加了革命，其中有一些人，在斗争顺利时积极工作，但一到紧要关头，他们就动摇、脱离革命队伍。我认识到，在无产阶级专政下继续革命，同样要付出代价，要做一个真正的革命战士，必须跳出个人的圈子。青年要在长期的斗争中，坚持学习，经过刻苦甚至痛苦的磨炼，才能逐步树立起无产阶级世界观。因此，必须用革命的精神来学习，发扬理论联系实际的革命学风，改造自己的主观世界。

最近，在粉碎王张江姚"四人帮"后，我认真学习了毛主席严厉批评"四人帮"的重要指示，认识到"四人帮"倒行逆施，祸国殃民，篡党夺权，不只是他们几个人的罪孽和叛变，而是阶级斗争的必然产物。他们承袭了历史上一切机会主义头子的反革命惯用伎俩，以篡改革命导师的指示精神。斗争的实践使我进一步认识到理论工作的重要性，决心保持刻苦学习的精神，认真看书学习，提高识别能力，提高阶级斗争觉悟，把本职工作做好。

作为局理论辅导员，我最后一次在本系统内讲辅导课，地点在局机关礼堂，题目是《关于"社会主义的生产目的"》，这是粉碎"四人帮"后思想理论上拨乱反正的重要问题之一。在"十年动乱"中，很多本来是常识性的东西都发动全民"辩论"一番，"严格区分"所谓社会主义的和资本主义的生产目的，"宁要社会主义的草，不要资本主义的苗"，把"革命"作为生产的本源动力，"抓革命、促生产"成了当时工业战线最神圣的口号，可见"极左"的魔怔，使人们的思想混乱到了什么程度。

在当时社会的思想认识背景下，以自己那么肤浅的理论底子，要把这题目大体捋清楚不容易。通过认真的准备，我将辅导课的理论支撑，放在马克思历史唯物主义的基本观点及有关论述上——"人们为了能够'创造历史'，必须能够生活。但为了生活首先就需要衣、食、住以及其他东西。因此第一个历史活动就是生产满足这些需要的资料，即生产物质生活本身。这也是人们仅仅为了能够生活就必须每日每时都要进行的一种历史活动,即一切历史活动的一种基本条件。"同时,还引用马克思"物质利益原则"等其他论述,来阐述社会主义生产目的的本质,是要满足人民日益增长的物质文化需求。看得出来,受当时认识水平的局限,在"生产"前加上"社会主义"的限制词,这里有自己没完全弄明白的原因,也有怕讲"过了头"的顾虑,总的来说,讲的内容没有太大的硬伤,课后听到大家的反应是正面、积极的。

借到机关工作后,有同志给我说了一件事:市部委的一位老领导,军人出身,性情耿直豪爽,有一次宴请外宾席间高兴,结果喝多了,他对着南斯拉夫的贵宾说,"苏联是大修,你们是小修!"这真成了外交事故,他受到了严厉的处分,并从原单位调到了民政局。我不知这件事的叙述是否有出入,但给我的印象深刻,自此时时提醒自己,工作中要慎言慎行,要有很强的自制力,否则就容易在不经意中耽误大事,许多事不是想象中的意志所能把握的。

那时候,外出工作全靠自行车。在"一打三反"运动期间,有一次我在局里开会后回家,把帆布挎包夹在自行车尾架上,结果路上颠簸给丢了。挎包里有一个红皮塑料封面的保密本,是机关统一配发的,每一页都编有页码,我在里面只是记了一些非保密的内容。为这事在办公室的例会上,我先后做了两次检讨。几天后,北京路派出所通知我,挎包被好心人捡到了,里面的东西一样没少。这件意外发生的事情,给我的教训令我终身受益,以后凡是资料文件一类都要特别小心谨慎。这种事也是参加工作后唯一的一次。

解放初期,根据中央人民政府内务部的指示精神,民政部门除负责接收敌产、宗教房产及涉外、涉侨房产外,还包括"具有封建宗派之团体，其名称有会馆、书院、试馆、宗祠、堂等"，因此民政局也被社会上称为"第二房管局"。由于历史背景和管理使用关系复杂，许多已属公家房产的物业也收不上租金，这直接影响到正常的维护与管理。因为这个原因，在局机关学习培训期间，我们又参加了追缴房租的工作，这一工作可以接触各种社会层面，也是难得的实践机会。在往下跑的过程中我才知道，许多国营单位都是欠交房租的"大户"，那时也不乏公家"老赖"，他们认为都是公对公，"这口袋出那口袋进"，拖一下无所谓。下去工作回来后，我都先把情况过滤一遍，打好腹稿，不做泛泛汇报，而是言简意赅地着重讲观察到的情况、了解的具体数字和收不上房租的主要原因等等，每次汇报都得到局领导的肯定。

也说说局里有趣的小事。有一年，局召开年终总结会，会上，房建公司的同志信心满满地表态：我们有决心有能力，在国庆节前一定解决全局职工住房困难！这可是干部职工多年的期盼啊，大家马上报以最热烈的掌声。散会后，从会场出来时，有的人反应过来了："不对啊，他没说是哪一年的国庆节？""这不是耍我们吗，不像话！"马上有人生气地说。这件小事，我记在了心上，告诫自己在工作场合，话要么不说，要说就要有个准头，否则容易造成群众的误会，组织的威信也无谓受损。

我在公司政治处曾打过一小段"临工"，主要是协助整理一些文稿、协助下厂了解情况等等，给我印象比较深的，是政治处主任宋仲霖。记得在一次全公司宣传干部会议上，他提出要求：当一个合格的宣传干部，就要任何时候、场合都能写、能讲。当时政治处的干部配置是很强的，政治处副主任是李雄、辛淑芳，组织组组长张建生、副组长李竞华；宣传组组长古丽珍、副组长徐超平；保卫组组长张伟杰、副组长王幼石，这些同志阅历都很丰富，他们听汇报、谈工作时语言洗练，分析问题也比较中肯客观，这些对我来说，都是无形的启发和引导。

> **思之得**
>
> 　　人们往往瞧不起"事后诸葛亮"，其实，"马后炮"也有特殊的意义。这是因为，人不可能参加所有的社会实践，事后通过别人的"成败得失"来释疑解惑、还原客观寻觅制胜之道，避免自己或他人重蹈覆辙，岂不善哉！

企业全面整顿

1982年9月至1983年12月，我们厂被市里确定为工业公司所属企业全面整顿的试点单位，由公司经理陈汉同志带领工作组，到厂蹲点指导企业全面整顿工作。工作组成员有生产计划科科长廖耀斌、技术科科长杨源标、劳动工资科副科长容少珍等同志。这是自1958年建厂以来，真正按照建立现代企业制度的要求，最全面、最严格的一次企业整顿。在这个过程中，"整理"和"建立"的成果颇为丰富。其中，企业整顿最主要的成效，是彻底打破了企业长期沿袭的"大锅饭"模式，改变了生产厂二十多年的运行惯性，基本建立起法人治理结构，健全和完善了企业内部各项规章制度，在全公司系统内率先实行了厂长负责制。

我们企业一直是在计划经济的大环境下生存发展，产品由国家"统购包销"，产、供、销基本上按部就班；内部管理沿用传统经验模式，生产无严格定额考核，工人干多干少一个样，活人领取死工资，奖金平均发放，职工口头禅是"做是三十六（元），不做也三十六（元）"；劳动生产率低下，车间成本、工厂成本畸高；生产一线工人热情低下，车间班组把责任归咎于厂部配置劳动力、奖励方案和生产调度等的不合理。

在企业整顿的整改阶段，我们通过反复的测算核定，并辅之耐心细致的思想工作，全厂第一次实行了"工时定额计奖核算制度"，基本原则是"能者优先、多劳多得、多超多奖、不超不奖"，达不到基本工时扣发工资；对残疾工人降低考核标准，让他们"有产可超"。这样既反映了效率差别，又体现了照顾特殊，让体力、技能强弱不同的职工在新的考核制度中各得其所、激发活力，保证企业改革在稳定有序中实现预期目标。

由于新制度的施行涵盖了复杂的预算、核算和结算过程，涉及班组、车间和厂部多层面成本核算与控制，它是直接牵动全厂上下的系统工程，操作层面工作量大，系统性风险高。我与厂有关部门同志以各车间班组的生产要素状况为依据，制定具体编制定员，按生产工艺流程顺序，到每个车间现场进行工时核算、计奖公式演算，对具体问题逐项解答以释疑解惑。

实行新的分配制度后，职工的生产积极性、劳动生产率有了明显提高。过去车间在每月最后一天还被催促完成任务，车间主任要放下身段"倒求"工人加班，厂长也被迫无奈到"拖后腿"的车间当"监

广州市福利企业整顿验收会议，市民政局、
市民政工业公司领导和市企业整顿办公室同志与会（1984年9月）

工头"。而看现在，有的车间大半个月就把活儿干完，当月下旬就开始干下个月的活儿了。有的职工为了提前上岗，车间大门没开就从窗口爬进去。有的人自己定额的活儿干完了，竟然去抢别人的工时活儿，连班组长都制止不了。以自恃技术活儿而惯于"懒散"的机械加工车间为例，实行定额管理第一个月，就超额75%完成任务，个人奖金最高达47.81元，最低19.44元。随后，又将导电杆、钢套筒、生铁螺帽等14项外协件收回自己加工，占了厂外加工车制件的77%，明显降低了车间成本，大大提高了企业的创利水平。

根据厂的生产运行结构、技术装备水平、车间班组编列、市场经营要求和职工队伍现状，等等，建立了厂级领导、厂级管理部门、车间班组长、后勤（仓库）管理人员等的岗位责任制共九十六项，其中制定完善的重要企业制度有：

经济合同管理制度、统计工作管理制度、劳动定额管理制度、外加工件管理办法、调度工作制度、会计管理制度、固定资产管理制度、流动资金管理制度、成本核算管理制度、基本建设管理制度、物资供应管理制度、产品销售管理制度、仓库管理制度、技术情报工作制度、产品图纸及技术文件修改制度、工装设计与会签制度、工艺纪律检查制度、产品标准化审查管理制度、原材料与外购件外加工件检查制度、新产品设计与试验制度、零部件质量检验制度、产品质量抽查制度、用户意见收集与技术服务制度、计量管理制度、定人定机凭证操作制度、设备检修制度、设备事故报告处理制度、职工守则、职工奖惩条例实施细则、劳动纪律奖惩条例、安全责任制、安全保卫制度、安全防火制度、来信来访制度、女工保护条例、三级医疗管理制度，等等。

在企业整顿期间，我因工时核算标准、计算方法等问题，与车间的班组长、生产骨干经常发生争执，又担心自身工作出差错影响生产，精神确实绷得很紧。在这种情况下，又得不到必要的休息，经常发作的胃疼使我很难受。在办公桌上放了一溜胃药瓶，凡是吃新药初时都能见点效果，过一阵不灵了又换一种，我渐渐对服药失去了信心。

1983年夏，民政部在徐州召开全国福利工厂整顿工作经验交流会。我随同省民政厅社会福利处李承熙处长、市民政工业公司陈汉经理、湛江市民政局林科长和佛山市民政局梁科长一起，参加了这次对福利企业来说很重要的会议。会议期间，民政部副部长章明同志做了主旨讲话。在小组讨论中，我就如何处理好福利企业社会效益和经济效益问题发言，受到社会福利司领导的称赞和肯定。2016年春节期间，我和俊明请刘生同等老同志喝茶，席间郭婉群回忆说：当年就听陈汉同志讲过，新宪在民政部会议上的发言，得到很好的评价，我们自己也有优秀的干部。

那个年代，开会没有什么观光一类的安排，会议期间我唯独的一次外出，是利用中午休息的时间，乘公交车到了淮海战役纪念公园，

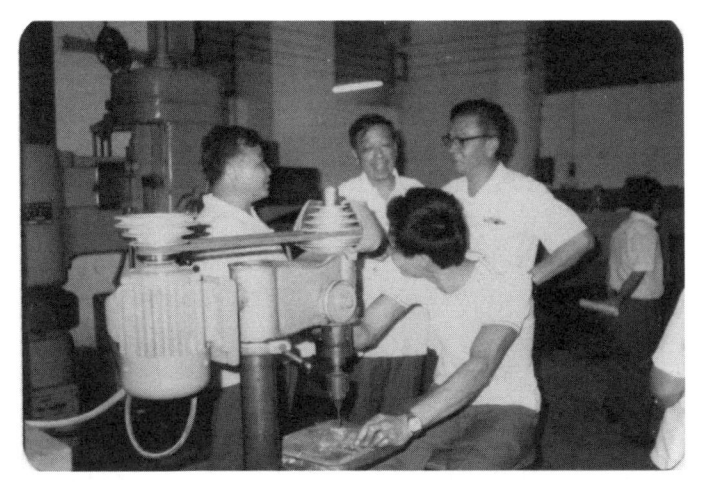

广州市民政局、市民政工业公司领导在车间检查工作，左起宋仲霖、谭锡华、陈汉（1984年9月）

缅怀我心中从小就敬仰的先烈。时值盛夏，又是午间高温时段，赶回会场时虽然没有迟到，但全身已经让汗水湿透了。

会议结束后，我们跟随李处长、陈经理取道上海，重点参观了市属福利企业低压电器厂。中午，厂方热情招待我们吃了顿简单的午餐，印象最深的倒不是食堂饭菜的味道，而是那些搪瓷饭碗、菜盘，餐具已经磕得没一个是好的，不知道用了多长时间了。接待我们的厂长面带愧意地说，没办法啊，就连买这些日用品都要上面批准，现在的财务制度是"有钱买棺材，没钱治病"！

住宿安排在市民政局斜桥招待所。晚上，我们在附近的弄堂散步，一路上，见到住在平房里的百姓，大多都在自家门口支张小桌子，上面摆的是青菜、咸菜和白粥等，足见当时普通市民生活的清贫。

陈汉、李承熙两位领导具有同样平易近人、诙谐风趣的性格，让我们这一路都很愉快轻松。在返程途中，陈汉对我说，已经接到了广州民航局通知，同意他归队，回民航局担任保卫处负责人，眼下担心的是民政局不一定同意放人，估计局领导很快就要找他谈话了。

果然，在陈汉回去后，很快被局党委书记刘东泰请去谈话，做挽留他的工作。12月，接到了中共广州市委的任命通知，陈汉改任民政工业公司党委书记。

1984年9月28日，在焊机厂召开企业整顿验收会议。市经委企业整顿办公室有关同志，民政局副局长谭锡华，公司领导陈汉、宋仲霖、李雄及老同志王兆仁，公司机关全体中层干部参加了会议。

在改革开放初期，新创办企业的起步是很艰苦的。我记得有一次，中国福利企业总公司召开全国民政工业公司会议，会场设在百广路办公楼的地下室。会议已经开始了，一些晚来的同志都还站着，主持会议的同志说：对不起啊！我们的条件简陋，开会连座椅都不够，请大家到别的办公室去找吧！会议开到中午时分，大家已经饥肠辘辘，散会后各自急着找地方解决"肚子"问题。

地方的同志做事情还是细心的。中福公司总经理告诉我们公司领导，他儿子要出国留学了，年纪小没出过门，希望途经广州时帮助照看一下。过程还是很顺利的，孩子要乘广九直通车从香港出境，我一直将他送到广州火车站的出境闸口，反复叮嘱路上要注意的事，直到他的身影在乘客人流中消失，我才转身离开。

思之得

　　企业是社会物质财富的源泉，但企业最终扮演的角色是"经济人"还是"社会人"，至今没有一个标准的定义，或许这既是企业的"魅力"，又是企业的悖论。在市场经济的海洋里，如何抉择两者间的平衡点，20世纪末期福利企业一直夹在这两难的困境之中。

上 篇

变局中的厂领导

在我接触过的厂领导中，先后有黄立新、苏衍怀、高有才、黎彭、黄浩潜、潘映中、刘国雄、张善林、黄君美，等等，他们既曾是我工作上的领导，又是一起共事过的老同志，他们的思想品德、处事作风，对我有着潜移默化的教育和影响。我是在 1984 年 5 月调动离开厂的，后来的同志就不在这里细叙了。

老厂长黄立新，职工尊称"黄叔"，对电器厂的发展壮大贡献卓越，在前面已经有介绍。苏衍怀在我们厂工作不到两年，1973 年 10 月到任，1975 年 7 月调任芳村区的紧固件厂。那时候，我们有事可以直接找厂领导汇报，在接触中他给我的印象，是一个长期带着病身、默默坚持工作的厂领导。他待人和气，遇事不慌，沉稳内敛，给人不怒而威的感觉。苏书记身体消瘦，相貌比他的实际年龄要苍老，在工作时不停地咳嗽，那时没有像现在用纸巾的条件，一沓手绢整齐地叠成方块搁在他办公桌的边角上，可见老慢病对人的折磨有多甚。我想也可能是这个原因，在车间里就没有见过他的身影。

高有才初来厂时是任副职，半年后接替了苏衍怀，在厂任职也只有两年多的时间。老高的风格与苏完全调了个个儿，基本不在办公室，把自己当成了最普通的工人。他正值年富力强，身体好，又有局革委会副主任的头衔，主观动机很想把工作做好，不怕苦不怕累，干劲是很足的。是那段特殊的历史环境，把他们推到了高处，其实这些同志

疾行记

站在自己"意外"的岗位上也是惶惶然的,历史的局限不应归咎为个人的责任。

广州市福利企业工作经验交流会,
市民政局、市工业公司领导同志与会(1988年)

黎彭,从1978年9月至1985年6月先后任东升电器厂、广州焊机厂党支部书记,当了整整7年的一把手。虽然这期间黄浩潜(1978年9月至1981年11月)、张善林(1984年6月至1987年12月)任厂长,但由于党政不分家,厂的大事还是书记说了算。黎彭有相当的思想水平,看问题敏锐,责任心极强,从生产一般工业电器到完全进入电焊机行业,他起了很重要的统筹和推动作用。

黄浩潜、张善林这两位厂长,处在他们当时的环境,应该是很努力了,我从来没有听到过他们因私事放下过手里的工作。那年代,无论是想调动企业内部还是外部的积极性,手段都极为有限,为了与用户建立良好的信用关系,他们经常亲自带队到外地拜访、听取意见,还要及时化解与用户的矛盾。还要说的是,当年的书记、厂长,月工资按行政级别发放,后来有点奖金了,取的是非生产岗位人员的平均水平,后来实行的是按职工水平的1~3倍,也有的厂高出许多,这时候我已经离开厂了。

潘映中副厂长分管政工组和工会，他的特殊专长是在"文字"上，之前他曾在公安部门负责笔迹技术鉴定，比如发现有"反动内容"的标语、信件什么的，公安人员在外面等着，鉴定结果一出来，就马上可以出警了。老潘的隶书写得很好，凡是厂里的横额、标语都是由他亲自动手。据说，1949年广州刚解放时，第一任市长叶剑英的大印，就是由老潘篆刻的。

以上提到的厂领导，到他们在任的后期，国家拉开了经济体制改革的帷幕，对内搞活对外开放，计划经济与市场经济交错并行，又叫典型的"双轨制"。这时期，企业面临两个最大的挑战：一是由"统购包销"到自行"找米下锅"；二是随着用工制度的改革，政策层面出现了一些灰色地带，为职工外出包揽"私活"提供了空间，也同时造成职工队伍的思想混乱。黎彭等厂部领导殚精竭虑，设法调动干部职工的积极性，多方拓展产销渠道，力保职工队伍趋于稳定。但是，此时乡镇企业已经"风起云涌"，"低成本"甚至"零成本"竞争优势，又为有营销能力或技术特长的人提供了"吃里爬外"的肥沃土壤，加之乡镇小厂没有传统企业的历史负担，经营手段的灵活变通，且有强烈的求生存、求发展的打拼精神，"公有"的福利企业走向颓势看似成为必然。

正因如此，这时期的厂领导真的处在不知所措、无所适从的困境中，当家越来越难。在这节骨眼上，厂内部就有因"两难"而造成的"致命"硬伤：提高市场竞争能力就要提升企业管理水平，加快产品更新换代，这就要加强技术研发、生产管理。那年代对人的管理是完全封闭的部门所有制，只能靠内部自己解决。于是，从车间抽调一批又一批优秀骨干到办公室,这又极大地削弱了生产一线的队伍,引起老职工的不满和青工的思想波动,为后来厂里骨干的陆续"跳槽"埋下了伏笔。这是当时国企的无解的"悖论",这也成了改革开放初期一段耐人寻味的历史。

思之得

如果放到现在,人们很难想象为什么那时候的干部,脑子里大多没有"请客""送礼""拉关系"这几个词?我想借用邓小平同志的一句话:这是大环境和小环境所决定的。

多年后,有人借此将社会腐败现象归罪于"改革开放"。改革开放自然要打开窗户,新鲜空气从外面进来的同时,蚊子苍蝇就难免不进来。我讲课时曾举例:做手术就要流血,难道为了避免流血而放弃手术?道理一样,不改革就死路一条,孰轻孰重,这里是真不懂呢还是装"糊涂"?

党校与华南师大

从小,我的学习欲望就很强,初始动力源自兴趣。我常常在父母上班后,偷偷打开他们卧室的书柜,把里面的书逐本拿出来看,翻完一遍后又放回原处。书柜里大部分是当年供干部学习的理论书籍,还有苏联的一些文艺书籍,如《小儿子的街》《青年近卫军》一类,国内的有《红楼梦》《红岩》《三家巷》《香飘四季》，等等。父母对学习的重视对我这一生的影响是深远的。

工作以后，我学习的指导思想就是"学什么干什么、干什么学什么"，觉得这样才适合自己的情况，其实也没有更多可选择的空间。

1976年，我参加了广州市工人马列主义业余大学的第一期学习，这期学习内容是马克思主义哲学、政治经济学和科学社会主义三个组成部分的基本原理，结业时我被评为优秀学员。1979年3月，我再次参加了工人马列主义大学的第三期学习。学习内容共分八个单元：资本主义生产方式的产生及其剥削本质；资本主义再生产和经济危机；帝国主义是资本主义的最高阶段；按照经济规律办事，加快实现四个现代化；社会主义基本经济规律；社会主义物质利益原则；社会主义国民经济有计划发展规律；按劳分配规律；社会主义商品生产和价值规律；社会主义经济的管理；我国的对外经济关系等。上述两次学习是单位推荐我参加的，我在不脱产的情况下，同时担任了局理论辅导员。

1979年9月，我自费报读了市机床工业公司职校科技英语班，采用高教出版社上海交通大学教材（共3册），每周一、三、五晚上上课。开始为了方便学员，上课地点放在中山五路的一所学校，不知道什么原因，后来又回到了新港路机床公司的所在地。我记得，每天下班后都是人困马乏的，骑着自行车从东山庙前直街到沿江东路码头，再乘渡轮在滨江东路上岸，走东晓路转入新港西路到机床公司职工学校。这样的业余学习的确是很辛苦，难怪到1981年1月毕业时，坚持下来的同学一共才15人，还不到原来全班人数的一半。

再说广州市委党校的学习。在"文革"末期的1976年，市党校与市"五七"干校合并，搬到了从化的大夫田。打倒"四人帮"后，党校又搬回"文革"前先烈路校址。"从此，党校又高高举起马列的旗帜，办了一系列拨乱反正的学习班，在广州市的干部队伍中批判'两个凡是'，端正思想路线，尊重客观经济规律等方面发挥了重要的作用，为改革开放打下了较好的思想基础。"

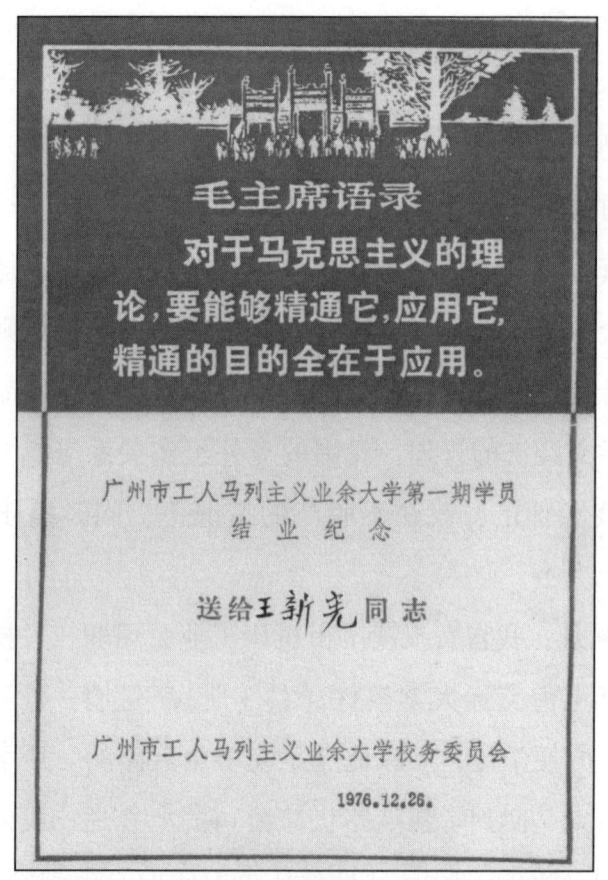

毛主席语录
对于马克思主义的理论，要能够精通它，应用它，精通的目的全在于应用。

广州市工人马列主义业余大学第一期学员
结业纪念

送给王新尧同志

广州市工人马列主义业余大学校务委员会
1976.12.26.

广州市工人马列主义大学第一期学员纪念证书

1980年，市委党校举办首期全日制的理论班，其重视程度从考试方式到内容就可见一斑。我在日记中写道：9月12日，参加市委党校理论班全天闭卷考试。上午考试科目是政治经济学、哲学和政治常识。

下午命题作文，试题是"理论工作之我见"。题目刚好对应了我干过的工作，评卷的老师给了"优"，并在卷面上批注"有分析有见解，文理通顺"。我清楚，事物都是相互联系的，没有两期"工人马列主义大学"的学习，没有厂宣传干事和局理论辅导员的工作实践，我想是没有把握考上首期党校理论班的。

1981年10月校刊《文稿》第4期，刊登了我的调查报告《从"吃不饱"到"吃不了"的局面是怎么出现的？——广州市东升电器厂调查》。毕业前，党校的有关同志找我谈了一次话，了解有没有留校的想法。那时候，我已经领技工四级工资了，月薪62元5角，比同龄学员的工资都要高。加上对企业有十多年的感情，单位又支持我脱产学习一年，毕业后说不回去了，心里的确过意不去。校方同志听明白我的意思后，就没有再说什么。

党校的毕业考试是科学社会主义学科范畴，我因成绩优异被党校评为优秀学员，奖励了一套《马克思恩格斯著作选集》。1981年11月毕业后，我所在的第一学习小组，有三位同学选择了留在党校任教，多数同学回到了原单位。

1983年，中共中央下达了《关于党校教育正规化的决定》，市委党校从82级学员开始，学习时间在两年以上的，毕业取得党校学历同时颁发"大专学历证书"。经党校同意，从1985年9月开始，大约有二十多个80届理论班同学再次回到党校，补上新开设的必修和选修课程，经过近两年的走读学习，各门考试合格，在1987年7月我们领到了市委党校大专毕业证书，署名是校长张汉清、副校长雷鸣春。

在党校学习的1981年1月间，华南师范大学政治理论教育专业（函授本科、学制5年）开始招生，我参加考试后被录取。开学典礼是在省委党校小礼堂举行的，约 300 名学员，主要来自省直机关、省属企事业单位，其中有 20 多人来自广州市机关和企事业单位。

华师大的学习共分十个学期，整整 5 年时间，虽然分类为函授学习，但由于学校管理严格，老师授课时间完全达到教育部全日制本科的要求。大学的主要课程有：马克思主义哲学、政治经济学、科学社会主义、国际共产主义运动史、中共党史、形式逻辑、法学概论、伦理学、中国通史、中外哲学史、政治经济学史、马列毛泽东经典著作选读等。当年的老师把主要精力都放在授课上，备课很充分，讲课有质量，听课后令人有心头一亮、豁然开朗的感觉。

通过这五年国民高等教育的学习，所打下的基础对自己来说，是具有里程碑意义的。学习成了生命的一部分，读书成了生活的常态，学习与实践的结合，又时刻产生着奇妙的"化合"作用，让人感觉更加耳聪目明、倍添奋发进取精神。

思之得

接受系统的专业学习，能够成就思想理论能力的本质提升。学习从零碎的、孤立的到系统的、联系的转变，从根本上带来的是世界观和方法论的转变。

马克思主义的基本理论和基本观点，至今成色未变。它始终为我们对问题的思考以及接触新思维、新观点提供认识和分析的基本方法。

上 篇

囧境遇好人

在工作紧张之余,每当想起自己遇到过的趣事,还会忍俊不禁。我曾看过《泰囧》《港囧》一类影片,说不出"无厘头"娱乐至"死"是什么感觉,不过里面"囧"的情节,远不如我的经历来得真实、生动和正能量。

话说参加工作不久,一天轮到我上中班,从下午4时开始一直干到了午夜,我从厂里出来徒步走到东山龟岗,乘3路夜班公交车回家。路上的店铺早都关门了,那时治安环境尚可,安静的街道只见到几个零星行人,让人感到几分快意和舒坦。

车启动后我去口袋掏钱买车票,从东山总站到文明路,票价是4分钱。我上下摸了一遍,糟了,只有三枚1分的硬币。这时我才想起,上班前把要洗的工作裤给换了,没在意带了多少零钱。"不就1分钱嘛,捡也能捡到吧",我心里还挺不在乎的。这个时候,车上没有其他人,在我后面只坐了一位女工,年龄看上去和我差不多,估计也是附近工厂下夜班的。

我从座位站起来,扶着椅背往车的后排座位方向看,只见地上连小纸屑都没有,车像刚打扫过。我又往司机方向的地板仔细看,啥都没有,我有点绝望了。售票员觉得我的行为有点怪异,问:"你干吗,腿又不方便,一刹车就摔倒!"我羞于说出缘由,坐了下来,手拿着3个1分硬币倒来倒去,心里越发着急。

这时，车已经过了一站地了。背后的女工真的慧眼识人难，她探过头问我："你是不是钱不够？"还没等我回话，"哪站下车？我帮你买。"我不好意思说其他的话，尴尬地说了一句："真嘅多谢嗮！"她点点头替我买了票。

"一分钱"难倒"狗熊"，我应验了。从此以后，我每逢乘这一路的夜班车，都想能再见到她。当然，不仅仅是为了还钱。

"文革"期间，每年把参加"五一"劳动节、"十一"国庆节的游园活动都说成是"政治任务"，给各单位摊派人数，不想去也得去。有一年的"五一"劳动节，记得是个星期天，我又被安排参加游园庆祝活动。

一大早起来，我没等吃早饭就出了门，从文德南路经八旗二马路走到南关电影院门口，准备乘5路公共汽车到烈士陵园，这时候还不到7点。在等车这会儿我想，去游园的地方那么大，找"方便"的地方就难了，为了省事还是先解决一下吧。说也巧，车站东头的小巷口正好有去处。

这是老城市最传统的厕所，里面贯通一条水泥砌的长槽，宽约30厘米、深约50厘米，上面用砖块砌成半人高的小矮墙，分隔成若干个蹲位。那天真是鬼使神差，可能是怕洗手把手表弄湿了，先把它摘下装到裤兜里。就在完事后站起来那瞬间，"噗"的一声手表掉粪槽里了，我低头定神一看，虽然光线昏暗，依然能看到手表在慢慢往下沉。

哎呀我的妈！怎么办呢？能不要吗？那时一个月工资还买不了一个上海牌手表，而且光有钱还不行，要凭"工业购物券"哪。我没再多想，咬咬牙顾不得脏了，左手撑着粪槽边，侧着身子右手往下一捞，手表又回到了手里。可是更大的麻烦来了，这太着急了呀，还没把裤腰皮带拴上呢，两手黏糊糊臭烘烘的，要命的是厕所没设水龙头！我只好用两肘夹住裤头，走到厕所外面，不知所措地站在那儿，真是欲哭无泪，没有比这更狼狈的了。

正在这万般无奈之时，巷口一住户小门"吱"的一声开了。哦，"菩萨"显灵了！我顾不得想其他了，赶紧走了进去，见到一个约莫20岁左右的女孩，蹲在水井边上正准备洗漱。我慌得口不择言："阿大姐，实在不好意思，快点帮我冲一下啦！"她愣了一下，看了看我，她明白了。在水井旁正好有桶水，她拿起木勺，一瓢一瓢顺着我手臂往下冲，另一只手捂着口鼻。我低着头过会儿又抬起来，羞愧地目视着她。

水冲了好一会儿，差不多了，"可以了吗?"她轻轻地问了一句。我点了点头，脑袋还在发蒙。这时看见女孩抿着嘴笑了，那一刻，我觉得她真的别样的好看。

思之得

自己仅仅"举手之劳"，对有需要的人可能就是"雪中送炭"。设身处地替他人着想，困难时能伸手去拉一把，好像不是"人之初"就具备的，正如鲁迅说的，婴儿的啼哭不会是好诗。后天的影响和教育，潜移默化以后才会养成善行。

民政福利厂，她的历史贡献

对"福利生产单位"的起源，曾任中国盲人聋哑人协会秘书长的"老民政"林泰有过这样的回忆："福利生产这项工作起源于1958年'大跃进'，全国街道组织所有的闲散人员（包括有劳动能力的残疾人），创办'街道生产'。民政部门也办了许多工厂。""当时民政部门组织的生产有几种类型：一是生产救济型，主要吸收社会困难户参加的工厂；二是助残型，主要吸收残疾人参加的工厂；三是优抚型，主要吸收烈军属参加的工厂；四是服务型，主要是为福利事业服务的工厂，如假肢工厂、助听器厂、火葬机制造厂、残疾人专用设备制造厂等。"

要更微观地了解福利厂的历史，可以从我们的厂子说起，它自身就是一个典型例子。从1958年创建的"社会福利五金制品厂"到后来的"电器五金制造厂"，再到1966年更名后的"东升电器厂""电焊机厂"，它走过了近60年艰苦创业、奋斗发展的历史。它虽然是一个小厂，却是原生态社会里无数细胞之一，当放到特定历史条件下去考察，就成了观察新中国第一个"三十年"轨迹中一个真实的窗口。

它诞生于"大跃进"的年代，那时候并没有"福利企业"的概念。它的出发点是以安置城市贫民、烈军属荣复转退军人和残疾人为主，还有经改造从良的妇女、解除劳教人员，甚至在"反右"中提前从部队、公安队伍"退役"的人员，等等，体现了当时"教育人、改造人"和"给出路"的政策精神。广州市的这类单位从 1958 年成立起至 1966 年年初,上级管理部门是民政局生产教养科,直到民政工业公司成立后的 1966 年 1 月,才结束被"生产教养"的历史。因此在相当长时间里,福利工厂是由民政局的"劳动教养"部门管理的,可能是源于特殊的联系或交叉,因为"劳动"与"教养"的初衷都是为了解决当时的社会问题。

特别要说的是"以工代赈""生产自救"的形式,这是党和政府解决当时困难的创举,体现了新生政权为人民的本色,在安置残疾人(当时称残废人)就业方面起了主渠道作用,使残疾人在劳动保障和社会发展中享受到他们的基本权利,这是盘古开天地的第一回,生动地体现了共产党人收拾旧中国留下的烂摊子的本事。

作为南方最大城市的福利企业,它曾经拥有自己独特的卓越和光彩:在全市各类福利企业中,它长期经营状况良好,在系统内上缴利润最多;它拥有完整的技术装备,专业化生产水平比较高,同类产品的规格、型号齐全;企业管理规章制度健全,培养出来的企业骨干多;残疾员工安置比例高,培养出了最早一批残疾人骨干;作为公司系统企业全面整顿的样板,为全国福利企业改革提供了经验。

所谓盛极而衰,衰竭而亡,是无数福利工厂现实中的写照。如果说主客观原因,的确难分孰重孰轻,主观认识是来自当时历史条件的反映,不能用现在的眼光去苛求前人。比如,市民政局每年开总结会,领导的工作报告一贯是把福利企业放到最后讲,是因为文章体例还是重要性排列,这我说不清,但有一点可以肯定,它没列入民政工作的核心业务。

从根本上说,问题的症结在于:一是体制上结构性矛盾,工厂长期实行"事业单位、自收自支、企业化管理",事业性质成了单位的胎记,民政企业把它看作一件"破棉袄",可谓"食之无味,弃之可惜"。以当时的大环境和自身状况,要企业坚持社会效益和经济效益并重,成了难以逾越的悖论;二是当时的生产单位属计划经济的产物,习惯了二三十年"统购包销"的日子,企业内外都难以适应市场经济的变化,其他强势行业无奈之下也纷纷"关停并转",福利企业也难逃同样的命运。

到"文革"后期,曾热闹了一番的"民字不出头,工业闹归口",实际上有它的合理性。当时能归口的,就是比较起来条件最好的,否则人家系统也不愿要。问题就在这里,把"好单位"放走,哪个领导愿意被人称作"李鸿章"呢?还有人站在另一个角度看问题,认为是部分的厂领导干部想离开民政,当时有"出生入死"一说,意思是离开民政部门的干部发展得快些,他们有机会安排到更有"前景"的岗位,亦同样能担当重任,这样的例子的确也能举出一些。最后,像电器厂、电器元件厂等有条件的厂也没有归口到机电行业。如此一来,客观上失去了行业保护、技术联盟、提升经营管理水平乃至干部交换流动等方面的机遇,也成为后来走向颓势的潜在因素。

如同物质不灭原理昭示的,"天无绝人之路",经过凤凰涅槃,在市场经济的无形之手托举下,借助国家长期坚持的减免税等政策,一些老福利企业枯木逢春,以它顽强的生命力生存了下来,而大批新型的福利企业则脱颖而出,成为解决困难群体就业的主要平台,它们是当今彰显社会公平正义、维护社会和谐稳定和促进经济社会发展的重要力量。

思之得

从救济型的生产单位到福利工厂，可能是那个年代最好的制度安排。历史没有假设一说，辩证地看待过去，历史的局限性也是客观性，对待过去，要理性地走进去，清醒地走出来。现实是将来的历史，我们现在要做的，是厘清立足的历史方位，规划未来的"大同"。

"君子之交"同志情

厂里的事说了不少，该说说公司的事情了。

民政工业公司所在地是广州起义路162号址，说起来这里还有一段非同寻常的历史。该路开辟于1919年，当时起名维新路，寓意要走推翻清朝、维新变革之路。1921年，在中国共产党成立后的两个月，在这条路叫素波巷的胡同里，成立了中国共产党广东支部。1927年我党发动了广州武装起义，成立的新生政权"广州苏维埃政府"，就设在维新路国民政府"省会公安局"里，位置就在从公司往北走约300米处。1966年，老马路改名为"广州起义路"后一直沿用至今。

话回到1984年年初，公司党委召开公司领导干部民主推荐会议，会场在首层旧礼堂，屋顶是圆木金字架的大梁，地面是老式的大方块红地砖，两旁的窗户让邻家墙遮挡了，阳光难以自然照射进来。

会议由公司党委主持，各厂副职以上的干部全部参加，陈汉书记做动员讲话。我还依稀记得他在会上说，希望大家从民政工业的长远

疾行记

发展考虑，推荐出有事业心、有基层工作经验、年富力强的同志。坐在我身旁的一位同志，已经记不起名字了，他微微笑看着我说："哟，说的条件好像和你都能对上号啊？"说实话，当年公司系统有四千多号职工，这队伍里包括一批资历丰富的"老民政"干部，所以，我压根儿也没往那方面去想，更没有得到过其他什么信息。

不久，经过一系列民主推荐和组织考察程序，我被市民政局党委任命为民政工业公司党委委员、副经理。这时候算下来，我已经在福利企业工作了 14 个年头。当时，对组织的职务安排，我完全没有思想准备，感到的压力是自工作后从没有过的。在厂的欢送会上，厂领导、厂部办公室和各车间负责人都参加了，大家相互紧靠着围坐成一圈。我眼前都是相处了十几个春秋的同事，平日见面熟视无睹，甚至还发生过言语争执，说真的要离开了，大家不由触景生情，有的同志眼睛湿润了。

黎彭坐在我身旁，他觉察到我的思想负担挺重的，语气关切地说："阿新宪，以你的能力，我觉得完全可以胜任，不要紧，不用顾虑太多啦。"要知道在这个时候，能够得到及时的信任和鼓励，还真是难得啊。何况我一下子从老黎的下级变成了上级，他依然对我这么真诚坦荡，这更是难得了。听了这番话，我绷着的大脑似乎松开了紧箍咒，思绪慢慢平复了下来。

1985 年下半年，黎彭调海珠区任民政局副局长。这期间，又遇上一件很巧的事情：我与老黎分别代表市和区的两方，共同处理移交海珠区瓶盖厂（福利企业）资产的事宜。工业公司是移交方，海珠区民政局是接收方，具体办事的同志各为其主，出于为本单位多争取些利益的动机，连厂里办公电话的归属也争执不下。我主动与老黎商量后，向郑国帆经理建议：区里的情况比较困难，做一些让步有利于照顾下面的工作。最后经多次友好协商，大家都对处理结果表示满意。

厂领导黎彭、张善林（三排右五、右六）等与部分干部职工合影（1984年9月）

岁月的流逝，没有冲淡我们之间的感情。黎彭后来办了辞职，全家移居到美国。他回国探亲时我俩在越秀天安大厦喝茶，他缓缓地回忆道：过罗湖桥的时候，我真是依依不舍一步一回头，心里很不是滋味，为了两个孩子能出去念书，还是违心过了界桥。他还告诉我初到美国那阵子，为了挣钱交房租，他每天都要爬上三米多高的梯子，给当地人粉刷墙壁，要干满整整两周才能挣到一个月的房租。后来，又在华人开的小杂货铺当搬运工、收银员。听了老黎这番苦涩的叙说，我真不知道该鼓励呢还是安慰，只是觉得自己帮不上什么，这时讲啥都是多余的，心里有种说不出的伤感。

如今，许多老领导、老同志已经走了，但在我脑中他们从未远去：吴庭芳、卓仁道、周杜南、谭锡华、李夫、宋仲霖、陈汉、郑国帆、张定平、李雄、关世良……

> **思之得**
>
> 　　与同事关系相比，处理家庭关系有时要困难得多。血亲、姻亲的"粘连"，使后者的"重要性"排列在了前头。不少干部大半生清醒明白、睿智过人，最后还是倒在亲属熬制的"温情汤"里。快乐、幸福又夹杂着痛苦、无奈，可能就来自世俗家庭的"初心"。

"在游泳中学游泳"

　　我1984年5月到公司就任时，公司党政领导班子是由党委书记陈汉，经理郑国帆，副书记马丽秋，副经理刘生同、孔宪和，纪委书记黄立新等同志组成的。我认为，这个班子无论是从政治觉悟、思想水平，还是从工作阅历、企业管理经验等方面来综合评价，都应该是公司历届班子中最强的。

　　当年公司中层正职干部有：办公室主任郭婉群、生产计划外经科科长廖耀斌、劳动工资科科长申强、技术设备科科长杨源标、财务科科长黄兆远、材料供应科科长招佑铭、保卫科科长王幼石、宣传科科长徐超平、基建行政科科长黄杰南、职工培训中心主任张建生、工会主席陈森炎、盲人聋哑人协会秘书长黄锦秀和团委书记郭耀雄等。这些同志多为"老民政"，五十年代初就参加了工作，有的同志从解放初期开始，就从事接受敌产、贫民救济和妇女从良改造等社会工作。

这些同志对民政福利工作的历史沿革、发展状况都十分了解，他们的共同特点是组织观念牢固、热爱民政工作、事业心强并富有奉献精神。

福利厂聋哑职工参加游园活动

根据班子的工作分工，我分管公司的财务、劳动工资、基本建设、机关行政和盲聋哑协会等，与黄兆远、黄杰南、申强和黄锦秀等同志共事。在工作初期对我来说，就是要尽快与同事建立互信关系、熟悉业务，缩短与分管部门的磨合期，这样才能顺利开展业务，"上手快"是干部核心能力的体现。

我抓紧时间听取科室同志汇报，调阅公司近年来的财务报表、劳资统计报表和下属各单位的"三项基金"分配方案等等，并直接到基层一线了解情况，综合考虑难点问题的解决对策。我第一次以副经理的身份下去，是到东川路民兴汽车修理厂，厂班子的同志很热情，带去要解决的问题也基本谈妥了，算是小小的"开门红"。

公司所属生产单位行业跨度大、产品种类多、技术装备条件悬殊，我觉得除了学习企业经营经验、经济法规以外，还要有扎实的企业财务知识，了解基本的会计事项与实务等，才能懂得如何清晰掌握企业"内循环"状况。总之，缺什么就补什么。我自费参加了越秀区职业中专学校会计班，学习"会计原理""工业会计"和"商业会计"三门课程，上课全部安排在晚上，老师是一位很有经验、讲课特认真的国企老会计师。

1985年2月，是学校第一学期开学，儿子刚好在这个月出生了，不巧妻子还生病住了院。我担心刚开始就缺课后面跟不上，傍晚儿子给喂食后就睡了，我把他放在大床中间，用几个枕头围着，还怕他醒了乱动，往他小嘴里塞了小半片利眠宁。到第二节课我就有点坐不住了，课间休息赶紧蹬车回家。我同桌是位女同学，在西村的一个建材厂工作。她很纳闷地问我："你为什么好几次上一两节课就走了？"我说了原因后，她瞪大了眼睛："哎呀，你胆子真大！"除上课占去三个晚上外，我还要利用休息时间做功课和预习。我做作业很认真，"车间成本""工厂成本"要一步一步摊分推算，一步错了最后的结果就对不上，很是费神。在这样的坚持下，终于把三个学期的课程全部学完了。学习在1986年7月结业，我的工业会计和商业会计科目考试成绩均为优秀。会计专业的学习，使我对该工作的重要性、这份活儿的辛苦有了感性认识。

上面也说到了，1985年9月至1987年7月，我以走读的形式，在市委党校学习经济管理学、经济地理、现代科技、方针政策等课程。1988年，用业余时间参加了中国政法大学律师辅导班。

一系列的学习，对我提高具体业务能力很有帮助。那时候，每天下面单位的书记、厂长来找的很多，我有时变得像接急诊的医生似的。

厂的同志上来主要都是谈这类事情：企业大额贷款请公司担保，请示呆账坏账的清理核销、大额债权债务的处理、降低企业更新改造资金提留比例、减免上交公司的企业利润。调整企业奖励基金、生产发展基金和职工福利基金留成比例方案和解决亏损企业的奖金来源等等。上述问题在会计学习课程中基本上都涉及了，我逐步掌握了基本的处理原则和方法，与财务科同志能对得上话，开展工作也比较顺畅了。

不久，根据对公司系统企业经营和财务管理状况的了解，我向公司党委建议：加强内控制度建设，设立公司审计科。1987年9月，经市民政局党委批准，正式成立了审计科。同年11月，经与广州电焊机厂协商得到厂领导同志的理解支持，调厂财务科科长区丽生到公司，全面负责审计科的工作。国家审计署是1983年9月成立的，可以说，广州市民政工业公司的内部审计工作，在全国同行业中我们走在了前面。

思之得

世界千姿百态、丰富多彩，唯有通过实践才能构建起"真知"的基座。马克思说："人的思维是否有客观的真理性，这并不是一个理论的问题而是一个实践的问题。"任何客观的判断，都离不开真实情况的掌握、过程中的修正和结果的客观验证。

过去的"摸爬滚打"，现在叫"接地气"。不经历复杂环境的锻炼、独立处理问题的过程，在困难面前人就会显得有心无力。所谓"三门干部"（家门、校门、机关门）"三水干部"（薪水、茶水、口水）就是如此。当然，也有"事务主义"型的，自诩"吃盐多过你吃饭"，却不善于总结提高，人称"一根筋"的，也难成大器。

疾行记

全国福利生产改革工作会议

1985年9月8日至14日，民政部在大连市召开全国社会福利生产改革工作经验交流会议，省市民政厅局、民政工业公司和部分福利企业负责人参加了会议。

公司派我和东升电子厂厂长黄力行作为代表参加这次会议。当年，电子厂在放权搞活的形势下，大胆采取"走出去引进来"的企业经营策略，承接了收录机、838型计算器、电子表和音响设备等热销产品的装配任务，一跃成为公司创利最多的企业。由于当时民政局归属政法系统，局长张受荣、公司党委书记李夫等同志做了许多保驾护航的工作，比如境外来的一些原材料、零部件等被口岸卡住，有的甚至要重罚才放行，没有这些老领导的疏通支持，企业遇到的这些坎儿是难以跨过去的。

在这次全国会议上，民政部唐一志司长做了题为《认清形势、统一思想，把福利生产的改革推向前进》的工作报告，部长崔乃夫讲话，副部长章明做会议总结。会后，组织了与会代表到金县参观。

据统计，到1984年底，全国城乡共有福利企业1.4万家，职工总数55万人，其中残疾职工18万人。全年产值28亿，实现利润3.1亿。产品的行业主要有电器设备、纺织、服装、化工、建材、五金、食品包装、工艺美术、商业、服务业等。广州市的社会福利生产也在加快发展，据1986年统计，市区盲聋哑肢残等四残人员7249人，有劳动能力6121人，其中安排就业5357人，占87.5%。全市区、县和街道共办有福利生产（服务）单位631个。其中，区县一级办的福利工厂27间，安置残疾人459人；街道、居委办的厂、店共604间，共安置残疾人1244人。上述福利生产单位盈利的有563家，有68家亏损。据三年后的1989年统计，新办工厂90多间，新增职工4547人，其中残疾人617人。1988年广州市福利企业和点档972间，广州市区福利企业生产总值达2.296亿元，创税利1367万元。

在这次会议后的12月4日，民政部印发了《全国福利生产改革工作经验交流会议纪要》（以下简称《纪要》），文件抬头是"各省、自治区、直辖市民政厅（局），哈尔滨、沈阳、大连、西安、武汉、重庆、广州市民政局"。《纪要》中提出了福利企业的改革方向、原则和措施，具体有以下十条意见：

一、改革不适应的管理体制

二、试行全民所有制集体经营

三、逐步实现厂长负责制

四、推行和完善经济承包责任制

五、严格执行利润分配使用原则

六、狠抓技术改造，推动技术进步

七、开展多种形式的内联外引活动

八、有计划地调整产业、产品结构

九、加强智力投资，重视人才开发

十、发展多种形式的福利生产

从上可以看到，《纪要》对当时福利企业存在的问题、解困的出路以及要采取的政策措施，是全面、系统的，改革开拓的导向明确，具有很强的指导性。不足的是，在《纪要》下发的同时，针对福利企业的固有特点、运行规律和面临的困境，如何从国家层面解决若干关键性问题，比如重点扶持民政骨干企业、给予国家投资项目的支持、福利企业减免税收制度改革以及通过化解老福利企业负担使其重获生机等等，没有后续的配套措施跟上。当然，即便做了，恐怕也难挽回福利企业的颓势，因为这涉及大环境、系统性和结构性等深层次问题。福利生产单位的本质属性是企业还是福利事业单位，一直是说不清理还乱，困扰着福利企业的良性发展，这次会议也没能解决这个问题。

大连会议结束后，我没买到去北京的卧铺票，为了省些时间，我随即要了一张硬座票就上了火车。路途上，身旁坐着个中年壮汉，我们天南地北地聊了起来。到晚上9时左右，他往座位下铺报纸，看那利索的动作应该是个"老手"。他钻进座底下后又伸出来头对我说："我先睡啦，你要困了就叫醒我！"我摇摇头笑着说："这怎么睡得了啊，你睡吧！"到凌晨4时左右，我还真熬不住了，只好把呼呼酣睡的东北汉子摇醒了，他竟没生气，说声"好！"就爬起来了。我躺在列车地板上，麻木的腿平放着，感觉比硬座要舒服多了，不知不觉进入了梦乡。"先入为主"，我对东北人的好印象就是从这里开始的。

我这是第一次到北京，出站后问了路就往东北方向走。眼前的马路要比广州宽阔得多，一路绿树成荫鸟语花香，让人有种别样的惬意。经过古天文台了，这在中学教科书里就有介绍，我登上高台虽仅走马观花看了一圈，还是被老祖宗的智慧所震撼。步行最后的终点是建国门外大街，我找到了公司生产科长老关战友的单位，在房屋修缮公司招待所留宿了两晚。这里没有电梯，是典型的筒子楼，环境收拾得挺干净，住宿费也很便宜。由于温差的缘故，京城的早晚令人感觉挺凉爽的。

我从小就喜欢动物，还养过小鸡、小鸭什么的。受兴趣的驱动，公事完了后，我找个下午去了北京动物园。从开会到现在连续折腾好几天，人太累了，在公园里没走多远，见游人稀少我也打不起精神，就躺在公园的石凳子上睡了两个多小时，太阳落到西头了，我才拖着疲惫的身子离开。

改革开放初期，外地人的观念比广东要"保守"一些，我还记得一则真实的趣事：全国民政工业产品展销会期间，东升钉厂的生产科长小方，陪同自己的"最高领导"周厂长去北京友谊商店购物。不料，身材瘦小、相貌平平的老周被门卫挡着，说啥也不让进。已经发福的小方那天穿了件府绸衬衫，走路姿势习惯两头晃悠，他用粤语说了一句粗话，门卫听了以为是外语，猜疑来人是东南亚老板，弯腰热情地将他迎了进去。拒之门外的老周着急地喊："他是我的下级！"最后弄清身份后，他们还是因为兜里没有"外汇券"悻悻而归。

思之得

如果大环境发生了根本性的变化，小环境的"真招"也难奏效，"形势比人强"就是这个意思，此时出台的种种"政策、措施"，也是明知不可为而为之。

"改革与完善"是现代社会运行的常态。从小环境到大社会，从小动态到大趋势，任何一个时期新制度的设计、施行，都是为了延续、激发体制内在的活力。而且，当改革迈出了步子，如同独轮车一刻也不能停下，否则会失去自身的平衡而轰然倒下。正因如此，只有通过"顶层设计"式的改革，才能真正"杀出一条血路"，最终走向理想的彼岸。

疾行记

解困房二三事

过去的芳村区，地处广州老城偏远的西南角，老百姓习惯把这看作"蛮荒之地"，全市唯一的精神病医院就在这里，广州人吵架时诅咒对方："送你去芳村！"这与北方人说"你有病"同样意思，是骂人的话。"宁要河北一张床，不要芳村一间房"，这句话我小时候就听人这么说了，当然，这已经是"老皇历"了，如今这里成了知名楼盘聚集、百姓的宜居之地。

芳村区福利厂的盲人职工，当时集中居住在紧固件厂内的盲人宿舍（原址是芳村明心里2号，后更改为陆居路7号之一、之二），占地面积约有1400平方米。二十多年过去了，现在仍住有23户盲人职工。这两栋楼均为三层建筑，砖木结构，据说原是美国基督教长老会的物业，当年留下的资产记载十分详细，清单里不仅有钢琴等大件物品，连筷子碗碟都有详细登记。

当年某日，住这楼里的个别盲人不知出于什么动机，"就地取材"拔掉扶手下的小木柱，竟然作柴火烧了。一天早晨，一位盲人女职工下楼梯，就从扶手的缺口处坠落，结果是不治身亡。这件事发生后，我联想到盲人习惯用木柴明火烧饭，曾有人身上带着火苗自己觉察不到，还去别家串门，差点酿成火灾。我思忖，一旦这砖木结构的老楼失火，后果不堪设想。日有所思夜有所梦，梦里惊出了一身冷汗。"不行，要从根本上解决而且事不宜迟！"我的想法与基建科黄科长完全一致，并得到了陈书记、郑经理的赞同。

基建科的同志很快就行动了，但棘手的问题也随之而来。因为此处属历史保护性建筑，规划局明确要求：外观不能有任何改变，即外立面不能动，只能在内部加固改造。施工难度很大，近百年的砖木结构建筑，要把内部的木地板、木间隔全部拆掉，然后改造成水泥地板、砖隔墙，一旦在施工时稍有震动或某处失去支撑，大楼外墙极易向内坍塌，结果同样是楼毁人亡。负责改造的杨工程师、黄科长和大老李，几乎天天在现场盯着，我是隔三岔五去看进展。经过几乎"不可能"的努力，最后工程圆满完成，我一直悬着的心才终于放了下来。自此，盲人宿舍比较彻底地解决了火灾隐患，也使饱经沧桑的老楼得以"延年益寿"。

当年公司系统有4000多职工，居住面积人均2平方米以下的干部职工不少，那时候困难的情景，现在还记忆犹新。我曾经到一个同事家里，那是地处西关的一间约10平方米的平房，屋里用一半地方当客厅，另一半用粗糙的纤维板作隔墙，作为他父母的卧室。在客厅角落摆了一把木梯子，同事苦笑着往上指了一下说："我住上面。"我好奇地爬上去一看，原来是在屋梁上铺了一层厚木板。"这怎么有两张床？"我随意问了一句，同事显得更难为情，"是我哥和嫂子的。"嗨，我真后悔不该问啊，这时看到两床之间拴了块深色的塑料布。

西华路的八间街，是同车间的另一个工友阿谭的家，厂里的事我们经常在一起商量。他是与另一家人合住一老屋，要穿过别人的厅堂再上自家的阁楼。那时上班都靠自行车，它还属于稀缺的家庭财产，不敢放在户外，于是用铁钩将自行车的前把钩着，斜挂在木楼梯的隔板上。老楼梯的宽度大约60厘米，又窄又陡，阴暗无光，我每次到这儿一上一下，都要背贴着墙，肚子顶到了自行车的脚踏，随着老旧木梯的吱吱颤动，一点一点地挪过去。我每去一次心里就嘀咕：这楼梯

原东升紧固件厂盲人职工宿舍（2017年6月）

真难走啊，不是为了工作我就免受这份罪了。可又想，人家不也天天这么过吗？

为了解决"政策线"以下困难户，公司把首期解困房的建设，放在了东风西路兰湖里、芳村明心路软包装厂区两个地方，并纳入了广州市解困房办公室的重点项目内。芳村明心里解困楼高7层，总面积3860平方米，共解决了近70户困难户或无房户的住房问题。在建设兰湖里宿舍过程中，大家反复考虑，如果通过加层，可以多解决近二十户干部职工住房。经过设计单位测算，承重基础没有问题。在灌注顶层框架后，发现首层有一根立柱出现了微小的裂痕，是否是加层原因造成的？我们有些紧张，马上请工程技术人员到现场鉴定，同时拟定了几条应对措施。经过反复技术检查，排除了上述担心的因素，又采取了增加底层立柱强度的措施，以加大保险系数。

为了增加公司机关的办公场地，对旧礼堂在原地进行了改建，临街的首层拨给供销经理部，二层为公司领导、纪检、办公室和保卫科使用，因新增加的面积不多，公司党政主要领导也没有安排独立办公室。

1984年的7月间，我去了公司驻深圳的办事处一趟。当时办事处租了当地几间平房，其中有提供临时住宿的房间，小吴带着几个工作人员守着。当年深圳这地方，难得见到一棵树，骄阳当头酷热难耐，在新铺设的水泥马路上，来往汽车卷起阵阵尘土，让人喘不过气来。当年这里有许多可供选择的好地方，很有发展潜质，如果公司找个地方建个写字楼、宾馆什么的，肯定能成为优质资产。不过广东俗话说得好："早知道就没穷人了！"

基建行政科的李耀明，我们都叫他"大头李"，他身体壮实工作很勤奋。搞基建是很辛苦的，比如挖基础桩的时候，为了检查施工质量，要落到每根桩的底部去查看，他经常是一身水一身泥的。他是个乐观的人，不料那年他感到身体不适的时候，已经是肝癌晚期了，腹水使肚子越胀越大，人很痛苦，大家看着都很着急却没有任何办法。最后，家人把希望寄托在乡下民间的中医偏方上，开方的医生说能管用。也不知道是什么药材，煮了一大缸子汤药天天服用。结果还是不出所料，药没喝完人就远走了。

1988年8月初，我专程到香港看望黄杰南。按惯例当时的移民政策是，以夫妻关系申请长期居留，一般要排队轮候6年。老黄在广州的医院已经确诊患癌症，香港入境事务处提前批准永久居港。他刚过去时，住在新界区新建的屋邨。不久，社会福利署了解到他的住处离亲属比较远，短时间内又调换了地方，以方便家人照顾。他对我说，

疾行记

"我是靠那些社工才活着,他们隔天来家里,除了了解病情还同我聊天,这比喝止疼水还有用。"他无力地指了一下桌子底下,那里放着大概4公升容量的两个白色塑料桶。不知为什么,我心里突然一阵紧缩,瞬间有点眩晕的感觉。

大概是半年后,我接到杰南妻子的电话,说老黄已经去世了。十分难过之余,我回头算了一下,这五年来是公司历史上基建项目落成最多的,人均居住面积2平方米以下的200多户的职工,其住房问题大部分已经得到解决。

思之得

"二平方米以下住房困难户",在今天已经成为历史词汇。它是改革开放四十年来沧桑巨变中的一个缩影,也是百姓生活根本改善的发端。

满意不满意、高兴不高兴、拥护不拥护成了铁律,不改革重走回头路,老百姓不答应,干部群众不答应,谁敢冒天下之大不韪?!

两难之择

我先后经历了两任公司领导班子的工作。

先是党委书记陈汉(1983年12月—1987年4月)、经理郑国帆(1983年12月—1987年5月);后是党委书记彭家创(1987年4月—1995年5月)、经理刘生同(1987年5月—1995年5月)。企业的书记与经理作为党政分设,要将工作关系处理好,到实践中就不容易。我经常被不同的意见夹在中间,且各有道理,只是看问题的角度不一样。所幸的是主要领导能够体谅我,在多数情况下,都能从大局出发,一般问题都授权我相机处理。班子的其他同志虽各有分工,但都能相互配合,工作关系也很融洽。

时间不长,我对分管工作有了基本了解,也获得了科室同志真心实意的支持。我按照公司领导班子确定的大原则,与生产、财务、劳资等部门研究制定了《广州市属福利工厂经济包干方案》,在16间市属民政企业推行厂长任期责任制、厂长(经理)负责制等,我承担具体的实施工作。

当时,下面单位的总体情况是半晴半阴,二分之一强的企业日子还可以,但近一半的企业处在微利或亏损的边缘,由此许多事情处理起来很棘手。比如,职工医药费缺口问题,按照当年国营企业会计制度,医药费在职工福利基金项下列支。由于企业财务管理体制不同,企业提取职工福利基金办法一般有两种:一是每月按工资总额的一定比例确定工资附加费,计入产品成本,从销售收入中提取;二是按规定从利润中提取的企业基金的一部分,作为职工福利基金。当时公司属下企业已经实现利润留成的分配制度,全部单位按第二种方法提留。

职工医药费是福利基金开支的第一大项,它包含了职工及其供养的直系亲属的医疗费、医务人员工资、医务经费、职工因工负伤就医的路费等;第二大项是职工生活困难补助……福利基金的使用范围至少有六大项,凡是企业与职工生活有关的都在这里开支。问题就在这里,好一点的厂,钱少事多叫"捉襟见肘",效益差的就基本没有来源,用广东话来说就是"干塘"(池塘干枯)啦。

公司下面的企业多数是五六十年代的老厂,中、老年职工占了大多数。改革开放后，随着国内医疗水平的提高，中外合资药厂的陆续建立，可供选择的药品、医疗和检验设备比过去多多了，开支明显加大，这也成了"双刃剑"，每个单位医药费无不例外都是超支，看病后报销难，成为直接影响职工正常生活、情绪稳定的大问题。

在1986年前后，软包装厂呈给公司一个报告，提出该厂一个女青工急需换肾，但手术费昂贵需要好几万元，厂里解决不了这笔开支，要求公司资助全部医疗费用。看到报告后，我感到十分为难。当时公司属下的困难企业，许多仅在维持简单再生产，多数工厂的设备更新都希望公司能出上一把力。公司年度预算安排的资金很有限，比如，残疾人协会全年经费还不到10万元。但如果不解决这笔钱就无法及时手术，年轻女工的生命很快会失去。最后，公司还是想方设法筹齐了这笔钱，让这位女工顺利做了手术。

电子厂老工人杜师傅，每周都需要至少一次的肾脏血液透析，这类医疗收费贵且持续时间长，医药费的报销就成了大问题，她的医疗费用相当于全厂该项开支的总额，如果解决她一人，其他职工就难以保障。杜师傅不愿意给厂里带来更多的负担，含泪把其他一般的药费单都撕掉了。报销还是不报销，厂里把矛盾上交，让公司裁决。报不行，不报也不行，你说怎么办？真是令人焦心的难题啊。

老工人曾师傅，是盲人中的老党员，又是公司的盲协委员，生活拮据过不下去了，他琢磨着想重操旧业"卖唱"，又怕这么做影响单位的形象。协会同志耐心地做他思想工作，厂里也给了一些临时性的困难补贴。但我也清楚，这不可能彻底解决曾师傅的困难，何况还有其他职工呢，也要一碗水端平啊，但是厂在这个时候，已经没有能力帮助困难职工了。上面说的几个例子，凸显出当时福利企业面临的艰难与困境。

1987年7月，我转任公司党委副书记，协助彭家创工作。长期思想政治工作的积累，对"新角色"工作的开展，可以说是轻车熟路了。

> **思之得**
>
> 在"两难"夹缝中解决问题，也称"两害相权取其轻"，虽然管理类教科书里常有相似案例，但你也难以模拟效仿，这差之毫厘谬以千里啊，这个时候就要看干部排难解困的"内功"了。

第一次出境

1985年1月19日，公司正式成立盲人聋哑人协会，我担任主席，黄锦琇（专职）、叶炽光（聋人）、曾来贵（盲人）任副主席，李和成任常委，麦志琦为专职聋人手语干部。同年12月21日，市盲人聋哑人协会召开五届三次全会，我等6位同志增补为广州市盲人聋哑人协会委员。

翌年，12月8日—12日，我以市盲聋协会委员的身份，赴港参加第一届亚太地区聋人会议。那年头出境审批很严格，原来请示上报是由3人组团成行，其他两位同志是安置聋人的福利企业领导，他们以随员的身份申报。最后，省委办公厅只批准了我一人赴港。一同参会的还有省盲人聋哑人协会聂洪涛秘书长。

当时外汇管理的规定，是允许按出访每天150元港币兑换，还要

香港国际聋人会议期间部分代表合影（1986年12月）

局财务处的同志专程到外汇局去申请，前后费了3周的时间。我是第一次过境，对那里的消费水平一无所知，更不了解香港各类酒店的房价了，只知道会议地点离尖沙咀的新世界酒店很近，我腿不方便，就想当然地预订了那儿。

到港的当天下午，直接到了大酒店登记入住，我愣住了，这里每天的房价近200港元，我每天能报销的住宿费也就100多元港币，而身上就带着600元港币，当时人民币在港不流通，既不能使用也不能兑换。我一下子急得额头冒出了汗，要求前台马上退房。服务生告诉我，退房也要收50%的房费，他见状笑着劝我说："先生，来也来了，就享受一个晚上吧。"傍晚我与老聂联系上了，他已住进一个较为便宜的旅馆。

我整晚的"享受"就是睡不踏实。天色微亮，我拉上行李叫了部"的士"，很快到了窝打老道的基督教女青年会（YWCA）。这宾馆位于弯进去的小道侧，环境比较安静，房间陈设简单但收拾得很干净，有独立卫生间。据说，中国女排也曾在这儿下榻。

我给住铜锣湾的姨妈打了电话，她老人家吩咐我："阿新仔，要多带点银仔（硬币），坐车、打电话都要用嘎。"于是，我在小商店换了三十元硬币，整齐地摆放在床头柜上，匆匆开会去了。晚上回来一看，糟了，一个"money"都没留下，估计全被当了小费，我懊恼不已，这能怪谁呢？也是从这时开始，给"小费"的意识算是扎根了。

在与会的过程中，我感受到国际会议的高效和节俭，也感觉到当地人不时流露出来的优越感。受鲍校长的邀请，我与广州市聋校简栋梁老师一起参观了香港聋校。参观期间，学校员工介绍情况时，所体现出来的专业和严谨，给我留下很深的印象。会议期间，我们前往新华社香港分社，机构位于港岛皇后大道东387号，大楼刚好在大马路的拐角处。接待的工作人员礼貌热情，很快就完成了内地人员赴港公干的报到手续。

会议结束的当天傍晚，我乘地铁到了美孚新村第三期。一出站台，看到有这么好的公共配套小区和楼寓，暗自啧啧称奇、惊羡不已。我在一小食店吃了碗"云吞面"，按门牌号找到了舅舅家。晚上，我与舅舅聊了很长时间，言谈话语中，能听得出主人生活的压力和隐忧。天亮后，舅舅将我一直送到地铁站口。几年后，舅舅为了凑足给两个孩子留学的费用，忍痛低价将该房子卖了，搬到了舅妈所在医院附近的一个小单元居住。

睁眼看世界，我是从家门口开始的。当时感觉香港社会的节奏，快得让内地人难以适应。没过几年，从与香港朋友的交往中感到，我们不仅适应了这种"紧张"，而且比他们的节奏更快。不经意间，"时间就是金钱，效率就是生命"已经深入人心。

疾行记

> **思之得**
>
> 　　无论你在哪个行业、领域或层级，要成为合格的管理者，就要与时俱进地提高、完善自己，实现社会化进程的持续。同时，这往往又受制于各种条件和因素，它实质是政治、经济和社会等方面的资源配置。正因如此，资源的"稀缺性"决定了它的"给予"必须体现公平、公正原则，这对个人而言，它是"发展机会均等"的客观要求。

众推手，伤残青年协会

　　1986年春，广州市青联的同志与我面商，设想筹划成立广州市伤残青年协会，以加强内地与香港、澳门青年组织间联系，搭建起三地残疾青年交流的平台，进一步扩大青联的社会联系范围。最初前来联系的是市青联干事谢玉川，他是一位有工作热情又不乏耐心的年轻人，我们先后几次都是在公司办公室交谈。香港伤残青年协会的朋友，对推动成立兄弟协会表现出很高的热情，他们通过各种联谊活动介绍香港残疾人的状况，钟锦树先生、邝兰香女士等多次到穗，分别与市青联和我沟通相关情况。在筹备协会成立的大体轮廓出来后，市青联同志建议我担任首任协会会长。

　　当时，自己在公司负责四个重要业务部门，具体工作繁重、耗费精力很多。经慎重考虑，我认为找一些有能力、精力又顾得上的同志

原国家主席刘少奇夫人王光美同志和
广州市伤残青年在一起（1995年2月）

担任协会的基本骨干，会更有利于协会初创时期的工作。于是，我向市青联推荐了几位有丰富社会经验的残疾青年，有时任东升制钉厂党支部书记孙俊明、广州电焊机厂技术员杨毅和记者李志鹏等。

市青联对伤残青年协会的筹备工作抓得很紧，计划成立的时间很快就定了下来。我将会长建议人选与青联谢景芬等同志沟通后，马上到地处西关的制钉厂找阿孙，结果人没找着。那时候别说手机，连BB机都还没有出世。厂里的同志告诉我，当天晚上市民政局举行文艺晚会，其中有钉厂盲人职工的表演节目，阿孙会不会领队去了？我骑自行车赶往广卫路，途经起义路公安局大门时，听到高音喇叭正在播出中央有关会议的重要新闻，我捏住自行车闸听了一下，又赶紧往华宁里的方向蹬去。

到了民政局四层礼堂，演出已经开始了，我站在后排环视场内，在舞台右侧前排靠边的座位上，真的看见了俊明。我把事情的来龙去脉叙述了一遍，他是大局意识很强的人，很痛快地把事情答应下来了。

疾行记

随后，我将情况反馈给了市青联。

地处珠江岸堤的基督教青年会，热情为残疾人开会商讨"伤青"成立提供了场地，当我进入会场看到里面寂静的环境，感觉自己是平生第一次邂逅"基督教"。到这里来的有些残疾朋友，从来没"享受"过开会的"待遇"，他们表现出难得的兴奋。王宗怡、谭绍昌、奚亮秋、宋卓平、梁左宜、何平、张新、卢镇安、徐贤实、潘锡明、温建荣、雷建贤、黄宝材、冯展鸿、吕德华、卢家恒和李志鹏等十几位残疾人，他们都是推动"伤青"成立的先行者。当然，这"临门一脚"的功劳，要记给在台前幕后默默出力的市青联的同志。

1986年12月9日，广东迎宾馆喜庆热闹，500多来宾齐聚一堂，共同见证了广州市伤残青年协会的正式成立。会长是孙俊明（肢残），副会长有杨毅（肢残）、徐贤实（肢残）、潘锡明（肢残）、王新宪（肢残）、奚亮秋（脊柱残）。紧接着，同月27日，另一个民间兄弟残疾人组织——残友之家也诞生了。自此，我们身边许许多多的残疾朋友，有了自己新的展示平台。

广州伤残青年协会、残友之家等群众组织的成立，是改革开放的春风催生的。成立协会前我向局领导做了汇报并得到支持，会址先是设在环市西路68号（原东升模具厂旧址，后作东升钉厂仓库）。由于该地点偏西交通不大方便，后经与民政局房建公司协商，同意把协会牌子暂时挂在净慧路28号首层。青联谢秘书长说："不容易啦，在青联几十个社团中，有自己固定会址的不多，这条件就很难得了！"

事后，我觉得这地方不是自己的，并非长久之计，想找个有实力的单位帮忙，彻底解决"立足之地"。我想到了离家不远的一家国有企业，地处八旗二马路42号的广州市城市建设开发总公司。接待我的

自强残友之家为会员举办集体婚礼

公司领导是位姓杨的老同志。他挠着脑门说，没想到会有这种事找上门来。我详细介绍了残疾青年组织的情况，接着"斗胆"提出：希望公司能在其新建住宅小区中，提供某首层的一套三居室单元作会址。老同志很直爽，说很理解我提的困难，但这事他个人定不了，答应积极去想办法。

不久，我又去了一趟他的办公室，杨老总说，经过总公司集体研究，同意无偿提供中山六路49号二层的一套旧房，面积一百多平方米，层高有3.5米，还可以加个阁楼。我非常高兴，这就有着落啦！赶紧去看房子吧。这是新中国成立前的老商业区的房子，处在老城区的中心街道旁，整日车辆川流不息，公共交通特别方便。最大的缺憾是该单元在第二层，老广州的旧式楼梯很陡的，残疾人上下会挺费劲。

我当时想，人家可是白给的啊，退而求其次吧，眼下要求不能太高了，先拿到手再说吧，否则老总一旦退休这事就黄了。加上这地点是老商业中心，以后也不愁换不到合适的地方。我通知相关同

广州市伤残青年协会旧址，中山六路49号
二楼（1991—1998年）

志，抓紧办妥手续。很快，钥匙拿到了手上，也就是从那天起，广州市伤残青年协会有了自己名副其实的会址。

思之得

　　伤青协会、残友之家等民间组织，社会习惯将其归类于"草根"，它们植根的土壤是残疾人自我意识和自立诉求。

　　是改革开放的春风雨露，唤醒滋润了南粤大地，社会观念在潜移默化中进步，"助无助者""为善最乐"，成为新风尚中的道德追求，通过这个窗口让我们真实地看到，深刻的社会变革是如何重新塑造人们精神世界的。

元岗余晖

　　这里又回到公司自身了。如果说，"文革"前那段短短的历史不算，那从1975年起，市属福利企业的"准上层建筑"，应该是广州市民政工业公司。

　　广州民政工业的雏形，形成于五十年代初期。当时市、区民政部门按照上级提出的"生产自救""安置与改造相结合"的指示精神，先后成立了具有自救和改造特点的小型生产单位，用于安置烈军属、城市贫民、盲聋哑残人员和收容人员。经过一段时间的调整充实，逐步转变为社会福利生产单位。1965年底，根据全国民政厅局长工作会议精神，广州市将市内由区民政部门管理的13个福利生产单位划归市民政局管辖，加上局属原有的9个福利生产单位，一共组成22个福利工厂。

疾行记

　　为加强对市属民政福利企业的管理，经广州市政府批准，于1966年1月成立广州市民政工业公司。可谓生不逢时，半年后"文革"开始了，工业公司不久就陷于瘫痪，后在1968年11月被撤销，所属生产单位归由市民政局革委会生产组领导。到"文革"后期的1975年5月，市民政工业公司又被重新恢复，同年11月，中共广州市民政工业公司党委成立。

　　党的十一届三中全会后，在中共广州市委、市政府和市民政局的领导下，工业公司在解放思想、放权搞活的方针指引下，通过加强党组织建设、企业全面整顿、实行厂长责任制、任期目标责任制和企业承包制等一系列改革措施，激发了公司属下福利企业的内在动力，有力推动了生产单位积极调整、改善产品结构，逐步适应了市场经济的竞争环境，经济效益和社会效益都得到了明显提高。

　　到二十世纪八十年代，工业公司的发展规模迈上了新的台阶，共有16个经营单位，其中有生产企业14家；全公司员工近5000人，其中残疾职工1700多人，占生产人员的64.5%；厂区面积14万平方米，厂房面积66000平方米。其中，橡胶制品业2家、纸制品工业2家、日用电子器具制造业2家、机械工业3家、电气机械及器材制造业3家、缝纫制衣业1家、日用化工产品制造业1家。产品有工业电器、家用电器、包装制品、橡胶制品、五金产品、工业劳保用品、精细化工产品等，跨七大行业共60多个品种。1976年到1990年间，出口产品有睡衣、童装、元钉、色扣、轮辘、棺材、水泥袋、乳胶手套、橡胶活络传动带、电风扇、电器插头插座、防火灯头、计算器、电子手表、电子玩具、游戏机、劳保和塑料雨衣、编织手袋等。

　　区、街道的福利企业有电子器具、电器器材、日用五金、橡胶、

— 112 —

塑料、机械、纸制品、工艺品、印刷、日用化工、纺织、缝纫、家具、文具等14个行业，主要产品22种。1981年到1990年，是完全计划经济过渡到市场调节为主、计划调节为辅的时期。根据有关资料记载，市计委按计划经济渠道分配市民政工业系统的主要原材料有钢材2.22万吨、生铁268吨、橡胶710吨、水泥1730吨、木材1563立方米、煤炭1.2万吨。

广州与上海、北京、沈阳、杭州等地，成为我国改革开放时期在生产规模、产品档次和经营水平等方面在全国有影响的民政工业公司，她们创造了自己的辉煌岁月。

政治是经济的集中反映，经济是社会问题的终极原因，公司的发展轨迹同样逾越不了这条规律。我曾选择1991年到1995年公司财务状况进行比较，根据财务报表反映：1991年全年实现利润913.89万元，同比增长37.38%，完成年度计划52.31%；1992年大幅攀升，全年实现利润1479.50万元，同比增长61.91%，完成年度计划218.22%；1993年达到峰值，实现利润1937.21万元，比1992年增长30.94%，完成年度计划的197.7%。可是到1994年出现断崖式下滑，全年实现利润1053.98万元，比1993年同比下降45.34%，仅完成年度计划78.19%。1995年加速滑落，全年实现利润仅251.33万元，比1994年下降达76.15%，仅完成年度计划的23.27%。同年，纳入财务报表统计口径的24个企业，有14家亏损，占公司企业总数58%，残疾职工总数也下降到不足1000人。

时间走到了1996年6月，在全国各行业推动进一步建立现代企业制度的背景下，广州市民政局批转了《关于民政工业公司改革重组转制解困的实施方案》民发【96】131号文件，正式撤销广州市民政工

广州市民政工业公司残疾人协会联谊活动

业公司。这也是宣告，在公司恢复运转的20年后，它的命运在二十世纪的末期画上了句号。

公司解体后，市民政局将原市属福利企业按地域分三大片进行管理：一是市区片，以原公司经济开发部为龙头，包含民兴汽车维修服务中心、东升儿童服装厂、东升无线电厂、市民政工业供销公司；二是芳村片，以广州橡塑制品工业公司为龙头，含广州塑料软包装厂、广州甘谷油墨厂、广州市东升雨衣厂、广州市民政工业生产经营部、电子厂；三是上元岗片，以广州市焊接设备器材工业公司为龙头，含广州电器元件厂、广州档圈厂、华丽丝生发精厂、广州配电设备制造公司。这也可以说是进入"公司后体制"了。

2000年5月，根据广州市关于党政机关不再作为主管部门直接管理企业的意见，市民政局与福利企业剥离行政管理关系，对余下7间企业实施关闭破产，至2003年5月，关停工作基本结束。

2017年的1月，虽已是穗城的深冬，却没有往年令人难以抵御的阴冷。我在时隔近30年后，又回到了长浕上元岗厂区。这里占地面积约92亩，厂房建筑面积有3万多平方米，是当年公司管辖下最大的生产基地，驻有电器元件厂、电焊机厂、南方日用电器厂和生发精厂等骨干企业。

眼前凋敝萧条的景象，如同某个工业厂区的遗址。仅存的电焊机厂和电器元件厂，生产规模也只能称为"作坊"，其余厂房已经全部租了出去，除此以外看不到其他什么了。虽是一百个不情愿，无奈眼见为实，"市属福利企业"已经一去不复返了。此情此景，不由让我想起清代张衍懿《度梅岭》里的那句"古碣尚留唐相迹，荒祠谁记越王工？"引用它不算贴切，却能映衬出一行人此时的唏嘘与落寞……

思之得

　　民政工业，是"民政志"中厚重的一辑，它宛如漫漫征途上的路碑，见证了曾经发生过的不凡历史，折射出那个时代的价值观和精神面貌。

一代人之情感

在我到公司工作三年后，1987年5月，陈汉、郑国帆两位老领导因年龄原因，改任为巡视员，同时还有一些退下来的公司中层干部。这些同志对民政工业怀有外人难以理解的情结，对福利企业前途命运的忧虑，对具有特殊社会属性企业的改革发展，他们并没有因为退下来就停止了思考，他们对公司步入市场经济大环境如何转型十分关切，从当时学习讨论记录也能真实地感受到。

比如，在1987年5月27日，公司领导班子召开专题学习会，学习贯彻市委扩大会议关于深化改革搞活企业的精神。讨论时陈汉发言：市委扩大会议中心突出，关键是把中央给的政策具体化了。广州过去最大的弱点是无人敢拍板，中央文件下发后只到主管局，下面掌握不了，这样办事太慢，因此外商喜欢到县里投资，不愿到广州来。比如我们南方厂的合作项目，从谈判开始到批准历时一年多时间，这个处同意，那个处卡住，支持不够，我局也有类似情况。政策是否用足关键在于是否吃透政策的精神。

陈汉还举例说，现在有些问题还没解决，比如文件讲超基数部分企业可以多留，但要控制消费基金增长，应该是消费基金与劳动生产率相应增长。市领导刚讲完第八天就发文件，奖金要控制，系统内调整也不行，超发部分还要纳奖金税。他强调，我们公司比正规工业更困难，要搞承包如何搞法，要把搞好"四残人员"（指盲、聋、哑、肢残、智障职工）生产作为承包的条件。企业承包总的方向是对的，内容要具体化，要找出法律依据。如果经济单位与行政单位签合同发生矛盾怎么办？如何合理确定承包基数？这些都是大问题。承包经营责任制可以分几类进行试点，稳定的、接近亏损边缘的微利单位和"死火"厂（亏损停产）三类。

郑国帆接着发言：要抓住机会，首先要认真学习，认真吃透政策。现在是一个转折点，扭转我公司的被动局面。过去搞活了又搞宏观调控，一控制就"死火"，现在又说要"放水"。我国几十年已经有过深刻的教训，几次大的曲折。1984年、1985年公司利润增加，大家都很高兴，赚了钱以后就有不同的看法。我认为公司84年、85年的经验是可行的。

他也举例说，为什么汽车修理厂任务不足，有车不送我们这里来，说到底按正规国营企业那套办法是行不通的。有些企业通过承包就搞活了，亏损的也可以搞承包，按到1990年三年不变的原则也可以搞个试点。不要一风吹，过去留成比例是缴三留七，如果全面铺开，放了水也不一定就能养活鱼。

回看当年，老同志的耿直与敢言里闪烁着睿智，仿佛"涛声依旧"。今天重温过去的星星点点，是希望能记住昨日的他们，也提醒今天的我们，人永远离不开过往的曾经，无论给你留下的是什么。

从1971年开始至1988年，我在民政系统里整整18个春秋。其中，1984年至1988年在民政工业公司的这5年里，拓展开阔视野，培养宏观战略思维，提高处理复杂问题的能力，对我来说是很关键的历练，局、公司领导同志的教育培养和指导帮助，令我终身受益。1989年初，我离开了滋养和磨炼自己近二十年的地方，面对一个新的工作环境，开始走向自己人生故事的下一个章节。

不知不觉，念旧，成了天命之年后我们相近的特点。

2014年、2015年春节前夕，我与几位认识40多年的同事相约，先后看望了黄立新、潘映中、黄君美等三位老同志。后来又在茶叙的机会，见到了公司老领导刘生同、郭婉群及早已到市政协工作的李竟华，原来厂政工组的阿苏和小眉……大家抚今追昔，感触良多。

在知道老同志的近况后，我真佩服老潘厂长的先见之明。他在海珠区民政局筹建老人院之初，就订下了一个面积约20平方米的养老公寓单元，内有独立厨房、卫生间，且属一次性交费，终身享用。我们看过后，感觉这里的环境真好，老人院与中医院是一体的，每天都有医生定时来量体温、测血压等，这样的条件在广州并不多见。老潘身体很好，生活悠然自理，高兴了就回家转转，来去自由。我们一同去的人对视着，心有灵犀地笑了，意思大家都明白，这，就是十来年后属于我们的情景了。

看望黄君美时，她正在市红十字会医院住院，因为大闺女在那儿工作，照顾起来方便一些。她身体虽显瘦弱，但神情与多少年前一样，说话声音爽朗，与人交谈也很流畅。在茶叙时阿苏兴奋地告诉我，她已经当奶奶了，丈夫早已从部队退休现在家休息安养。听得出来，她的家庭生活挺圆满的。小眉看上去几乎没有变化，依然文静淡雅，她正为儿子找对象的事操心呢，我笑着说了一句："普天之下莫非娘亲啊！"

有一次，在盘福路偶遇原公司一位老科长，"参加工作五十多年，就拿两千多块钱退休……"他站在路口的老榕树旁，边说边拭眼泪。我说什么好呢，看着老科长，无语。外人可能不了解，大多数民政干部是很不容易的，许多人建国初就参加工作，是民政事业的开荒牛，一生交给组织安排，在任劳任怨中奉献了全部青春年华。

我记得母亲曾对我说过，她因人事工作要经常与政府机关打交道，她感觉相比之下，民政部门的同志比较朴实、机关味少一些。我想，不知道这是否与这个部门接触穷人、困难的人较多有关系呢？

在企业退休的民政干部待遇都偏低，其他行业情况也一样，在企业退休的待遇普遍比不上机关干部。机关退休的同志是吃"财政饭"，保障条件更优越些，这里既有历史原因也有后来制度设计的某些缺陷。这些年来，国家已经关注到上述问题，采取一系列措施缩小了差距，使早年退休的老同志生活有了稳定的保障。

话说回来，时隔近三十年不见，老同志精神头不错，身体比我想象中还要好，着实令人从心底里高兴，你说人到这时候，还有什么比这更重要的呢。

在轻松的聊天叙旧中，感觉老同志的相同之处是，他们都不提过去的苦啊、劳啊，这些似乎都淡忘了。但每问及一些大的事情，依然能把来龙去脉清晰地描述出来。毕竟岁月不饶人，他们的快乐与艰苦、光荣与委屈，这酸楚难言的感慨，只有在那样环境下的过来人，才能感受到此时涌动起伏的思绪。

他们说，人这样都能走过来了，还有什么可怨悔的呢……

思之得

　　这是值得尊重的一代人，新中国因他们有今天。

　　没有人能走出历史大环境的影响，但理性思考能够减少自身认知的天然局限。

　　前人的沧桑磨砺，是后人的精神财富。

　　理想之光永存。

下　　篇

　　从 1989 年到 2000 年，在市、省残联的十二个年头里，持续稳定的岗位，让我与同事能够心无旁骛地工作，许多对残疾兄弟姐妹"利好"的设想，成了"看得见、摸得着"的现实。

下 篇

"上级要求成立"的组织

1988年3月,初春的北京乍暖还寒。

在9日这天,我揣着面值"10市斤"的全国粮票,随同十七位同志组成的广东省代表团赴京,参加中国残疾人联合会第一次全国代表大会。

3月11日,大会隆重开幕了。党和国家领导人赵紫阳、李先念、李鹏、乔石及胡启立、乌兰夫、万里、田纪云、李铁映、杨尚昆、宋平、杨得志、张劲夫、胡乔木、黄华、黄镇、朱学范、阿沛·阿旺晋美、荣毅仁、宋健、赵朴初等在中南海接见了代表,李鹏、乔石出席开幕式,中共中央政治局常委乔石同志代表党中央、国务院向大会祝贺并讲话。中国残疾人联合会筹备组组长邓朴方同志做了《团结奋斗,开创残疾人事业新局面》的报告。

在这次大会上,我被推选为中国残联第一届主席团委员和肢残协会委员,也是我第一次接触到"残疾人联合会"这个偏正词组。其实,中国残疾人联合会的成立,至少在两年前已经开始在国家层面运筹了。

1987年4月6日~10日,中国残疾人福利基金会、中国盲人聋哑人协会(以下简称"两会")在唐山召开全国残疾人工作会议。会议上,邓朴方就社会化管理和成立残疾人联合会问题做总结讲话,阐明两会合并是新时期残疾人事业的需要,本着改革精神成立联合会是大势所趋。同年7月21日，中国残疾人联合会筹备组成立并召开了第一次会议。筹备组由残疾人福利基金会、盲聋哑协会负责人邓朴方、刘小成、周敬东、林泰、林用三、张安发等同志组成，民政部副部长张德江为召集人。

同年12月9日，国务院办公厅以国办发【1987】75号文件，转发《民政部关于组建中国残疾人联合会的报告的通知》，下发至各省、自治区、直辖市人民政府，国务院各部委、各直属机构。《通知》指出："发展残疾人事业，发扬社会主义人道主义精神，努力做好残疾人工作，是社会主义优越性的体现，也是社会进步与人类文明的标志。为了进一步做好社会保障工作，推进我国残疾人事业的开展，国务院同意组建中国残疾人联合会。"《通知》要求，"中国残疾人联合会要代表残疾人的共同利益，全心全意为残疾人服务；加强政府、社会与残疾人之间的联系；为政府决策提供咨询和建议；承担政府委托的任务；动员社会力量，推进社会化管理，发展有中国特色的残疾人事业。"《通知》明确，"中国残疾人联合会享受总局级待遇，由民政部代管，在国家计划中单列户头，与国务院各部门和各省、自治区、直辖市建立业务联系。中国残疾人联合会的地方组织，由各地人民政府依据本通知精神，结合本地实际情况组建。"

12月10日，民政部成立中国残疾人联合会筹备小组，邓朴方任组长，刘小成、周敬东任副组长，成员有林泰、林用三、刘京、薛恩元、滕伟民等同志。同月23日，在筹备组成立会议上，宣布中国残疾人福利基金会和中国盲人聋哑人协会合署办公，民政部副部长张德江出席会议并讲话。

1988年1月16日~18日，在中国残联首届全国代表大会筹备工作会议上，民政部部长崔乃夫在讲话中指出，中国残疾人联合会的组建标志着中国残疾人事业进入了一个新的阶段。邓朴方详细阐述了组建中国残疾人联合会的必要性，强调新时期残疾人工作既要纳入国家的大盘子，又要充分"社会化"，要有代表、服务、管理功能。他还特别强调，残疾人联合会的成立不是沿袭旧制，而是改革的产物。

在全国首次代表大会召开后，4月初，广州市民政局向市政府呈报了《关于组建广州市残疾人联合会的报告》，建议成立广州市残疾人联合会筹备领导小组。时任市委书记朱森林、市长杨资源对此十分重视，就成立广州市残疾人联合会的报告很快做出了批示。同年6月，广州市编委正式批复：市残联为社团组织，按处级单位管理，配事业编制30名。

在这期间，简兆彬同志分别征询个人意见，问我愿不愿意到市残联工作。自己当时的直觉是这是局党委的工作考虑，长期养成的组织观念，让我没太多想就表示同意了。老简是来自市人事局的资深干部，后调市民政局任人事保卫处处长，1987年底市盲人聋哑人协会、残疾人福利基金会合署办公后，他转任为"两会"的负责人。

在这后来的一天，我下厂工作后回到公司，在走廊碰上了刘生同经理，他轻声告诉我，局准备调你到市残联工作。约一周后，局党委书记吴庭芳找我谈话，副书记卓仁道也在场。吴书记说：新宪，经局党委研究，调你到市残联工作，任副理事长，相信你能做好新的工作。局领导接着又说，盲协的朱彬同志因年纪关系就不过去了，钱文昌同志过去，也任副理事长。这时，我忍不住问了一句：残联具体要做什么工作？两位书记的回答大致是一样的，他们说，还不是太清楚，上级有这样的要求，为了进一步做好残疾人的工作，各地都要成立残联，局里已经准备成立领导小组，开展筹备工作了。

局领导最后嘱咐说，还要从局机关、下属单位调一些同志到残联，他们的情况参差不齐，你是主要骨干，有实际经验，情况也熟悉，要放手工作啊。那时候，大家对残联的组织结构、工作方式都不了解，也没有听说有局机关干部主动要求到残联的。

9月，市政府正式复函市民政局，同意成立广州市残疾人联合会筹备领导小组，由李桢荪（市政府办公厅主任）任组长，李金福（市民政局副局长）、简兆彬（市残疾人福利基金会秘书长）任副组长，钱文昌（市盲聋哑协会副秘书长）、王新宪（市民政工业公司党委副书记）、张亮城（市民政局社会福利处处长）、邝梦翔（市东升医院按摩师）等为成员。此后，筹备工作就围绕着市残疾人联合会首届代表大会召开紧张地进行，具体工作由市盲聋哑协会和残疾人福利基金会的同志来承担。

悟之得

有的人认为，是他们的能力创造了机遇，实不尽然。能力与机遇，常常是两条互不相交的平行线，机遇不是自己主观能寻找的，也就是常说的"可遇不可求"。当然，抓住机遇却大多要靠自己，所谓"机不可失、失不再来"。客观看待不期而至的"机遇"，正确对待组织的期望，才能客观面对"真实的自己"。

下 篇

"三人行"理事会

全国残联代表大会召开以后,时间过得真快,转眼间就到了1989年。

广州市残疾人联合会第一次代表大会(1989年2月)

1月初,中共广州市委通过了市残联领导班子组成的建议人选。根据批复意见,市民政局党委任命钱文昌、王新宪为市残联副理事长。自此,我不再担任市民政工业公司党委副书记职务。同月,广州市机构编制委员会批复:根据中国残疾人联合会对地方残疾人联合会组建工作的要求,考虑到联合会的特殊情况,同意广州市残疾人联合会按相当于副局级单位管理。广州市政府下文批复:"同意二月上旬召开残疾人联合会代表大会;会议经费请地方财政拨款。"与此同时,广州市

疾行记

政府办公厅向市属各区、县发出通知，要求抓紧组建各级残疾人联合会。

早春2月，南粤大地暖风微拂，羊城处处生机盎然。

25日上午，在先烈南路华泰宾馆，广州市残疾人联合会第一次代表大会顺利召开，来自八区四县的235名代表参加了大会。中共广州市委书记朱森林、市顾委主任肖鸣、市人大主任赖竹岩、市委常委黄德初、市政协副主席梅日新和市纪委书记郭开炳等，亲切了接见全体代表。在大会上，市民政局局长周杜南致开幕词，市委常委、常务副市长石安海代表市委、市政府在大会讲话，中国残联执行理事会理事薛恩元、省残联第一副理事长聂洪涛讲话致贺，团市委副书记于世喜代表工青妇等人民团体致贺词。大会于27日闭幕，选举出市残联主席团委员共80人，聘请市人大主任赖竹岩为广州市残疾人联合会名誉主席，市人大副主任赖大超（老红军、残疾人）为评议会主任，选举石安海为主席团主席，推举简兆彬为执行理事会理事长。

邓朴方主席与中国残联第一次代表大会广东代表团合影（1988年3月）

大会开幕当天，广东省、广州市各大新闻媒体都将其作为重要消息做了报道。其中,《羊城晚报》的新闻稿虽然不长,大约400字,但题目可圈可点:"发扬人道主义精神,负起光荣艰巨使命"。从1986年3月,邓朴方同志与中共中央十二届六中全会决议文件起草小组同志的谈话,到1999年12月,中国残联在广州召开中国残联宣传工作会议传达的精神,十多年来,朴方的讲话都一以贯之,其核心内涵是:人道主义思想是人类共同的精神财富,是社会主义社会的基础思想之一;人道主义应该在马列主义思想范畴内;人道主义应该成为残疾人事业的一面旗帜。由此看来,当时报道的记者是善于学习、思想认识跟得上形势的。

代表大会结束后,3月10日,市民政局党委会议研究了市残联的内部机构设置、人事任免和其他问题。会议同意:市残联机关设"五部一室"(康复部、教育就业部、组织联络部、宣传文体部、发展部和办公室);穗康福利实业发展公司定为正科级单位,编制15人并报市编委审批;通过市残联干部任命名单,明确今后市残联各部室的领导干部任免一律报局党委审批,其他工作人员调动要及时与人保处通气,在编制范围内自行调整;同意将住宿部三楼暂租给市残联办公;干部福利待遇(包括住房分配)考虑暂时的困难,可同局机关干部一样,保持一年不变,从1990年3月10日起自行解决。

4月中旬,市委组织部通知:市委同意,市残疾人联合会理事长简兆彬同志为广州市副局级待遇。5月29日,中共广州市委批准市残联成立党组,由简兆彬、钱文昌、王新宪组成,简兆彬为书记。

根据市民政局党委会确定的安排,市残疾人联合会、市社会福利有奖募捐委员会租用位于华宁里的民政局招待所两层用房。市残联的班子是团结、和谐的,老简、老钱和我三人挤在不足12平方米的房间

疾行记

广州市残联第一次代表大会主席台，右起分别为中国残联理事薛恩元、常务副市长石安海、市人大主任赖竹岩、市人大副主任赖大超（1989年2月）

办公，我们有话就直接在座位上说，商量事情很方便。老简是"老机关"了，工作经验很丰富，善于分析判断问题，他的工作方法就是信任、放手，支持你按自己的想法去干。老钱是老黄牛式的同志，熟悉残疾人工作，办事细致认真、任劳任怨，对残疾人文体工作特别热爱。他还有一个好习惯，坚持每天剪报，过去许多有关残疾人的资料老钱都留着，是事业的"有心人"。共事的五年多时间里，我从两位老同志身上学习和汲取了许多好东西。

1989年7月，经市政府批准成立广州市残疾人事业领导小组。组长由石安海副市长担任，李兰芳副市长、陈雷副秘书长、市府办公厅李桢荪主任为副组长，相关政府职能部门领导为成员。该小组是市政府对我市残疾人各项工作实行统一领导的早期协调机构。

> **悟之得**
>
> 年轻人要有一种清醒：不仅仅是因你的"优"走上了重要岗位，而是年龄优势、工作需要等成就了你，假如别人有这样的"利好"，也许做得比你更好。老同志是把"临门一脚"或"登顶一步"的机会让了出来，他们不是让"贤"，"让"的是对事业发展的期盼。

你知道"他们"有多难

1988年9月3日，国务院颁布了《中国残疾人事业五年工作纲要（一九八八年——一九九二年）》，这是新中国第一个残疾人事业国家发展纲要。《纲要》对我国残疾人事业发展的背景、原则做了深刻的阐述，明确了五年期内的任务部署，并提出了三十项工作保障措施。

1990年，新华社北京10月10日电："今天上午在姚依林副总理主持下，国务院召开第68次常务会议，讨论了《中华人民共和国残疾人保障法（草案）》。会议原则通过了这项法律草案，待进行修改后提请全国人大常委会审定。"12月28日，国家主席杨尚昆发布中华人民共和国第三十六号主席令：《中华人民共和国残疾人保障法》已由中华人民共和国第七届全国人民代表大会常务委员会第十七次会议于1990年12月28日通过，现予公布，自1991年5月15日起施行。

为了与国家经济社会发展的五年计划同步，更有利于将残疾人事业纳入国家发展大局，1991年12月29日，国务院批转《中国残疾人

《中国残疾人事业五年工作纲要（一九八八年—一九九二年）》（1988年9月）

事业"八五"计划纲要》，并在《通知》中对各省（市）、国务院有关部门提出明确要求："在我国社会主义现代化建设进入实现第二步战略目标的新阶段，为使残疾人事业与经济、社会协调发展，国家计委等十六个部门依据《国民经济和社会发展十年规划和第八个五年计划纲要》，制定了《中国残疾人事业"八五"计划纲要（1991—1995）》，国务院同意这一计划纲要，现转发给你们，请贯彻执行。"

《五年工作纲要》《"八五"计划纲要》和《残疾人保障法》的颁布实施，它向全社会昭示：在新的历史坐标下我们的事业起步了。这超出了一般的里程碑意义，要理解这句话，就要回顾30年前的情景，当时的残疾人和残疾人工作有多难啊!

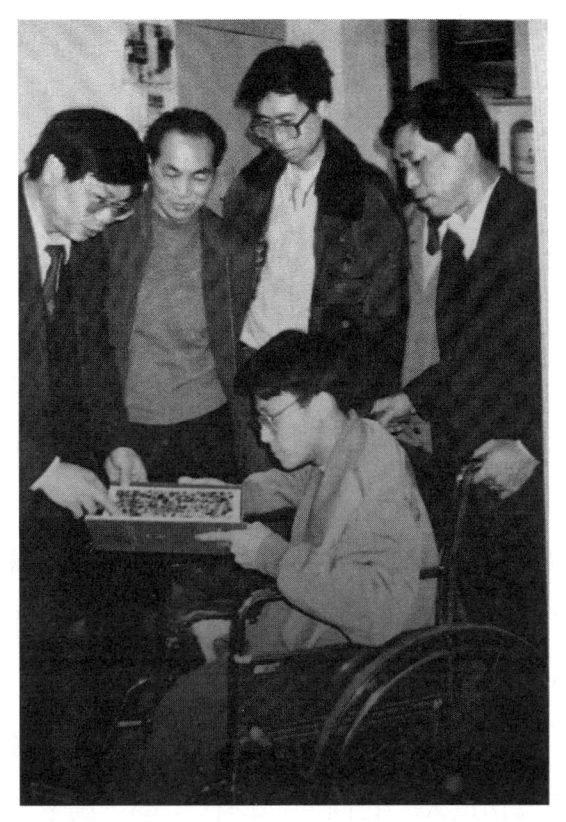

市残联干部向社区残疾人了解他们的实际需求

　　番禺,曾为全国百强县之一,位于广州城区的东南部,后成为市辖区,史有"先有番禺后有广州"之说,但并不是指现在番禺所在的区域范围。我看望的这户残疾人,让自己目睹了什么叫"家徒四壁":进门后,看不到任何值钱的东西,所有的"财产"加起来抵不上城里人一双普通皮鞋的价格。我看见屋子中间放着两筐稻谷,便请教一同前来慰问的镇长,"这能出多少米?"回答道:"碾后大概有七八成米,余下就是糠了。"接着身旁的村主任表扬残疾人:"他们很争气,公粮都交齐啦。"我随即对镇长说,按《残疾人保障法》的规定,他们是可以减免农业税的啊。

又转到了另外一户残疾人家。还没进门,一阵恶臭就扑面而来,泥砖垒砌的屋子太狭窄,主人采取"一床两制",床上睡活人底下养鸡鸭,人兽"待遇"在一板之隔。土墙上斜挂着一顶已经熏成黄褐色的破蚊帐,如果不是依稀看到上面印着"知识青年下乡纪念"几个字,很难弄清我们是站在什么年代的情景里。

有一次,我到从化山区县(现是从化区)工作后,顺道探访了一户老农的家庭。老两口有三个正值青壮年的儿子,日子本来应该过得很滋润,可老天真的不公啊,悲剧就落在这老实巴交的人家,三个孩子去珠江三角洲打工,竟先后都患上了精神病!

在昏暗的屋子里,看见一个人连头裹着被子躺在床上,老人声音低沉地说,这孩子白天黑夜都这样,不愿下地。另一个儿子躲在厨房灶台旁的稻草堆里,我往里仔细瞧,见一双惊恐的眼睛盯着我们。还有一个没见着,村干部说这个孩子是白天四处游荡,晚上拿着砍柴刀挨家磕门,也倒没伤过人。我问随同的村干部:阿老伯过去家里有谁得过这病吗?我是想往家族遗传方向探究源头,得到的是肯定的回答:还真没听说他家有谁得过这病。

临走前,镇干部提醒了一句:"春节前给困难户送了一袋米,你为啥还没来拿呢?" 70多岁的老人背已经驼得直不起来了,他艰难地侧着身子回答:"你看我这样子怎么去拿?"我往屋外走了几步再次回头,老伯夫妇俩茫然无助的眼神,深深触痛了我:对抢救性残疾人来说,没有什么比"康复"更要紧的了,我们要加快去做啊!

再说说残联工作的"难"。

许多老同志都知道,残联从上至下,前几届班子同志干的都是拓荒吃苦的累活。当时的广州市残联,地无一垄,房无一间,车无一辆,奖金也没有来源。可万事开头难,大事小事都得花钱,比如邀请外单位的同志开会,时间晚了起码得给点误餐费,请残疾人座谈要给往返的交通费,借用局机关会议室、礼堂开会,都要给点场地租费等等。

市残联困难,区县残联就更困难了。不知道是不是"越穷越革命"的道理,越困难也越能激励人的斗志。我们创造了"三自"工作方法:自己说自己重要、给自己发文件、自己给自己派活儿。基层同志也有拆招的"土办法",大老李是区理事长,他描述过一件令人啼笑皆非、颇感酸楚的故事:

有一年春节前夕,区政府大楼内的各委、局机关陆续都发了奖金,残联属于没有其他经济来源的单位,大家也在盼望着来自财政的这点"甘露"。不知为什么,马上就放假了这事却还没动静,老李去管事的部门催问了好几次,仍然没有结果,他实在不愿意再腆着脸去碰壁了。

负责办公室的小马,眼瞅着终于憋不住了,径直到财政局领导办公室,推门而进,一屁股坐到领导对面的椅子上,呜呜地哭了起来。领导见此情景怔住了,赶紧问:你这是干吗呀,有话好好说!小马的哭声更大了。"哎呀,快别哭啦,你一个女同志,让我说什么好!"端坐着的领导更着急了。"为什么不给残联发奖金,欺负我们吗!"小马直奔主题。"啊,有这事?我不知道啊!"领导一脸无辜的样子,旋即正色道:发!马上发!小马破涕为笑,起身奔向老李报告去了。

我还听老李说过,如果残联自己争气,日子会比我们上级都要过得好。我不解地问为什么?"自力更生,丰衣足食,因为我们下面没有朴方可依赖啊,走自己的路天地宽嘛。"老李一脸认真地说。

县残联陈理事长上任伊始,就背上莫名且沉重的思想包袱。家里

疾行记

的"另一半"不依不饶地追问：一起从部队转业的几个人，都安排在区里的"正规"部门，为什么就你到了残联？老陈实在是无法解释，这还不是组织的安排吗。家属还是不信，莫非你在部队犯错误了？当时，就连一般干部心里也可能那么猜测。

我先是耐着性子做这些同志的思想工作，到最后我江郎才尽了，就说："如果实在不想在残联干，你自己提出来，我找组织部门建议重新安排。"不是吗，这毕竟同买了件不喜欢的东西是两码事，抱着憋屈的情绪，积极性出不来，会把工作机遇错失掉，被耽误的可是残疾人哪！

悟之得

我们常常说要了解"国情""民情"和"社情"，如果走马观花、浮光掠影，一定看不到最困难、最负面的东西，而这恰恰又是最真实、最根本的，"他们"一无所有，还能拿什么来掩饰呢？也只有这样，才能看到我们所做的工作与百姓希望的差距，从而激发我们在困难面前发挥最大的潜能。

"主动申请"残联主席

一晃 4 年过去了，眼前到了要换届的工作阶段。经中共广州市委、市政府批准，市残联第二次代表大会定于 1993 年 7 月 9 日至 10 日召开。

把残联换届放在政府换届之后，有利于政府分管领导的工作衔接，但这次时间靠得太近了，这时候市府新班子还没有完成分工呢。还有一周就要开代表大会了，却还没有确定新任残联主席的候选人，这情景可以说是"火烧眉毛"啊。

我赶紧到老领导的办公室，见侯秘书正忙着腾办公室，安海同志马上要到市委任副书记了，政府的事也不好多过问。我多方打听消息，说可能是常务副市长伍亮分管。我直接找到伍亮同志，他说正在调整分工，还没有听到有这样的安排。我只好又折回市府办公厅找熟悉的人打听，这里的同志悄悄说，估计有可能是郭向阳副市长分管。这时候，向阳同志已经到中山市参加全省工商工作会议了。回到办公室，我忐忑不安地把电话打到了会议现场，恳请工作人员帮忙，找到从来没有见过面的郭副市长。好不容易把接电话的人说通，请领导从会场出来接电话。

"郭市长啊，我是广州市残联的王新宪，对不起啊！听说由您来分管市残联，我想确认一下，因为还不到一周就开会了，大会要选举分管残联的市领导当主席，届时还要做重要讲话，如果定不下来，这代表大会就出大麻烦啦！"

郭副市长耐心听完我这一串话后说：新宪同志，你讲的事情是组织行为，应该由组织来通知我，不能你说我是主席就行了。目前为止，我没有得到这方面的消息，让我回广州后了解一下情况好吗？

能听出来，郭市长是能够体谅别人难处的人。我的心略松了一点，连忙说，"好！谢谢郭市长！"接着忍不住又补了一句："离开会的时间真的很紧了。"

疾行记

　　郭副市长回广州后，向黎子流市长汇报工作时询问了分管残联的事。黎市长说，你分管农业和社会救济这一块，大部分是民生困难的范围，残疾人是困难人群，你就一起管吧。我后来才知道，郭副市长还要分管公安、民政、宗教、计划生育、打击走私等，负担可是够重的。就这样，我很快接到了邱秘书的电话通知，得悉已确定由郭副市长分管市残联。太好了，我长长舒了一口气，心里石头落地，大会终于能按预定时间召开了。

　　"责任"二字，真有难以承受之重。

　　十多年后，我多次拜访看望郭向阳老市长，他都兴致勃勃地回忆起这一段：新宪，那可是咱们初识时不期而遇的喜剧式开头啊，我也由此与残疾人事业结下了不解之缘！

广州市残疾人联合会第二次代表大会主席台（1993年7月）

悟之得

要解决问题，有时候不能做过多的假设，否则成了付诸行动的羁绊。不要过于顾虑他人的态度，因为那不是工作目的，关键是自己如何择优而从之。当然，这不等于不需要换位思考，说的是如果总是患得患失，最后只会失去全部。

"靠自己站起来"

1997年的一天，与民政局同志商量工作后，局领导把我拉到一旁诚恳地说：新宪你就回来吧，当副局长，分管工业、房建、殡葬三个公司你觉得怎么样？这也是工作上的需要。我们一起相处的时间不短了，彼此比较了解，我知道这话是真心的，且打这种招呼是要在班子里沟通过的。这让我想起残联成立不久，来自民政的黎姐也曾找过我，神情严肃地说："听说残联不是行政编制，是没有退休待遇的，你带我们回去算了。"又补充一句：这可不是我一个人的想法啊！我沉默了一会儿，颇平静地回答道："你想一想，我们走了，从其他单位过来的同志怎么办呢？我是不回头了，大家团结努力吧，相信在残联也会有前途的。"

我的思绪回到1989那年。那时候市民政局仍在越华路南面的华宁里，办公场地本来就很紧张，残联成立后，只好临时安排在民政局旁的招待所里。如要说老皇历，有史料记载这地段还属于古城——"赵佗城"西侧的范围，此处繁华热闹四通八达。但办公楼处在巷子的中段，路面最窄的地方仅七八米宽，人、车进出都很不方便。加上办公的地方没有电梯，残疾人来访办事更是困难。很快我与老简、老钱就达成了共识：当务之急是要解决自身的"立足之地"。

就这样，催生了市残联的第一个基础设施项目"残疾人职业培训大楼"。该项目地处老城区文德路的最南端，广州市房地产管理局出具的产权证明书："文德南路63号，土地面积506平方米，建基面积318平方米。该业解放前是学校，解放后由东山区教育局申请登记作学校，作文德南路小学使用。"1989年下半年，开始与东山区教育局商谈，在没有此类合作项目文本参照的情况下，我起草了合作建设培训大楼协议书。

有了前段准备的基础，后面的工作就紧锣密鼓地开始了。1990年2月正式申报项目，6月，市计委投资处同意立项，要求本年度先用自有资金进行前期工作。为了加快解决建设用地的相关事项，我们给石副市长上报了《关于合建残疾人综合楼用地问题》的专题报告。8月16日，安海同志办公室在收到报告的第二天，就以【办字152号】直接转给市规划局戴逢局长办理。10月，市计委正式纳入当年固定资产投资计划（穗计基【1990】95号）。这创下了基本建设的"广州速度"。

后来，我在撰写的《小学往事》一文中，回忆了这项目建设过程的"酸甜苦辣"。

为了拓展残疾人就业岗位和事业发展的资金来源，1991年7月，经市政府批准，成立了穗康福利实业发展公司，注册地址在原福利基金会开办的穗康商店，地处净慧路28号。之后，又成立广州市福利基

广州市残联与东山区教育局合作协议书草稿（1989年）

业总公司，莫扳汉、宋卓平、胡作鸿、叶启蓁等同志先后担任负责人。在省、市主要领导的直接关心下，我们积极利用改革开放的政策，创办了全国首家残联主管的福利城市信用社；与华润集团、香港越秀集团公司共同投资，建立国内首个省会城市的连锁超市（现在华润超市）；联合广东省内1000家商业机构发行"利惠卡"，为残疾人事业募集资金；开办了粤港直通车队、制衣厂、电器开关厂等一批企业。通过上述努力，在创造一批残疾人就业岗位的同时，也稳定了初创时期的残疾人工作队伍。

**市残联与华润集团、香港越秀企业（集团）公司
合作创办广州市首家华润超市**

说到这里，我再插上一个小故事：

改革开放初期，得广东珠江三角洲毗邻港澳之利，如果拿到粤港货运汽车特许牌照，就能长期收入一笔没有经营风险且稳定的资金。我们直接寻求省市领导的支持帮助。

一天下午，我们先到了分管计划、外经外贸的常务副市长雷宇同志的家。正巧，他因发高烧在家休息，人倚靠在椅子上，显得十分疲倦乏力。耐心听完我们的汇报后，他态度认真地说：我知道，也很理解，残疾人事业是文明进步的事业，现在遇到困难应该得到支持。你们申请的项目，我同意上报市政府，但你们也要知道，最后审批权是在省里啊。

我们没有迟疑。第二天晚上，我和公司经理宋卓平蹬着自行车，顶着瓢泼大雨缓慢东行。不料，在一个路口左拐弯时，反向的汽车突然打开远光灯，一刹那都什么都看不见，我俩连人带车同时摔倒在地上，这时听到了汽车刺耳的急刹声。我心头一阵紧缩，心想这下完了。过了好一阵子，我从惊吓中缓过神来，伸伸手抬抬腿，不疼。我赶紧问："阿宋，你怎么样？"他已先在一洼雨水中站起来了，太侥幸了，都没事！

到了省领导家门口，正想按门铃，手不由又放下来了，我们担心与领导不认识，他会把门禁打开吗？于是我们选择了稳妥的办法：候着，等大楼里有人出来就闪进去。就这样，我们淋着雨站了约半个时辰，终于有人出来把门推开了。上楼后轻轻敲开门，领导的家人见咱晚上冒雨上门，急忙问有什么事情。我们把想办的事简单讲了一遍。领导的家人听了松了口气，点头表示理解，但表情又显得很为难。她告诉我们，省领导一直在外出差，刚从粤西回来，人很疲劳，已经入睡了。我们也觉得妨碍领导休息很不妥，于是道谢后起身向门口走去。

显然，领导的家人注意到了我们行走不便，犹豫了一下说：你们等一下，我看能不能叫醒他。不一会儿，领导同志出来了，他的确是疲惫不堪。我们也不敢啰唆，言简意赅几句话就把来意说清楚了。领导温和地对我们说，这个项目是属政策性的，抢的单位很多，残疾人不容易，我会支持的。听了这话，我们既感动又兴奋。

没多久，省里的正式批文下来了，同意市残联下属企业成立一支粤港货运公司车队，核定为20部集装箱汽车。当年通过特殊政策募集的这些钱，如果放在今天，用广东话来说就是"湿湿碎啦"（小意思），可在那年头就是稀缺性资源。为了让事业发展得快一些，大家也乐意吃苦受累，为此而竭尽全力。

我在给有关领导和部门汇报情况、陈述理由时，经常重复讲这么一段话，残联是为最困难的人服务的，如果它也是最困难的部门，那如同乞丐帮助要饭的，粤语叫"海军斗水兵，水对水"。可谓话糙理不糙，听者大多都认同这"土"话。

悟之得

　　广东人将"变通"比喻为下象棋的"事急马行田"（意思是打破常规办事）。面对困难的环境，要想不吊死在一棵树上，就要"变"出法子来。要把一件好事真正办成，人不仅要有来自书本的知识，更需要源自实践的智慧。

从"爱心满花城"到远南运动会

　　从 1992 年开始，"爱心满花城"已经成为广州人自创的"地方成语"，它发源于第三届全国残疾人运动会。广州为什么会承办这届全国运动会呢？时任副理事长、运动会组委会办公室副主任钱文昌同志回忆道：

　　话从 1989 年 8 月市体协换届说起。那年，广州市残疾人体育工作已列入市政府的议事日程，新当选的秘书长李乃镇（市体委群体处处长）透露，中国拟承办第六届远南及南太平洋地区残疾人运动会，具体哪个城市举办，还在酝酿中，广州市是我国改革开放较早、经济发达的重要城市，有责任、有义务、有条件为残疾人体育做出新的贡献，因而提出：广州市向国家申请承办第六届远南残疾人运动会。

1990年3月,香港举办伤残人士体育协会成立四十周年活动,市体委副主任郭有成应邀前往参加,期间,时任远东及南太平洋地区残疾人运动会执委会主席方心让先生,促请国内明确承办1994年第六届远南运动会。随后,国家体委群体司司长、中国残疾人体育协会副主席朱德禄征询广州市的意见。

1991年1月,民政部、国家体委、中国残联、中国残疾人体协四部门联合决定:第六届远南残疾人运动会于1994年9月在北京举行,建议广州市于1992年承办第三届全国运动会。随后,常务副理事长周敬东给老简打电话,传达了朴方主席的意见,要求在承办问题上态度要主动、积极。市政府在听取相关部门意见时,由于当时对残疾人体育运动的认识局限、办会资金没有来源和筹备时间很紧迫等等因素,一些部门有畏难情绪,也有明确主张不接办的。

5月21日,同时分管体育、伤残体协工作的李兰芳副市长,召开有民政局、体委、残联、财政局等部门参加的协调会,在听取各方面汇报后,兰芳副市长以睿智的眼光通盘考虑问题,她很负责地对在场的同志说,这件事不要这么简单就提否定意见,我向黎市长汇报请示后再定。很快,李副市长通知我们:市政府要正式研究承办残运会问题,如果任务接下来,就要作为一件大事把它办好。

5月30日,根据民政部、国家体委、中国残联、中国残疾人体育协会联合提议,经广州市政府常务办公会议讨论,决定接受承办运动会任务,并成立由黎子流市长担任名誉主任,石安海常务副市长担任主任,民政、体委、残联等有关领导同志为成员的筹备委员会;成立筹备工作机构,下设:办公室、竞赛部、社会宣传部、安全交通保障部、社会环境保障部、后勤接待部、医疗卫生部、大型活动部、集资部和医学分级委员会、仲裁委员会等。

6月20日，广州市政府正式复函国家有关部门，同意承办中华人民共和国第三届残疾人运动会。同时，根据市委、市政府的部署，各有关部门立即投入了紧张、有序的工作。1991年10月10日，筹委会向全国各省、自治区、直辖市和单列城市发出了为第三届全国残疾人运动会征集会徽、会歌和宣传画的征稿启事。同时，印发田径、游泳、乒乓球、举重、射击和轮椅篮球等6个项目的竞赛规程，确定金牌共480枚。全国除西藏、台湾外，共32个代表团（含香港、澳门和东道主广州市），参赛运动员1312名（重度残疾60名）、工作人员430名，总数共计1742人。

限于当时的历史条件，多数残疾运动员还是第一次到祖国的南大门广州。东道主为了让残疾朋友有宾至如归的感觉，接待标准与全国运动会看齐，选定东方宾馆为各省、市代表团的团部所在地，华泰宾馆设1300个床位接待运动员、工作人员。为了"让运动员行得方便、住得舒服、食得开心"，华泰宾馆自筹100多万元，全面装修迎宾餐厅；拿出20多万元改造部分通道、卫生间和住房。同时，宾馆还成立了13个专门服务小组和36个学雷锋小组，帮助残疾人洗衣擦鞋、端水送饭、购物邮寄和带路搀扶等；天河大厦负责接待新闻记者，天河宾馆接待港、澳、台运动员。还有些接待单位主动联系市残联，请老师帮助培训服务员学习聋人手语。

1991年12月5日，市政府召集市建委、商委、公安、铁路、民航等106个单位参加的广州市无障碍建设动员会议，宣布全市38个有比赛、接待和参观任务的单位为无障碍改造重点单位，向需要修建无障碍通道的单位下达了任务通知书。同时，将已制作的2000个无障碍标志牌，分发区、街道，竖立在各自修建的无障碍通道上。市公安局计划在老市区繁华路段的40个交叉路口，设置交通音响信号、铺设盲人导向带。对运动会主赛场天河体育中心的三大场馆进行无障碍改造。

1992年元旦后第二天，市政府召开常务会议，听取了运动会筹备工作情况汇报，转达了国务院领导同志"一定要认真办好《中华人民共和国残疾人保障法》实施后举办的第一个全国残疾人运动会"的重要指示精神，会议还研究了办好运动会的有关问题。

1月7日，第三届全国残疾人运动会会徽、吉祥物揭晓，会徽设计以抽象的残疾人运动员形象为主体，驱着轮椅向前冲刺，体现残疾人"自尊、自信、自强、自立"的精神风貌；轮椅运动员由广、中两字母G、Z组成，表示中国残疾人运动会在广州举行。吉祥物为拟人化的"红棉姑娘"，取名"艳艳"，寓意三月下旬的广州春暖花开红棉绽放，羊城人民满怀激情向全国残疾人奉献爱心。

1月8日下午，石安海副市长主持召开广东省、广州市参加"三运会"组委会全体人员会议，传达国务院领导同志批示和中央主办单位意见，研究讨论运动会筹备工作总体实施方案。

1月10日，第三届全国残疾人运动会组委会第一次主席办公会议在北京举行，组委会主席邓朴方主持会议，听取筹备工作汇报，确定组成人员、职责分工和会徽、会歌、吉祥物等。全国残运会组委会由下列人员组成：

名誉主席　王　震　国家副主席

主　　席　邓朴方　中国残联主席

执行主席　黎子流　广州市市长

副 主 席	阎明复	民政部副部长
	徐寅生	国家体委副主任
	郭建模	中国残联副理事长
	石安海	广州市副市长
	黄伟宁	广州市副市长
顾 问	钱信忠	中国残疾人体育协会主席
	李兰芳（女）	广东省副省长
	赖竹岩	广州市人大常委会主任
秘 书 长	石安海（兼）	
副秘书长	招务雄	（常务）国家体委群体司副司长
	赵济华	（常务）中国残联宣文部副主任
	郭焕之	（女、常务）广州市政府副秘书长
	辛传铿	（常务）广州市体委主任
	李桢荪	广州市人大法制委副主任
	杨钦泉	中共广州市委宣传部副部长
	张凤祥	广州市政府办公厅副主任
	宋仲霖	广州市民政局副局长
	郭有成	广州市伤残体育协会主席
	简兆彬	广州市残联理事长

1月11日，中国残联、民政部、国家体委及广州市政府同时在北京、广州举行第三届残疾人运动会新闻发布会，会上宣布：经国务院批准，由国家体委、民政部、中国残联、中国伤残人体协共同主办的第三届全国残疾人运动会将于1992年3月18日至23日在广州市举行。这既是我国残疾人社会生活中的一件大事，也是为全社会所瞩目

的一次盛会，体现了党和政府对我国五千多万残疾人的深切关怀，标志着我国残疾人事业，特别是残疾人体育事业的迅速发展。广州市副市长黄伟宁在发布会上以《精心筹划、周密组织、全力以赴》为题发表讲话。

在当时，举办运动会的资金压力是很大的。经匡算，运动会本身需要750万元，如果加上社会宣传、环境整治和各比赛场馆、市区公共场所无障碍修建改造等，运动会的经费还要加大。除中央财政补贴200万元外，缺口要由广州市自筹解决。由于1991年以来，广州市政府和社会群众向华东水灾、首届世界女足赛等捐助，市财政难以全部补贴到位。为此，市领导和有关部门通过努力，在中央、省有关部门的支持下，通过进口部分企业生产所需的控购物资，基本解决了运动会的资金来源。

1月22日，在市政府礼堂召开迎接"三运会"的全市动员大会，石安海副市长主持。黎市长要求认真组织观众，做到"场场满座、座无虚席；文明比赛、秩序井然"。高书记做最后讲话，大家原想会再做一番动员，结果听到的是："认真认真再认真，过细过细再过细，落实落实再落实"，掷地有声三句话，随即宣布散会，这情景就是当年改革开放务实高效的生动写照。

壬申年春节刚过，全市人民就掀起了"爱心满花城"的热潮。

市领导发表了电视讲话，广州市各大新闻媒体组织了系列报道，围绕宣传《残疾人保障法》、办好"三运会"对推动社会文明进步的重要意义、关心和支持残疾人事业发展是每个公民应尽的社会义务等，以及市委、市政府重视残疾人工作所采取的一系列措施等等展开宣传。市领导的广泛动员和新闻媒体的热情，鼓励和带动了广大市民。共青团组织发动青少年争当为运动会服务的志愿者，学校组织中小学生义卖会徽、吉祥物和纪念章；文艺团体组织义演，工商企业组织义卖、义展；区街制定优惠残疾人的措施，开展送关怀、送温暖活动；民航、车站、码头等抓紧改造无障碍设施，出租车司机积极参加接载残疾人的培训……

中央领导同志接见第三届全国残疾人运动会代表、来宾合影（1992年3月）

南国3月，大地回春，英雄树红棉朵朵绽放，万绿丛中艳红点簇，越秀山麓俯瞰千年羊城，分外妖娆美丽。"全国各地代表团云集广州，火车站破例允许接送残疾人运动员的汽车驶入站台，白云机场进入机舱实行直接零距离服务。迎宾车辆进入市区，街道上下高挂欢迎横额，马路两旁彩旗迎风飘扬。来往车辆张贴着大会红棉姑娘艳艳的标志，公交巴士免费乘车，商场购物优惠优待。车刚到达住地，迎宾小姐微笑着献上鲜花，由醒狮队引路受到夹道欢迎，大家完全沉浸在爱心满花城的节日气氛中。"

3月18日，阳光灿烂，是个天气极好的日子。"太阳给我一片火红，我要释放生命的热能"，残运会会歌《驰骋时空》响彻花城上空，全国第三届残疾人运动会隆重开幕了！充满改革开放气息、彰显人道主义精神和南国诗情画意的"生命之光"开幕式，倾倒了在场万千观众。

第三届全国残疾人运动会开幕式（1992年3月）

每一个比赛场地都观众满满，气氛热烈，据不完全统计，先后有70多万市民观看了比赛。中国大酒店在开始做任务动员时，有的职工本不想去，结果看过比赛后内心深感震撼，又主动带着孩子前往观看以接受教育。出租车都贴上"爱心满花城"圆形彩标，接受平生少有的文明待客洗礼。志愿者如同卡通形象红棉姑娘一样，他们的热情让来宾感动得有点手足无措。作为主要接待饭店的华泰宾馆，为每一位生日的残疾运动员准备了蛋糕，宾馆经理还专门看望成绩不理想的选手，给予他们特别暖心的鼓励……

运动会先后收到社会捐款人民币700多万、港币500多万，为感谢社会各界、港澳同胞对残运会的爱心资助，市政府决定在天河体育中心设立捐赠纪念碑，3月23日上午，邓朴方主席和高祀仁书记出席了揭幕式。

时间的指针定格在23日的晚上，历时六天的盛会终于缓缓落下了帷幕。盛会深深感动了来自各省市的同志。参加过边境自卫反击战的山东运动员流着眼泪说："我作战负伤时，没哭；做截肢手术时，没哭；这次来广州，我哭了！"好几个率领代表团的省领导对我们说，残运会是对残疾人事业、人道主义精神生动的启蒙教育，也改变了许多人认为广州开放后会变得"为富不仁"的错觉和偏见。福建省代表团副团长兰杰北对记者说："我对宾馆服务员每天都要说十多次'谢谢'，虽然显得太客套，但不说实在觉得过意不去。临离开广州时，我只想利用这个机会对广州人民说句：广州，你给我留下了永远不会忘记的美好印象。"

邓朴方主席对广州第三届全国残疾人运动会举办给予了高度评价，他对广州市的领导同志说："你们对残疾人事业的高度重视以及对三运会出色的组织领导工作给我及我的同事们都留下了极为深刻的印象，其规模、气势以及'爱心满花城'的志愿者行动，形式多样、富有成效地为三运会集资的活动都令海内外瞩目，也开创了动员社会力量兴办残疾人体育运动会的范例。"1993年6月，邓朴方为《生命之光——中华人民共和国第三届残疾人运动会纪念册》题词：为"生命之光"出版敬贺：淬砺拼搏志在奉献。

就在三运会拉开帷幕之前，国际残疾人体育运动相关组织已经开始了在世界人口最多国家的拓展工作。1991年5月28日，第六届远东及南太平洋地区残疾人运动会（以下简称"远南运动会"）组委会在北京成立，邓朴方任主席。3月18日，远东及南太平洋地区残疾人运动会联合会执委会在东方宾馆国际会议中心举行，会议主要听取第六届"远南"运动会组委会筹备工作情况的汇报,研究"远南"地区残疾人体育运动的普及和提高等事宜。会议由"远南"联合会主席方心让主持。

会议期间,《广州日报》记者对应邀前来参加会议的国际残奥会主席斯特德沃德进行了采访,他激动地说:"这是我所看到的最好的大型运动会开幕式之一","非常精彩,让人久久难以忘怀。""国际奥委会所致力的是竞技体育,它为提高运动员的竞技水平与运动成绩进行着不懈的努力,国际残疾人奥委会则不同,它关心的是残疾人的体育运动,因为残疾人参加体育运动锻炼,能够使他们融入社会,并增强他们的自立能力。"他还说,"我们一直在争取把残疾人比赛成绩列入奥运会的目录中去,看来,这是一个巨大的挑战……我们正努力让各类比赛规则尽可能合理,使之适合残疾人比赛。"

当记者问到他对中国残疾人体育运动的感观时,斯特德沃德给予了积极的评价:中国开展残疾人体育运动的时间很短,但现在已经成为备受世界瞩目的残疾人运动大国,她近年来在世界比赛上所取得的成绩是令人惊异的。最后他充满感情地说:"在爱心和社会责任感的驱使下,我投身到残疾人体育事业。经过三十年的奋斗,我在这一事业中感受到生活的充实和美好。"

广州"三运会"后,远南运动会的筹备工作进入了倒计时阶段。1994年4月10日下午,组委会副秘书长、中国残疾人体育代表团组团办公室主任赵济华等3位同志到穗,向市残联领导通报为远南运动会募集资金的工作安排。

4月11日,赵主任与黎市长见面,汇报了远南运动会筹备情况,转达了朴方同志的口信并商榷了有关事宜。期间,还安排看望了国家

疾行记

老红军、市残疾人体育协会名誉主席赖大超为参加
远南运动会的广州运动员送行（1994年9月）

队在广东集训的运动员、拜访了健力宝公司、李宁体育运动用品公司和顺德飞马金属制品公司等。同时，专程到市委宣传部及与原广州三运会从事宣传、志愿者工作的有关同志处座谈，听取对远南运动会相关工作的建议。

在高祀仁书记主持的市委常委会上，黎子流市长传达了朴方来信的内容，信中提出了为远南运动会向社会筹款600万元人民币的设想。参加常委会的同志一致认为，中国残疾人事业要支持，又是国家首次举办的国际残疾人体育盛会，同意由黎市长安排落实有关事宜。

不久后的一天，深夜1时多，家里电话铃声响了："是老王吗？我是黎子流，我动员了十多个单位和企业，每个单位捐50万元，你可以向中国残联报告了，交给广州市的任务完成啦！"上述所提及的捐款单位有：广州市政府、广州保税区、东方宾馆股份集团公司、白云山企业集团公司、保洁公司、广州个体私人企业、广州手表厂、香港南方国际集团公司、香港白淘投资发展有限公司、香港浪淘花纱有限公司、市社会福利有奖募捐委员会等。就这样，大约在半年的时间里，广州市为远南运动会捐款、捐物共 2000 多万元人民币。为此，邓朴方主席称赞广州市为远南运动会的成功举办做出了特殊贡献。我理解的这个"特殊"，指在当时经济条件下实属不易，这对保证运动会的成功举办，起到不可或缺的作用。

与此同时，广州市还承担了国家轮椅网球队强化集训基地的保障任务，副市长郭向阳、姚蓉宾分别担任强化集训领导小组名誉组长、组长，安排了最好的教练和场地，根据广州生活水平为运动员增发生活营养补助，为本地运动员分别解决了配偶入户及工作、档口经营场地等后顾之忧。国家体委副主任张发强在沙面网球场看望运动员时，高度评价了广州的"远南"备战工作。

1994 年 9 月 4 日—9 月 10 日，第六届远东及南太平洋地区残疾人运动会在北京隆重举行。广州市领导同志参加开幕式的有黎子流、石安海、朱小丹、郭向阳、郭焕之、陈绮绮、李治元等，是地方领导出席开幕式最多的省会城市。由于当时各方面的任务太重，忙得顾此失彼，考虑就欠周全了。比如，市残疾人福利基金会的会长、副会长等，特别是来自企业的领导同志，他们都有前往北京观摩远南运动会的愿望，由于我们的疏忽没能及时安排上，事后我觉得很抱歉。

在 20 世纪八九十年代，广州市残疾人体育工作能走在全国前列，有赖于市委、市人大、市政府和市政协等高度重视和支持。同时还要充分肯定，广州市体委郭有成、李乃镇及群体处等许多同志，他们为此做出了开拓性的贡献。

悟之得

在运动会的赛场上，健全人挑战更快、更高、更强，证明他们实力的是夺取奖牌；残疾运动员则希望让世人看到，他们争当的是生活的冠军，他们同样是强者，他们的人生价值毋庸置疑。

"老烟民"退伍了

酉鸡年的盛夏七月，骄阳似火。广州市残联第二届代表大会在华泰宾馆如期召开了。

会场里，多数的男同胞在做同一件事："吞云吐雾"！新改造后的会议厅装了空调，受老楼原结构的限制，吊顶压得很低，一眼望去烟雾腾腾，几乎看不清最后几排的代表，人憋得快喘不过气来了。这时候的我，端坐在主席台上，焦黄的食指和中指间也夹着一根烟。

1971年初参加工作，也是我的烟民"元年"。那时候每天的体力劳动异常繁重，你只要卖力地干一阵子，人就累得浑身是汗、四肢发软。好不容易熬到中午时分，从食堂里端出来的是嗅不到油腥的饭菜，这让人哪有劲啊。我蹲在半成品的铁壳里，实在是不愿动弹了。见我一身疲态，师傅面无表情地说："不干不行啊，抽根烟吧，会好一些的。"就这样，从抽一包七八分钱的"百雀""电车"，到两毛多的"丰收"，再到后来是二元一包的"椰树""双喜"，光阴一晃，老百姓戏称的"精神食粮"，就这样"滋养"了我二十多年。

可能有人问，你这老烟民每天抽多少啊？我的"烟量"大体是这么构成的：先说自己主动的，那是烟瘾来了吸上它几口；然后是同事之间的习惯，人家把烟递来我就接了，朋友烟酒不分家呀；再有是外出工作，客套寒暄递根烟，好营造融洽的说话气氛。上面说的情形大致各三分之一，一天下来就耗费一到两包"干粮"了。

抽烟有好处吗？我的体会是基本没有。南方一年里春夏秋三季都穿单衣，一包烟再带个打火机，身上就老有东西硌着不利索。还有呢，稍不留神烟灰落在身上，化纤类的衣服立刻就"破相"了。至于身上难闻的烟味，那都是"长效发挥"作用。我后来回忆，要说与吸烟"好处"有关的，可能只有这一件事：

那是工作以后的一天，我和车间里的张师傅聊天，他是从越南归国的华侨。我问在哪里摆有刻图章的小摊，他摆摆手说："不用找了，我有个朋友在广州日报社，图章刻得不错，给两包好点的烟，帮你搞掂。"我于是到北京路的旧书店，买了个断了半截的小石头章，又捎上两包"凤凰"牌香烟，一起交给了张师傅。没多久，图章就刻好了，我赶紧接手一看：手工雕刻十分精细，印章面上是一本翻开的书，刻有"王新宪藏书"五个阳体字，篆体匀圆，线条工整清晰。这图章我非常喜欢，真要感谢张师傅和这个不知姓名的朋友。

时过境迁，现回过神来看着下面会场的情景，我内心突然有种羞耻感，觉得自己的行为太不文明了，别人在这样环境中不是活受罪吗。我对自己不可置疑地下令，把烟戒了吧，就从今天开始！当时的潜意识，也是想看自己的意志力到底如何。我是联想到了，要有很强的自控能力，才有可能当好新一届的"班长"，不辜负代表们的信任与期盼。

疾行记

我16岁开始当"烟民",二十多年了,说不抽了还真是挺难受的,特别是在写东西的时候,我的手老是下意识地往裤兜里掏。更巧的是,家门口就有一家经营糖烟酒的国营商店。某日,我又心不在焉地走了进去,在卖香烟的柜台旁逐个牌子看,毫无目的地来回踱步。售货员大姐认识我,她摇摇头笑着说:真心想戒就别看啦,越看心越痒,走吧,别影响我工作!大姐说的对,我苦笑一下点点头出去了。

两个月后,基金部的老周无意递了我一支烟,我出于礼貌接了,习惯性地衔在嘴上,吸了不到一半,有种明显不舒服的感觉,我心中窃喜,这不,戒烟成功了!在随后不到半年的时间里,我办公室里的同事都先后戒了烟。这时,已经是第二届理事会了,我任理事长,赵良荫、谢禧乐、宋卓平任副理事长。

到今天,又一个二十年过去了,我再没碰过一根香烟。

悟之得

兴趣与习惯,起关键作用的是起点而不是终点;意志与品质,起决定作用的是终点而不是起点。大风大浪固然能锻炼人,但这往往是短暂的、突击性的;小事末节,却长久持续如影随形,更能磨炼塑造人的耐力与品性。

下 篇

敢为人先的事业排头兵

没有一点创的精神，没有一点"冒"的精神，没有一股气呀、劲呀，就走不出一条新路，就干不出新的事业。

——邓小平

红墙绿瓦的广州市人民政府大楼，坐落在府前路1号，它于1934年建成，前身是民国陈济棠主政时期的市政府办公楼。从我们办公室所在的广卫路到市政府，步行也就5分钟的路。某日，我们到市政府汇报工作，刚走到连新路，就下起瓢泼大雨，我图省事没有折返，进郭副市长办公室时已全身湿透，"哎呀，别感冒了！"邱秘书说着赶紧拿毛巾把我的后背给擦干了。多少年后，老市长还特意提起这事，虽然是个小小插曲，也能看出我们当时工作的精神状态。

"基本生活保障制度、基本工作队伍、基本服务设施"，乃残联立身之本，可谓"三基"不牢，地动山摇。残联的工作领域涵盖了康复、就业、扶贫、教育、维权、文化、宣传、体育、无障碍建设和托养服务等方面。1990年10月，市政府批准的《广州市保障残疾人劳动就业规定》正式施行；1993年11月，市政府颁布《广州市扶助残疾人优惠措施若干规定》，惠及残疾人医疗、康复、就业、文体活动和参与社会生活等多个方面。其中，残疾人子女入托、入学免收赞助费、建校（园）费一项，减轻残疾人经济负担2000万元。残疾人外地配

疾行记

偶、子女入户免增容费，使残疾人每年受益87万多元。也是这一年，市财政第一次拨出专款10万元，购买了1500支示路杖赠送盲人，并让220名聋童免费乘坐市内公共交通工具。

根据市残联的建议，经市政府批准，从1993年12月开始，全市进行第一次残疾人全面普查。市政府拨出专款156万元，区县各自配套经费，由民政、残联和卫生等部门组成的普查队伍，共6000多名工作人员投入工作。普查涵盖了残疾人的各个领域，为调整实施中的《残疾人事业五年纲要（1991~1995）》提供了重要的决策依据。

1996年以来，广州市动员市、区（县级市）街（镇）残联工作人员，先后组织四次残疾人贫困户摸查，上门逐户调查，摸清了全市3700多户贫困残疾人家庭情况，核定一级重度贫困残疾人有1500多人。

根据上述情况，残联向市政府提交了《关于实施重度残疾人困难户专项补助金问题的请示》，得到市委、市政府高度重视。从1999年1月起，全市一级重度残疾人贫困户在享受最低生活保障的基础上，每人每月增加生活补助金100元，这是解决残疾人温饱"雪中送炭"的普惠之举，此后，陆续有其他省会城市借鉴跟进。1995年，农村残疾人"危房改造"工作起步。番禺市残联、榄核镇政府为两户筹资6万元建起了钢筋水泥结构的新房，残疾人欢天喜地在家门前贴上对联："顿时平地楼台起，喜进新居谢党恩"。

祈旭残疾人安养院的建设，目的是养护重度的肢体、智力和脑瘫残疾人。项目坐落在白云区钟落潭镇陈洞水库旁，占地21亩，首期建筑面积12000平方米，床位600张。项目由市残联穗康福利发展公司筹资建设，该项目的落成，使广州重度残疾人托养工作在全国首开先河。

在中国残联，省委、省政府，省残联和市委、市政府的鼓励支持下，广州市残联解放思想勇于开拓、求真务实知难而进，创造了许多个全国、全省第一：

建成了全国第一条具备垂直电梯、盲人导向带和盲文凸字标记等方便残疾人乘坐的地铁线路；

全国第一个在市区交通要道安装了盲人通行音响信号，是最早创建无障碍环境的省会城市；

开通了全国最早搭载乘坐轮椅残疾人的"康复巴士"服务专线；

全国第一个实行"残疾人按比例就业"的省会城市；

全国最早成立由残联主办的残疾人职业介绍所，开展职业能力评估、就业岗位推荐、就业后续服务、残疾人就业保障金收取和管理等业务；

最早开展规范的重度残疾人托养服务，成为全国残疾人托养工作样板的原型；

国家首批精神病综合防治康复、残疾人按比例就业的试点城市，为全国提供了先行先试的经验；

全国最早建立电脑管理、全覆盖的残疾人基本状况资料中心；

最早建立设备先进的盲人图书馆，被评为1994年度广州十大新闻之一；

全国最早开办盲人钢琴调律培训班，积极探索盲人就业新途径；

全国最早建立残疾人事业发展专家智囊团——残疾人事业决策顾问团；

是全省第一个实施"无障碍设计规范"的城市；率先施行政府颁布的关于"扶助残疾人优惠措施若干规定"；创办《穗声》杂志，成为全省残联组织最早的残疾人工作刊物。

广州市提前一年完成国家下达的残疾人"三项康复"计划指标。1994年底,广东省残疾人事业十项主要指标考核,广州市获总分第一。黎子流市长在1995年3月向市人大做报告特别指出:"残疾人事业有较大发展,在教育、就业、文体、生活救助等方面做了大量工作。"上述工作得到中国残联的充分肯定,认为广州市残疾人工作已经走在全国前列。

郭向阳副市长、简兆彬理事长和陈梁悦明女士与日本友人（右一）商谈资助盲人图书馆事宜（1993年）

1996年6月4日,广州市召开第一次残疾人事业工作会议。市委常委、常务副市长陈开枝代表市委、市政府亲自到会,并以一贯实话实说的风格做了讲话。如针对残疾人事业发展的资金问题,他说:"据了解,各级残联的经济状况是比较困难的,各级政府和有关部门要向他们倾斜,给予保障,否则各级残联开展工作将受到很大的制约。对此,市委、市政府态度是很明确的。如康复中心的资金,市委就专门研究过,黎市长和港澳人士做工作,争取他们的支持。同时,应该看到,残疾人事业起步晚,基础差,和其他社会事业相比,也是最困难的。因此，各级政府，特别是区、县级市政府在"九五"期间，要加大对残疾人事业的投入，尽快改变部分地区对残疾人事业投入过少的状况。"

陈开枝在强调各级残联做好扶残助困工作时说："年初，市残联会同有关部门对我市8区、4个县级市残疾人特困户的生活状况进行了全面的调查，目前市政府有关部门正在研究如何保障这部分残疾人的基本生活，对于残疾人中丧失劳动能力的重度残疾人，除了实现最低生活保障线外，还应按国家要求设立专项补助金，通过各级政府的共同努力，切实解决'难中之难'的残疾人生活问题。"

至今，我仍难以忘怀当年市领导这些"有料"的讲话和担当的精神。

悟之得

一个实际行动比一百个空洞纲领都有用。"哲学家们只是在用不同的方式解释世界，而问题在于改变世界。"（马克思语）想干事、能干事、干成事，应该成为每个人民公仆的"基本功"，因不作为而错失利国利民的机会，无异对国家、人民的隐性"渎职"。

康复，多少人的期盼

"以三康带组建"，这是当年残联老同志常说的一句话。"三康"是指白内障复明手术、小儿麻痹后遗症矫治手术、聋儿听力语言训练

疾行记

等三项康复工作，是中国残联成立初期的主要业务领域，也是残疾人康复工作的初始源头。那么，康复为什么会与组织建设联系上呢？这里有当时的背景。

1988年中国残联成立后，最迫切的任务是要推动地方各级残联的建立，残疾人工作才能取得"纲举目张"的成效。当年，在地、县（市）残联组织空白的情况下，地方政府为了落实国家下达的五年"三项康复任务"（1988~1992年），综合协调部门的作用就显得十分重要，这也成为各级政府加快成立残联组织的主观动力。在为基层残疾人服务的过程中，国家康复医疗队既是人道主义的爱心使者，又是残疾人工作的宣传队、播种机，往往医疗队走过的地方，残联组建工作就会更早地开花结果。

1989年7月13日，石安海副市长主持了广州市残疾人事业领导小组第一次会议，专题讨论了我市残疾人三项康复工作实施方案，并批准成立市残疾人三项康复工作办公室（以下简称"三康办"）。"三康办"组成人员为：办公室主任钱文昌（市残联副理事长）、副主任赖国光（市卫生局医政处副处长）、副主任赵良荫（市残联康复部副部长），市民政局雷一飞、市教育局潘雪芹为联络员。

1991年"三康办"又做了调整：办公室主任钱文昌（市残联副理事长）、副主任谈世锵（市残联康复部部长）、副主任赖国光（市卫生局医政处处长）、副主任徐驰（市民政局社会福利处处长）、副主任潘雪芹（市教育局小教处处长）。办公室下设三个中心组：市白内障复明中心组负责人是市第一人民医院眼科主任邝宝，市儿麻矫治中心组负责人是市红十字会医院骨科主任潘君棣，市聋儿语训中心组负责人是市聋校康复处主任简栋梁。

根据国家、省的任务要求，在1989年开始起步的基础上，确定了"八五"（1991~1995年）期间，我市要完成"白内障复明手术二千二百三十例，小儿麻痹后遗症矫治手术一千四百一十九例，聋儿听力语言训练二百三十七名，低视力残疾者配用助视器七十名，智力残疾儿童家长培训二百名，探索社会化开放式的精神病残疾防治、康复模式，开展智力残疾的预防和康复工作"。计划还重点明确了"为残疾人的各项后期康复工作提供必要的基础保障，一九九二年开始筹建广州残疾人康复中心，建筑面积五千平方米，一九九四年投入使用"。

向市委书记高祀仁（左）汇报工作（1994年5月）

1993年8月，广州市召开精神病防治康复工作会议，部署市精神病防治康复工作"八五"实施方案，成立广州市精神病防治康复工作协调组，由副市长、市残工委主任郭向阳任组长，副市长姚蓉宾、副秘书长赵正强任副组长。广州市成为全国最早的精神病防治康复工作

疾行记

广州市计划委员会文件

穗计社〔1992〕21号

关于市残疾人康复楼项目建议书的批复

市残联：

你会报来《关于申请兴建残疾人康复综合楼项目的建议书》（穗残联字〔1992〕第026号）收悉。经研究，现批复如下：

同意你会选址兴建市残疾人康复楼，该项目总建筑面积五千平方米，总投资六百万元，资金来源分别为：市财政分年投资三百六十万元，你会自筹二百四十万元。

接文后，请落实各项建设条件，编制可行性报告报我委审批后列入计划。

此复

市残疾人康复楼项目建议书批复文件（1992年5月）

试点城市后，为利于开展业务指导和与有关部门的协调，先后调入谭世锵、梁炬任市残联康复处处长，他俩都是具有丰富临床经验的精神科医生。

广州市残疾人康复中心，作为"八五"期间市重点基础设施项目，1992年下半年进入立项、征地等前期工作。最初，市规划局的同志建议我们，可以考虑环市中路现广州电视台附近的地块，这里处于老市区范围，有明显的地缘优势。我们经过实地考察研判后，认为这地方中间横跨了东西向的铁路干线，密集的人流、车流南来北往都要过桥，如果向北绕行距离就远，对残疾人及家属则更不方便，加上火车经过的噪声，对病人康复也很不利。同时还有个担心，就是当时的规划还未定型，将来的左邻右舍是谁不清楚，不确定性因素多。经过反复权衡，还是放弃了选择这块地。

经多番比较，在石副市长亲自协调下，最后选定了位于天河区龙口西路北段，省水利电力学校以东、穗园小区西侧面积7500多平方米的地块。回想起当时的情景，这里周边大部分还是农田，通向工地就一条黄泥小路，两旁是莲藕塘、西洋菜地。有一次我骑自行车到这地方，碾过一个湿漉漉的土疙瘩，车把一晃，"啪"的一声倒下，人差点滑到水塘里。

市规划局于1993年7月发文，确定了康复中心的面积、建筑密度和容积率，康复中心主楼为19层，综合业务楼为10层。1994年4月11日，市政府办公厅转来黎市长4月9日的批示件，内容是："1. 市财政今年在投资基建部分的工作由伍亮同志协调，分别分月安排1000万，其余社会公益事业的渠道也由伍、郭两市长研定。2. 向外赞助建康复中心，我意两条腿走路，一是请向阳同志请安海同志在联合会成员研究找出对象，分别做个别工作，发挥委员的积极性，面建议不要太广，而且先不要找大老板。二是我与两三个重点人物做工作，看争取一个好结果。3. 五月底奠基，抓紧时间动手不误。"

在高祀仁、黎子流、石安海、郭向阳等领导同志的悉心筹划下，康复中心的第一笔建设资金是来自全国第三届残运会的结余，共650万元人民币。其中，400万元用于康复中心建设，250万元用作市残疾人体育事业发展基金。经过宣传动员和沟通联系，先后有210位爱心人士和109个企事业单位、机构慷慨解囊。其中，于元平先生1000万元、林百欣先生300万元、吴汉良先生200万元、何英杰先生150万元、陈普芬先生50万元等。在资金困难的情况下，社会各界的鼎力支持对中心建设起了至关重要的作用。

中国残联常务副理事长周敬东在康复中心奠基仪式上讲话。右起领导同志是赖竹岩、黄伟宁、高祀仁、邬梦兆、赖大超、陈绮绮等（1994年5月）

1994年5月27日，残疾人康复中心正式拉开建设帷幕，市委书记高祀仁、中国残联常务副理事长周敬东、市人大常委会主任黄伟宁、市政协主席邬梦兆、市委副书记石安海、副市长郭向阳、政协副主席陈绮绮和市人大原主任赖竹岩等同志参加了奠基仪式。1995年10月9日，黎市长视察康复中心建设工地。

从我们当时的主观愿望和认识，希望设计出符合现代康复医学要求的康复大楼，我们先后召开了多次设计论证会，充分听取康复、医疗等专家的意见，中国康复研究中心和中山医科大学卓大宏等专家、教授给予了许多指导与帮助。由于我们自身和设计单位对康复专业了解的局限，仍有许多不尽人意的地方，比如，设计的内部通道偏窄，后来及时做了改进，把一段已经砌好的过道隔墙拆掉，按新的宽度标准重建。

1997年11月，我在左腿胫、腓骨折手术两个月后，实在放心不

广州市委副书记、市长黎子流在康复中心工地现场办公（1995年10月）

下，从家里径直到了工地，独自一人悄悄从首层登到10层，仔细检查进入最后阶段的工程质量。回到地面后，我心跳得很厉害，一身的冷汗，自己也觉得太冒险莽撞了，如果在还没装扶手的台阶上摔倒，那后果真的不堪设想。

1998年10月，历经6年时间筹备、建设的广州市残疾人康复中心终于落成了。项目共投资1500万元，中心主楼高19层，地下2层车库，总面积13866平方米；康复综合副楼高10层，总面积近5000平方米。主楼外观瓷白色、呈弧形状，彰显残疾人事业是廉洁、阳光的人道主义事业和关怀、包容的人文理念。

为了让社会更多地了解我们的事业，在大楼落成之前，写了专题报告给地名管理部门，建议将康复大楼前的马路取名为"康福路"，取"康复"谐音，意为康复事业给残疾人带来了新生和幸福。地名管理部门慎重研究后做了答复：市政规划时已经有安排，与南北向的龙口东路对应，该路定名为龙口西路。考虑到规划部门一直对我们工作很支持，相互理解顾全大局为要，后来把这创意运用到大楼下的绿化空地，将其辟为盲人雕塑公园，取名为"康福广场"。

广州康复中心大楼外貌（1998年10月）

与康复中心大楼相邻，还有合建项目商品住宅楼"金鼎大厦"，它与中心项目几乎同时推进。为什么会增加这个项目呢？在项目动工之前，班子的同志已经在考虑中心建成后，如何平衡日常运行的经费开支。以当时的条件，财政部门只能做差额预算安排，要解决财政补贴的缺口，必须有未雨绸缪的打算。

根据过去搞基建的经验，经具体负责的同志请建筑设计人员反复测算，在符合原规划设计要点的前提下，调整出了西南面一块三角小地块。通过合建项目，我们可分得8000平方米以上的建筑面积，以该地段的租金水平，当时按每平方米约3.5元测算，全年就有过百万的租金收入，完全可以弥补当年规模康复中心年度开支的不足。我们抓

康复广场中盲人雕塑公园

紧时间向市领导做了专项汇报,并与市规划局业务处室会商,最终批准下来的解决方案,与我们整体设想完全吻合。

1999年初,楼高30层的金鼎大厦落成,按协议我方获大楼第一层至第八层和第三十层产权,共8327平方米。我们践行了自己的初衷,以夯实事业发展基础条件为重,没有安排一户干部职工入住金鼎大厦。如今,该大楼仍然是市残联在城区内的主要业务基地,残疾人康复实验学校(脑瘫)等服务机构在大楼内服务,发挥着难以估量的社会效益。

不平凡的"八五""九五",十年过去了,在医疗救助、康复服务的不懈努力下,多少孩子第一次发声叫"妈妈",多少兄弟姐妹重新看到阔别已久的五彩世界,多少人站起来开始走"自己的路",父母透过悲喜交织的泪水,看到自己历尽艰辛的家庭有了新的希望。是啊,他们又回到了我们的社会,回到了我们的大家庭。凡是到过康复中心的同志,几乎都有这样的同感:想不到残疾人有这么多,他们处境这么难，对康复的需求又是这么迫切！

　　我们不能忘记，那些为康复工作付出辛勤劳动的专家、教授，比如：著名骨科专家邝公道，最早指导、参与儿麻矫治手术；主任医师邝宝，组织白内障医疗队深入农村、山区为贫困患者做手术，特别在寒暑假期间，专门抽出床位接收白内障儿童做手术；市红十字会医院骨科主任潘群棣、主任医师陈瑞光，擅长创伤骨外科、手外科、显微外科和四肢畸形矫形；421医院骨科主任陈尊雄，当年参加"三康"工作时已年过七十，还亲自到边远山区组织手术，为基层医院办短期培训班，一边手术一边带教，亲自上门对患者进行复查，指导功能训练；简栋梁，听力语言康复专家、国务院"政府特殊津贴"获得者、广东省残疾人康复协会副会长、华东师范大学特殊教育学院教授；黄东风，中山大学附属医院康复科主任……

　　还有许多许多默默无闻的同志，他们的奉献精神和崇高品德，永远铭刻在共和国康复事业的丰碑上！

悟之得

　　康复一人，解放一家，温暖一片。

　　康复是最大的慈善，最生动的人道主义。

　　康复是创造生产力、解放生产力的有力杠杆。

下 篇

就业，"按比例"的破冰

按比例就业，是国际社会普遍采用的残疾人就业方式。《联合国系统关于残疾人十年的第七次报告》中提出："各国要把残疾人就业问题作为首要问题考虑。应在各国立法中采取按比例雇佣残疾人办法。"在国内推动按比例就业之初，邓朴方就指出："按比例就业，对企业而言不是额外的负担，从法律上说是承担法律义务，从社会角度上说是社会责任，从道德上说是道德风尚，是人道主义运动。"

1989年9月，在全国残疾人就业工作研讨会后，广州市被确定为国家残疾人按比例就业试点城市。随后，我们组成了六人工作考察团，到已经先行一步的无锡市学习取经。虽然与程庆曾理事长还没见过面，但无锡市残联同志给予的热情接待，连同行的市法制办、劳动局同志都深有感触。其中有个小插曲，由于我们出来没有携带"出差证明"，竟住不进当地普通旅店。无锡同志费了老大的劲四处联系，才把我们一行的住宿问题给解决了。现在觉得匪夷所思的事，那就是改革开放前期的真实情景。顺带说，离开无锡的那天，从广播中得悉苏联发生了"9.18"事变，我的心"噗"的一惊，脑子里顿时出现一个大问号，"老牌"社会主义国家内部，竟蕴藏着如此深重的危机？！

学习考察回来后，我们结合广州市的实际情况，向市政府上报了《实施按比例就业规定（草案）》，核心内容是要求广州市所属的机关、企事业单位，都要按1.5%比例安排残疾人就业。当时的大背景是正进行经济领域的整顿，不少企业在经营上遇到困难，在《草案》征求意见的过程中，来自"强力"部门的阻力很大。后来经过反复协商后，考虑到如果长时间僵持下去，许多残疾人将失去难得的就业岗位，对他们来说，年龄越大就业机会就越渺茫。据此我们以退为进，在安排比例上做了相应的调整。

我在初中毕业后，就有过就业无门的切肤之痛。在推进"按比例就业规定"过程中，我还帮助了一个师范学校的残疾学生走上了工作岗位。这位女学生有一只手残疾，毕业前的教学实习没有任何影响，而且受到学生的欢迎和尊重，但毕业后工作就没有了着落，残疾人职业介绍所多方推荐，没有学校愿意接受。我直接找了市教育局的同志，我说，教育部门培养出来的合格的师范生，你们自己都不愿意使用，这怎么说得过去？最后，事情在教育局领导亲自过问下得以解决。我还要说的是，这里解决的不仅仅是一个工作岗位，更重要的是挽回了一个残疾青年对社会、对人生的信念。

1990年10月，广州市人民政府印发《广州市保障残疾人劳动就业规定》穗府【1990】86号文件，明确要求"企业事业单位和机关、团体在招聘职工时，对残疾人一视同仁。对适合残疾人的工种或工作，以及对有专业技能的残疾人，应予录用"。"各单位有义务选择适宜的岗位，录用一定比例的残疾人，单位录用安置的残疾职工应从一九九二年起，达到本单位在职职工总数7‰。录用安置残疾职工达不到规定比例的单位，每年缴纳残疾人就业基金"。《规定》7‰的安置比例，看上去是低了一些，但在国内大城市还没有先例的背景下，作为政府规章确定下来，走出的这一步，是以法制保障残疾人劳动权利的重大突破，也从根本上改变了残疾人就业主渠道的格局。

1993年，市计委、劳动局、民政局、市残联共同制定的按比例安排残疾人就业总体方案经市政府批准后，分别在8月14日、10月20日召开全市工作会议和全市动员大会，全市各区（市）县、有关部门和500个机关、团体、大中型企事业单位领导到会，郭向阳副市长、赵正强副秘书长到会做动员讲话，市计委、法制局、民政局、市残联领导就工作实施步骤提出了具体要求。

《残疾人按比例就业规定》的施行，是在全国大城市的破冰之举。当时《残疾人保障法》还没有施行，在这种情况下，在省会城市率先突破，先行先试摸索经验，这对全国有着特殊的引领意义。广州是特大型的老城市，又是改革开放先走一步的计划单列城市，它冲击、改变人们对残疾人就业的歧视和偏见，促使机关企事业单位开始接受公平履行社会义务的观念，对内对外都有很大的影响。作为《按比例就业规定》的配套措施，在同年5月，成立了全国第一个残疾人职业介绍所。为了尽早开展残疾人就业服务，借用了伤残青年协会会址（中山六路49号）仅十几平方米的小阁楼，因陋就简开始办公了。

《就业规定》开始实施时，公安部门有的同志很不理解，说我们是纪律部队，都是身体最好的人，怎能安排残疾人呢？我到郭副市长办公室商讨对策，向阳同志亲自打电话给公安局领导，他以理服人地说：公安部门经常执行危险任务，因公伤残概率更高，而且你们的家属也同样有残疾人，难道自己就没有义务吗？何况还有后勤保障单位呢，只要端正认识就能找到安置残疾人的合适岗位。就这样，经一段时间的努力，市政府、人大、政协及公检法等部门都先后带了头。

总有水到渠成的一天。经过四年的探索和实践，1995年1月，市政府以穗府【1995】120号文件印发《广州市保障残疾人就业规定》，对残疾人安置比例做出了重要修订，明确要求各单位按不低于职工总数的 1.5%安排残疾人就业。5 月，市委宣传部、精神文明办、市教委、劳动局、财政局、总工会和残联等七个单位联合制定了《迈向 2000 年——自立展能计划》，以市残疾人职业培训中心为基本工作平台，与社会培训机构组成业务服务网络，根据劳动力市场的需求，免费为残疾人培训各项职业技能。

广州市作为国家残疾人就业试点城市的工作经验，在 1995 年中日两国残疾人劳动就业研讨会、第一次全国残疾人事业工作会议上得到了充分的肯定。

我们在全力推进按比例就业的同时，没有降低对集中就业的重视。集中就业所具有的自身优势，是其他残疾人就业形式所难以替代的。集约方式的安置，残疾人有特殊环境的归属感，企业有残疾类别管理、产品选择、培训成本等方面的优势。基于上述认识，我们开始计划筹建残疾人工业村。

1993 年 7 月，市规划局就关于设计要点批复，同意征用白云区新市镇鹤边村土地 33500 平方米，使用性质为福利工业基地、厂房、住宅、商业用房，比例原则上按商业、住宅占总用地 40%，工业基地、厂房占 60%，并明确了由市政负责出资修建道路，改善工业村周边交通环境。

1994 年 7 月 4 日，班子经集体研究后向市分管工业的领导汇报。我 7 月 14 日的工作记录如下：

今天，在市政府向常务副市长伍亮同志汇报残疾人工业村建设事宜。我们向伍亮同志汇报并建议（主要的）：

1. 工业村建设 600 万贷款，市政府补贴三年利息；2. 工业村设计要点（关于模型、外立面、商场等）；3. 对外基本合作条件。

伍副市长对汇报十分重视，他谈了四点具体明确的意见：

第一，要给合作者提供优惠，要沟通各方面的渠道；第二，合作对象不要自己独立去找；第三，可选择十几种产品，将其中一部分产品完全交给外来投资；第四，我准备在现场安排一天的会来研究上述问题。

后来，由于当地规划调整和残疾人体育事业发展需要，此处工业村用地更改为市残疾人体育训练中心用地。

悟之得

见事快，早落实，早见效。有时虽然只走了半步，但争取了实践的时间，实际上把后半步的路子也解决了，这也可以说是"以时间换空间"。宁可小步快跑，也不要左顾右盼迈不开腿，出来的结果完全是两回事。

夯基础，"咬定青山不放松"

"组织不牢地动山摇。"早期没有在残联工作的同志，很难体会到解决"单列"和"升格"，是多么的重要，又走过了多少曲折艰辛。

广州市的区、县残联组织建设，有相当一段时间，是缓慢滞后的。1989年2月市残联成立后，一直到年末的整整十个月，只有天河区、越秀区和花县（花都区）成立了残联，仅占全市区县的四分之一。究其主要原因是"三不够"：当地领导不够重视、主办部门不够热心、要去工作的同志不够积极。

经过连续几年下来的"攻城拔寨"，1993年12月，市残联将区县残联已经解决编制但人员未全部到位上岗、事业经费和计划单列没有落实的情况列表上报，引起市委市政府的高度重视。据此，时任市委副书记、市长黎子流同志向人大做政府工作报告时强调：各级政府要针对区县残联组织建设的薄弱环节，采取有力措施解决，出色地做好残疾人工作。

1995年3月，中国残联理事薛恩元同志到广东专题调研，我们得悉后，在从化街口镇的路口，等待至深夜近1点，接到风尘仆仆的薛理事后，详细汇报了广州市残联组织建设情况及希望通过督导解决的问题。同月29日，副市长郭向阳主持召开市政府残疾人工作协调委员会会议，专题研究进一步推动残疾人事业发展问题。参加会议的有市府办公厅、计委、编委、财政局、民政局、卫生局、劳动局、教育局和市府研究室等有关负责同志。中国残联调研组组长薛恩元、省残联理事长梁炳林等同志参加了会议。会上，我就广州市残疾人工作情况做了全面汇报。与会同志态度认真，会议开得很有成效，共议定了七方面事项：

一、明确区、县级市残联直接归同级政府领导，要求在1995年6月底前，实现单列运作的十项标准：1.设专职理事长；2.行政经费、财政事业费单列；3.基建计划单列；4.按独立单位受领文件；5.参加区、县级市一级会议；6.县级市残联定为正科级；7.残联工作人员按额定编制到岗；8.建立机关党组织；9.正副理事长由同级党委批准、政府任命；10.解决好办公用房、交通工具等基本工作条件。

二、街道、乡镇设专职干部问题，应予重视，设法解决。会后由市残联提出解决办法报市领导研究解决。

三、进一步增加对残疾人事业的投入。每个区、县级市都应建立残疾人福利基金会，并有一定数量的政府财政拨款做铺底基金。

四、尽早建成市、区（县）级市残疾人服务综合基础设施。加快市残疾人康复中心、残疾人工业村建设。每个区、县级市都要建立一个残疾人综合服务中心，争取在两年内完成综合基础设施的任务。

五、市残联会同市建委对受大规模城市建设影响的无障碍通道缺损、拆除的情况进行检查，予以修复建设。

六、市计委、民政局、财政局、编委应督促各区、县级市属下业务单位，认真贯彻有关文件精神。

七、建议以市委、市政府名义下发《关于进一步加快我市残疾人事业发展的意见》，旨在克服薄弱环节，加快发展速度，使广州市残疾人事业发展工作再上一个新台阶。

会议明确，以上议定事项正式以"市政府会议纪要"下发。

在会议上，副市长、市残工委主任郭向阳对中国残联调研组同志明确表态："广州市决不会拖广东的后腿。"随后，他以市残联主席的名义，在新春佳节前夕，分别给越秀、东山、荔湾、海珠、天河、白云、芳村、黄埔、番禺、从化、增城、花都等12个区县（市）一把手写信，针对组织建设、人员编制、财政投入和基础设施建设等问题提出明确要求。为落实会议精神和郭副市长的要求，在市编办的理解、支持下，我们抓紧到增城等地做区县编办的工作，落实区、县一级残联编制，并成立残疾人劳动服务所，为县级残联的下属服务机构，按事业单位管理，实行财政供给保障。

广州市委、市政府领导对各级残联组织建设一直给予高度重视。高祀仁同志在广州市工作时，亲自过问残联机构调整工作，明确提出要解决好基层残联组织建设问题。黄华华、林树森同志在一系列工作批示和讲话中明确要求要关心、加强残疾人事业。针对存在的薄弱环节，林市长在1998年6月的政府工作报告中强调：要"加强基层残联建设和综合服务设施建设，动员社会进一步关心支持残疾人事业"。对残疾人工作要给予倾斜支持。石安海同志对配备街镇专职理事长提出具体要求：不仅要"配人一个"，关键是"配好一个"。1996年春节前夕，郭副市长再次致信各区、县（市）主要领导，促请在"九五"期间对残疾人特殊困难群体给予特殊政策倾斜，并把优秀残疾人充实到残联工作队伍中。同年6月，根据上级关于机构改革的精神，市编办正式发文："经市委、市政府同意，市、区残疾人联合会分别按市、区的局级机构规格管理。"

在召开全市党政机构改革动员大会前夕，市残联党组及时分析研究了上述可能出现的问题，并明确：要全力支持机构改革，这是大局，同时，也要防止在机构改革中削弱残疾人工作机构的问题出现。鉴于时间紧迫，由办公室主任梁左宜根据党组会议精神，用残联公文纸手写报告，言简意赅约100个字，以急件形式当天送到市长办公室。

第二天上午，黎市长在动员大会照稿讲完话后，拿出我们写的纸条，语气肯定地说：在机构改革过程中，各级政府要不折不扣贯彻执行中央编委关于"残联组织建设只能加强不能削弱"的要求，充分认识残联单列运作是保证残疾人事业持续、稳定、健康发展的重要措施，避免在机构改革中出现削弱残疾人工作机构的现象。此举十分关键。参加会议的二十一个区、县级市党政一把手都在场，市长突出强调在机构改革中要加强残联组织建设，他们当然能领会市委、市政府的精神和意图，这等于事先打了"预防针"，不光避免了地方为完成机构改革任务拿残联来凑数，而且组织建设在"维稳"和"加强"上选择了最佳时机，它的重要性怎么说也不为过。

1998年4月初，在一次市委召开的会议结束后，我随着散去的人流正往场外走，感觉背后被轻拍了一下，回过头一看是高书记，"新宪，残联的规格解决了没有？""解决了，编办已经正式下文了。"我马上回答。"好，还有什么困难就说。"与此同时，就市残联纪检人员的职数问题，我们专门给市纪委写了报告，很快得到了曾庆申书记批示：对残联要一视同仁，同意增配纪检组长（副局级）一人。自此以后，市残联按照"一正三副"来配备，进一步增强了领导班子的工作力量。

1996年7月5日，中国残联邓朴方主席致信高书记、黎市长和郭副市长："在你们市委、市政府各位领导的关怀下，广州市的残疾人工作取得了很大成绩；尤其在这次机构改革中，对加强残联建设给予了特别的关照，调整了市、区残联的管理体制和机构规格，明确残联归口政府直接领导，确定残联机构为正局级规格，理顺了工作关系。我们相信，这必将给全市残疾人事业的发展带来更大的推动作用。"1997年，林树森市长在政府工作报告中专门指出：各级残联组织得到充实和加强，残疾人工作成绩明显。

1998年6月，12个区、县级市残联全部实现机构升格为正局级、配备专职理事长。9月~11月，市编委、市委组织部先后下发文件，明确区、县级市、街、镇残联理事长的编制和管理问题，要求把热爱残疾人工作、事业心强、有一定工作能力和文化素质的同志选配到为残疾人服务的岗位上。各区、县级市先后以党委、政府的名义行文，或在机构改革方案中明确了区、县级市残联组织建设要求，各街、镇按德才兼备的原则选配了专职残联理事长。由于组织体系实现了"横向到边、纵向到底"，基层工作力量有了坚实的保障，1998年，各级残联接待来信来访6652宗，100%有回复，92.3%问题得到解决。

市残联"三代会"后，残联组织建设继续加力，就解决街、镇残联机构规格和专职理事长配备问题，主管副市长张桂芳同志、主管组织编制工作的市委副书记李善培同志、主管街镇城市管理体制的市委常委、秘书长朱振中同志等，都做出明确批示，要求对街镇残联组织建设应予加强，应配备"强的、得力的干部"去做残疾人工作。

悟之得

基础不牢，地动山摇。

组织基础工作如同土建中的隐蔽工程，虽"不见山不露水"，但事关根本影响长远。搞好组织建设要有定力和耐心，"急功近利"或"一曝十寒"，对组织的伤害更甚。

对基层的同志来说所最希望的，是我们出现在他们最难的时候，出手助力解决最难的事情，组织建设问题就是如此。敢于为下面的同志说话，善于把工作做到"突破点"上，这是造就干部队伍"知难而进"能力的关键。

下 篇

"无障碍"与地铁1号线

二十世纪九十年代，加拿大温哥华有一位年轻的市长，因高山滑雪发生意外致高位截瘫。神奇的是，他为了准备到中国南方城市访问，竟然凭一本《广东话词典》，学会了讲粤语。广州的初次旅行，给他留下了美好的印象，唯独下榻的知名五星级宾馆，让他遇到了难言的苦处：客房的卫生间门太窄，轮椅进不去。离穗回国后，他在致信感谢黎市长的盛情接待的同时，也直率地提到了上述遗憾。信很快转给了我们，这件事也成了"以外促内"的契机，为广州市的无障碍建设增添了紧迫感。

1990年10月26日，广州市建委召开会议，研究我市无障碍建设工作。参加会议的有市规划局、园林局、环卫局、市政管理局、民政局、残联和市属部分规划设计单位的代表。会后，下发了《关于无障碍设计工作会议纪要》（穗建技纪【1990】058号）。残疾人对无障碍感受最深，需求最迫切。月前，市伤残青年协会自发集资，捐建了市中心人民公园内4条无障碍坡道，开创了在公共环境建设无障碍设施的先例。

1992年第三届全国残疾人运动会，是广州大手笔实施无障碍建设的开始。在65条主要马路、6大商场、12座公园、42所公厕、5个比赛场馆以及机场、码头、火车站等，共建成152项无障碍设施，竖立国际通用无障碍标志500多个。负责接待各省运动员的华泰宾馆，投入上百万元进行内部环境的无障碍改造。

同年，广东省建委发布文件（170号），明确《广州地区实施〈方便残疾人使用的城市道路和建筑物设计规范〉细则》作为广东省的标准，通知要求："一、本标准为强制性地方标准，广州地区的城镇规划，工程设计、施工及验收均应执行。二、本标准自一九九三年二月一日试行。凡一九九三年二月一日前尚未完成设计的工程，均应按本细则修改设计。三、本标准由广州市城乡建设委员会管理，执行中有问题和意见，请函告广州市城乡建设委员会。四、本标准，其他地区可参照执行。"

从八十年代初，搭改革开放的"顺风车"，我们与香港残疾人组织就开始交往，关系日渐密切。香港与广州，可谓"同宗同源、同声同气"。在珠江三角洲地域内，只有广州人与香港百姓的语言是最相近的，从历史溯源那边的老住民大多是从广州地区过去的。

1992年下半年，香港的残疾人和康复界的专业人士听说广州要修地铁了，他们很高兴，因为将来都受益啊！与此同时，朋友们最关心广州地铁的无障碍设计，担心重蹈香港早期地铁设计的覆辙。他们见面就直言提醒：香港地铁管理属国际一流，是极少数不亏损的城市轨道交通线，但最大的硬伤或者说遗憾，就是残疾人乘坐不方便，后来想了许多办法补救，效果都不理想。他们还举例说，当年美国华盛顿修地铁，为了弥补无障碍的缺陷，把部分已经施工的地方砸掉重建。残疾朋友再三叮嘱，一定要吸取香港的教训。

这些提醒非常重要和及时。对地铁交通的无障碍要求，我们当时完全没有概念，在市府大院内的建委，有关同志听了我们的来意，不由失声道：哎呀，已经基本设计完了，图纸几间屋都放不下，还能改吗？经过耐心解释和反复讨论，建委同志最后认为应该搞，否则广州地铁会留下"硬伤"。1993年10月，市残联正式向广州市地铁公司发出公函，要求在地铁规划设计中，参照国际标准配置残疾人无障碍设施。1993年12月28日，地铁1号线工程正式动工。

事不宜迟，在1994年4月，我们召开了由广州市残联、市建委和国际康复总会、国际狮子总会香港303区合办的"通道与交通——创造无障碍环境"亚太区会议，广州地铁主要设计单位全部派员参加。会议上，国际地铁专家对广州地铁的无障碍设施建设，提供了许多重要建议，建设部门参会的同志认为很有收获。

"通道与交通——创造无障碍环境"亚太区会议（1994年4月）

时间很快到了1995年底。当时修建地铁遇到的最大难题，还是筹集建设资金和城区拆迁。十多年后黎子流市长回忆起当时的情况说："20世纪90年代，广州市、区（县）两级财政能够动用的财政收入，每年只有一百五六十亿，而1993年地铁动工前，工程预算就达146亿，这对于广州财政而言，无疑是一笔天文数字。因此，建设地铁的资金只能靠自己找，去哪里找？说起来容易，做起来难，那都是真金白银啊！"由于种种原因，有关部门的同志提出建议，一号线共 16 个站，就搞 8 个站吧，这样地铁既有无障碍设施，又可以减少工程的开支。

我们当时就急了，残疾人本来就不方便，还得选哪个站坐地铁，不就成了"半个无障碍"地铁了吗？不行啊！得知黎市长正在中山医学院住院，我们马上前去看望并郑重汇报了上述情况。黎市长完全同意我们的意见，他用肯定的语气说，这么大的工程，不差这点钱，不要留尾巴，增加的资金我来想办法，每个站都要有无障碍设施。

后来的结局是圆满的。1996 年市社会福利有奖募捐委员会全体会议决定，捐赠 1000 万元用于地铁无障碍建设，林树森代市长、陈开枝常务副市长亲自参加了捐赠仪式。当时我在现场，心里很明白缺的钱远不止这些，市领导是要通过这个仪式表明，我们建设的地铁就是要体现出：它是广大市民与残疾人共享的经济社会发展成果。广州残疾人也积极参与、为地铁建设做贡献，发起了"捐款一元钱，为地铁出点力"的公益活动，众兄弟姐妹闻讯踊跃参加。

后来我出访韩国，专程到地铁站考察无障碍设施，看到垂直电梯等设施给市民，特别是给残疾人、老人和母婴同行者带来了极大的方便，心里感到非常欣慰，我对自己说幸亏补上了！韩国朋友还告诉我，为了现在所看到的成果，他们曾经上街游行抗争，与警察发生激烈冲突，酿成了震惊全国的流血冲突事件。

思想观念不断改变，无障碍建设成为城市文明进步最形象的标志。1996 年 3 月，市政府召开无障碍建设工作会议，副市长戴治国在讲话中强调，将加快无障碍建设，作为广州市迎接第二届亚太区城市首脑会议的重要工作内容，会议向 169 个单位下达了 215 个无障碍项目任

杨毅（中）、阮爱华（左一）将残疾人为地铁无障碍建设的
捐款转交广州市地铁公司（1995年7月）

务书。1997年4月，根据市领导的批示，市建委、规划局和市残联参加了联合国亚太经社会在北京举办的方庄无障碍小区试点第二次研讨会，广州市代表做了"走标准化、社会化、法制化的路子，加快城市无障碍设施建设"的专题发言。

1997年6月28日上午10时，市政府在地铁西朗站（芳村区花地大道广中立交桥西侧）举行"广州地铁一号线首段通车庆典"。在现场，我特别留心嘉宾对无障碍设施的反应。在隆重的通车仪式举行前，时任中共中央政治局委员、省委书记谢非同志，在听取现场有关人员的介绍后，特意闭上眼睛走了一段站台盲道，他频频点头露出了赞许的笑容。

仪式过后，大家在引导下进入了车厢，我作为500多中外嘉宾之一，最早感受到了全国最先进、最完备的无障碍地铁服务。地铁一号线从珠江南岸芳村西朗站起，至天河广州火车东站止，全长18.48公里，途经坑口、花地湾、芳村、黄沙、长寿路、陈家祠、西门口、公园前、农讲所、烈士陵园、东山口、杨箕、体育西路、体育中心，全线设16个车站，每日客流量113万人次。无障碍工程共花费约3亿元人民币，占总造价127.15亿元的2.3%。

解决残疾人出行难的问题，我们做了许多探索，最早是借鉴香港"复康巴士"的经验。我们对福利工厂、残疾人学校、单位所处地点及各区残疾人分布状况、活动要求等方面进行调研，在交通管理部门帮助下周密制订了方案，筹划开通搭载乘坐轮椅残疾人的康复巴士专线，准备第一期投入运营20辆中型客车，全部配置轮椅升降等设施。

我们就上述问题向市领导做了专题汇报。1994年9月4日，黎市长在市残联"关于广州市'康复巴士'营运线路的请示"上批示："公安交警支队、客管处：我已批过，全国首创为残疾人服务为主，而又注意两个效益的康复巴士，应大力支持。其中，一定要妥善安排火车站中广场为起点开头和协调各路段，并应抓时机不要犹豫。在运行中有问题再解决，为妥善管理，使大都市广州形象和实际都有正面作用。勿误。并请市府办公厅督办处抓紧落实，结果如何告我。"

1994年10月28日上午九时三十分，在府前路广州市人民政府门前，举行国内首家方便残疾人乘坐的公共交通——广州市康复巴士开通仪式，现场气氛十分隆重。邓朴方主席专门为此题词："康复巴士造福社会"，常务副理事长周敬东受朴方同志委托专程到穗致贺，广州市领导有石安海、伍亮、陈绮绮、赵正强、陈纪萱等参加开了开通仪式。

1998年5月11日至15日，广州市建委、市残联以及负责无障碍小区示范点的省信托投资公司，应邀参加在北京由建设部、中国残联主办的"联合国亚太经社会促进残疾人与老人无障碍环境国际研讨会"。参加会议的有国家计委等10个部门、清华大学等6所院校、北

中国残联常务副理事长周敬东受邓朴方主席委托专程到穗祝贺"康复巴士"开通服务（1994年10月）

京及广州等8个城市和日本等7个国家代表。邓朴方主席在大会讲话中，充分肯定广州市在城市无障碍设施建设工作中取得的成绩，赞扬市政府制定了无障碍建设具体规定并已经施行。

经历的实践让我们深深感受到，改革开放给人们带来了思想观念的巨大进步。同时，以经济建设为中心带来了国力的增强，无障碍设施的投入，使残疾人也成为改革开放最早的受益者。

悟之得

人类社会原生态，是健全人和残疾人的共生共存。社会环境少了"无障碍"的功能，如人体器官先天缺损一般。

无障碍环境对残疾人不是恩赐，而是政府的责任，如同马路上设红绿灯、斑马线一样，是管理者的法律责任。

思想认识"无障碍"，社会环境就能实现无障碍。

疾行记

从"花园慈善月"起行

　　花园酒店，地处广州商业黄金地段环市中路，1980年，由时任省委书记习仲勋同志主持奠基，1985年落成开业，共有客房2000多间，是当年亚洲房间数最多的五星级酒店。

　　1990年初，花园酒店为了更好地树立社会公益形象，筹划了"花园慈善月万众献爱心"主题活动，计划将西餐厅一个月收入中20%利润捐赠给慈善事业。消息传出去后，一些公益组织立即沟通争取。我们意识到，这是市残联成立后第一次争取社会大企业捐助的机会，筹得善款仅仅是一个方面，更重要的是通过新颖、生动的形式来宣传动员社会，让大家进一步了解、支持刚起步的残疾人事业。我们马上找市领导汇报，石副市长亲自出面协调，促成了花园酒店的这场爱心"首秀"。慈善月活动共募集了377000元人民币，从善款数额看是走了一小步，但让社会加深对困难群体的认识却走出了一大步。这次活动中国残联很重视，评议会主任、原国务院参事室主任吴庆彤专程出席了捐赠仪式。

　　1992年，在香港越秀企业（集团）有限公司和广州书画研究会会长陈柏坚、书画家程家焕、区晖和汪铭珊等热心人士的筹划下，通过动员穗港澳台知名书画家捐赠个人作品的方式，为市"残疾人康复中心"建设募集资金。

　　准备工作很快就展开了。先是和省、市画院和美术学院共同商议，联合向广东书画家发出爱心捐赠倡议，与此同时，分别登门拜访书画界的老前辈。在河南老城区一条小巷里，我上门看望了黎雄才老人。黎老是20世纪中国杰出的国画家和美术教育家，岭南画派的典型代表。当年老人已经82岁了，但精神爽朗，听我介绍来意后，他点点头后和蔼地说："我要找早一些的画，比现在的精细，还要大幅一些好筹钱啊。"老先生的谦和及善解人意的淳朴，让我如感春风拂面，一股暖流在心里涌动。随后，我又拜访了林墉、苏华夫妇两位书画界大家。没多久，声蜚海内外的大师关山月、杨之光、廖冰兄等先后捐出了他们的精品佳作。

在画展筹备前期，我与书画研究会的朋友一起，看望了岭南画派创始人高剑父弟子赵少昂老先生，他很赞赏我们将要举办的公益活动，欣然写下"为善最乐"苍劲有力四个大字。老人还以行楷落笔题了"业精于勤"，以表对我等后辈的谆谆勉励。我们将赵老先生"为善最乐"字样制作成钥匙扣，作为这次慈善活动的宣传纪念品。

从广州过来筹备画展的同事、朋友等，一同住在香港湾仔美华酒店。常务副市长石安海为了推动这次慈善活动，缩短了在美国考察地铁项目的行程，提前抵达香港，下榻后立即与当地热心人士通电话，盛情邀请他们出席书画展开幕式。香港越秀公司董事长张伯华、副总经理张锡俊和公司部门负责人王智军等，多次开会部署做周到细致安排，保证了全部在港活动的顺利进行。

11月13日，是个秋高气爽的日子，92′羊城书画展在香港金钟廊展馆隆重开幕。广州市领导石安海、方文瑜到场致辞，霍英东、李嘉诚、李兆基、吴光正、何鸿燊、郑裕彤、曾宪梓、林百欣等港澳知名人士出席。这次活动共筹得善款一千多万元港币。在画展举办结束后，为了做到善始善终、诚而有信，我与基金会同事一起，拖着疲惫的双

疾行记

92'羊城（香港）书画展开幕，广州市常务副市长、市残联主席石安海主持剪彩仪式

腿，往返于九龙、港岛地铁站之间，先后到香港中华总商会、长江实业、恒基兆业、新世界和金利来等公司总部，代表市领导向他们表示由衷的感谢并回赠了纪念品。同时，通过广州、香港两地主要媒体，鸣谢、表彰了在这次活动中做出贡献的224个机构和249位个人。

流花湖畔东方宾馆，1994年12月2日晚一场重要活动在这里举行。邓朴方主席代表中国残疾人福利基金会，接受了广州市壹加壹实业有限公司董事长陈展鸿捐赠的1000万元人民币支票，并回赠了纪念证书。省市领导高祀仁、于幼军、黎子流、曾庆申、石安海、郭向阳等出席了捐赠仪式。同时，广州宝洁有限公司、台湾群英企业公司向市残联捐赠了120部轮椅。

1997年2月，广州市残疾人康复中心将要落成，广州书画界同仁向书画界各老前辈、美协各会员发出了倡议：

"广州市残疾人康复中心（以下简称中心）是根据《残疾人事业"八五"计划》提出兴建的，旨在为广州市25万残疾人提供一流的设

霍英东、李嘉诚、曾宪梓、吴光正、何鸿燊、郑裕彤、黄华、黄球等港澳知名人士出席书画展开幕式（1992年11月）

施与服务，建设广东乃至东南亚居领先水平的大型综合性康复机构。主要功能有：康复工程研究所、残疾人用品用具服务中心、弱智儿童幼儿园、残疾人艺术学校、瘫痪康复区、物理治疗区、职业治疗区、语言治疗区、辅助检查评估中心、盲人家政及导向培训基地和盲人公园等。1994年，中国残联邓朴方主席两次来穗视察检查工作期间，关心过问该中心筹建进展情况。广州市委、市政府非常重视中心的兴建，并投资1500万元，在社会各界热心人士的大力支持下，基本完成了中心主楼十九层、建筑面积共11000平方米的土建工程。但中心为残疾人服务的康复、就业、培训等康复治疗、功能训练设施的投入资金缺口仍然较大，需要社会各界鼎力支持和热心帮助。为此，广州市残疾人联合会、广州市残疾人福利基金会、广州市美术家协会拟在今年五月全国助残日活动中，联合举办'美术家向残疾人康复中心捐赠作品大会'，特邀全体会员、画家参加。会后将作品义卖所得的全部收入用于建设中心的功能设施,让中心早日建成投入使用发挥社会效益。"

广州领改革开放风气之先,书法家、美术家的拳拳爱心,让人感动不已。会上,广州市政协副主席陈绮绮、市美协主席杨家聪致辞,原市人大常委会主任、市残联名誉主席赖竹岩代表市残联接受捐赠。出席捐赠活动的市领导和著名书画家有谢士华、刘仑、郭绍纲、杨奎章、王建勋等。后敬制捐赠芳名录(按捐赠作品时间先后为序):

石昌明	曾作尧	姚立芳	劳汝根	潘志华
苏 立	覃亦汉	罗远潜	张文君	卢德平
罗 渊	梁 纪	朱颂民	陈凤翔	黄 云
廖 熊	陈钜成	谷 夏	夏国泉	苏志光
谭力强	冯 稼	林景光	陈子毅	司徒伟林
李祖培	曾 钺	杜启峰	吴云峰	吴 海
区合芬	吴泽江	陈仲昌	卢桂添	胡锦雄
李 易	苏 华	张择贤	李晓白	彭强华
周宇安	吴新安	罗锡中	董应钊	潘 健
陈根发	屈伟才	梁 风	刘元广	何捷中
徐大为	王以诚	冼竹溪	屈炳权	阳 日
陈师苏	陈荣胜	陈 锜	梁桂才	卢彦汛
郑炽权	侯中曦	黄今成	严永满	陆铎生
羊 草	崔广志	陶景明	卜绍基	刘新强
蔡海威	赵 健	刘 仑	方学良	马健忠
马鸿佳	黄唯理	张思燕	张小虎	唐大禧
梁业鸿	黎日晃	商承杰	郑文岩	李醒韬
陈永康	万自重	黄 棠	卢秀宴	杨家聪

陈国勋	林 彬	李咏祥	卢禹光	林德才
邝文强	陈家焕	王 煜	李仁康	梁照堂
关幕江	黄玉珍	郭伟生	苏家芳	张绍城
黄务华	李永华	潘锦钊	龙武照	陈大计
杨奎章	汪铭珊	任志雄	郭绍纲	关振东
徐文正	卢 苏	连 登	姚永全	吕志强
潘思鸣	任斌强	周礼明	李伟强	谭国桢
王建勋	任 兴	曾光华	陈 炜	梁世雄
谢鼎铭	陶建华	容田文	周姚欢	

悟之得

　　公益慈善，靠的是以心换心，以诚待诚。"心诚则灵"，捐赠者看重的是社会声誉的回馈，固人性使然，它是积极的、正面的动力，因势利导方得正果。

　　公募组织拥有熠熠发光的金字招牌，但它也同"瓷娃娃"般，一碰就碎乃至覆水难收。

难题，"机动车"的导与疏

　　我曾驾驶残疾人机动车上班，那是从 1990 年开始，车牌号为"0828"，是嘉陵牌最早期的产品。接触这类车后心里就有种预感：这种车在给残疾人出行带来极大方便的同时，也会伴随新的社会管理问题。我觉得应该未雨绸缪，尽早立下规章，加强规范管理，既保护残疾人的合理需要，又要引导驾驶者遵章守法，否则鱼龙混杂，健全人会利用其载人拉货，一旦陷入无序状态，残疾人就会处在弱势一方。

1991年初，我到省广播电台做专题节目，围绕当时社会热点"残疾人专用车载客、载货该不该管"，与听众现场进行电话访谈。

观点一：值得同情，但对交通不利。听众易说："我最近跑了一些地方，到过南京、杭州、无锡，发现其他城市也有这种现象，我感觉不太正常，因为这样对社会的正常交通营运有一定影响，对他人、本人也不安全。但对这种现象也不能一概而论地否定掉，这和我们的社会福利保障跟不上有关系，我想如果不是因为有困难，他们也不愿冒这个险的。"听众黄说："我也同情他们，但是感觉这样做太不安全。广州市马路已经超负荷，连摩托车、汽车都要限制。现在大力发展公共交通，再用残疾人机动车载人、载货是不适合的。"

观点二：要疏导，不要强硬制止。听众孙说："同情心不等于管理，但管理没有同情心也是不行的。残疾人就业范围比较窄，报酬也比较低，他们在就业机会不多的情况下这样做也是可以理解的。我认为残疾人有权利过得好一点，甚至有权利过得比正常人更好一点。有的残疾人找不到工作，我们应当帮助他们，我想一些大企业有没有胆量在自己的企业里设一个残疾人车间呢！"听众胡说："我是从北京来的，我想，谈这个问题不能仅仅针对残疾人，广州非法营运的摩托车更应该管。这些摩托车对残疾人是一个诱惑，而载人载货的残疾人机动车对另一部分残疾人又是一个诱惑。我认为应该采取考牌制度，一视同仁，如残疾人有能力驾驶就让他干，还应该给予某种优惠。"

主持人最后说：今天我们请来广州市残联副理事长王新宪，他们曾经就这个问题召集过座谈会，我们听听他的意见。我接着说："感谢大家对残疾人的关心。我认为，残疾人机动车是残疾人的代步工具，从设计上就不具备载货、载客的性能。残疾人机动车搭载人、货的问题，是个综合性的社会问题，反映了社会不尽人意的地方。许多残疾人，尤其是重度残疾人就业面临重重困难，现在还没有更多的出路。另外，交通管理、运输市场怎样为顾客提供快捷方便、价格合理的运输工具，这也是疏导的重要方面。"

为了加强对机动车问题的对策研究，市残联率先成立了机动车工作的5人小组，由副理事长赵良荫任组长。我主动约请市交警支队的负责同志，到驾车的残疾人家里了解他们的困难，征求改善管理方式的意见。结果印证了我的隐忧，由于有关方面的重视和工作力度不够，我们还是"起了个大早赶了个晚集"。1992年至1993年，残疾人机动车大量涌现，驾车残疾人与交警、普通机动车司机冲突越见频繁，成为当时社会十分关注的问题。残疾人车主不断集体上访，规模最大的一次，近百辆车堵住了市政府的东南门。据初期的不完全统计，当时广州市区路面残疾人机动车有309辆，其中参加营运的有135辆。

1992年2月21日，市政府发布了《广州市残疾人专用车管理规定》，同年4月14日，广州市公安局发出《关于实施〈广州市残疾人专用车管理规定〉的通告》。5月30日，广州市公安局交警支队发出《关于残疾人专用车管理的宣传提纲》，围绕残疾人机动车的4个热点问题进行宣传讲解。1992年8月21日，市政府86次常务会议提出坚决取缔健全人驾驶残疾人专用车营运，有的管理部门还建议，取消50型（设有后座）的残疾人机动车上路。

我第一次和市政府副秘书长赵正强打交道,就是从处理残疾人机动车问题开始的。1993年4月1日,有32部残疾人机动车聚集在市府门前上访。当时市府办公厅紧急通知,处以上干部值守待命,不得离开办公室。一时间,看热闹的市民、维持秩序的警察和前来解围的区、街道干部都簇拥在市政府大门前。

我和简理事长一起到了市民政局领导办公室,研究如何解决此事。周杜南局长说,眼下最重要的是先把情况搞清楚才好应对。卓仁道书记提出,由市政府办公厅通知,把相关的区领导、街道办事处主任请来,分头做辖区内残疾人的工作。

在市府门前的上访现场,我建议赵副秘书长:先把残疾人引导到市政府南面的人民公园,疏通市政府东南、西南两个大门的围堵,恢复市政府正常工作,然后通过对话解决问题。残疾人车主陆续到公园后,赵副秘书长开始讲话。他说,市委、市政府很重视残疾人事业,采取了很多措施改善残疾人生活,比如就业、扶贫……这时,有些人开始起哄,干扰了秘书长的讲话。显然,这种情况过去极少见,他在现场很生气。我们平日打下的工作基础,这时候发挥了重要作用,大部分残疾人基本情况是掌握的,当所在区的区长、街道办事处主任到现场后,就以辖管区的街道划分,与残疾人面对面做沟通工作。晚上,我与交警支队领导到有影响力的残疾人家里访问,了解情况听取意见。残疾人反映,他们的困难集中在配偶入户、自谋就业等问题上。

折腾了几天后,我回到了办公室,严肃地对班子的同志说,如果这次上访处理的结果残疾人和市政府都不满意的话,大家就要有辞职的准备。我们接着分析研究,认为不能就事论事,要以此为契机,从解决残疾人的基本生活入手,一揽子解决配偶户口、就业岗位、档口摊位等问题，而且采取措施要具体、见效要快。4月5日，我召开工作会议，到会的有东山区、越秀区、荔湾区残联理事长和市政府信访处汤处长，专题研究如何解决上访残疾人提出的实际困难。

在市委扩大会议上，我分在政法系统小组参加讨论。在我的一般性发言后，在场的两位市领导不约而同谈起残疾人机动车问题，他们说，市委、市政府一直重视残疾人事业，我们各方面工作也做得不错，遗憾的是残疾人机动车问题，对市里交通管理影响很大。我能理解市领导的意图，便耐心回应说，在参加营运的残疾人中，有正式工作的很少，如果他们像机关干部一样有一份保障，或者有足以养家糊口的稳定收入，他们不会愿意日晒雨淋、担惊受怕地在街上跑。我们现在又不可能把他们身处的困难马上解决，只能把"残的"现象看成一个客观的过程或阶段，促使我们加大工作力度，采取更特惠的办法，才能"釜底抽薪"，真正解决问题。市领导和与会同志认可我的解释和建议。

在上面谈到的几个问题中，最难的是解决残疾人配偶的户口。由于要限制特大型城市的人口规模，广州市历来对入户人数控制很严，但对残疾人一直给予倾斜照顾，1990年—1993年，已经安排了1169名残疾人家属入户广州市。言必行、行必果，为了保证相关措施的落实，1993年调整了市原有计划，先后安排446名残疾人入户，占过去4年入户总数的38%。同时，入户的残疾人家属大部分享受了免交城市增容费的优惠政策。这些残疾人入户问题解决后，就业、子女读书等问题也连带得到解决，他们的家庭生活逐步走出了困境。

市残联班子延续下来的一贯作风，就是研究问题简练务实，开门见山抓主要问题，特别是重视意见的可操作性，从不高谈阔论浪费时间。我们经过近3年时间的实践总结,就如何解决残疾人机动车问题,写出专题报告呈市政府,由办公室主任梁左宜执笔。报告送到了市领导的案头,常务副市长陈开枝赞许说:"这是我到广州市政府工作后,看到写得最好的报告。"

开枝副市长是性情中人,在一次市政府常务会议中有一项议题:每年将有奖募捐资金按20%的比例,用于发展残疾人事业的项目。当我汇报完后,他看着我半自嘲半认真地说,"残联真是咁困难?唉,如果有办法解决钱的问题,叫我跳楼都肯。"后来,开枝同志经常参加残疾人的活动,还亲自从社会筹资300多万元,由珠江电影制片厂编导钟定平、李东霖等组织、拍摄了宽银幕影片《一样的人》。影片率先采用数码音响伴音技术,形象地再现了生活在南方的残疾人自强不息的故事,成为早期反映残疾人题材的作品中,从剧本到视听效果、观众反应都不错的影片,获2001年度"十佳影片"之誉。

广州市常务副市长陈开枝参加残疾人慈善募捐活动(1998年5月)

有一年,市残疾人康复办公室在广东大厦召开康复工作迎春座谈会,赵正强副秘书长兼任"康复办"主任,他在讲话时颇动感情地说：我对康复工作就是情有独钟！后来，我们组团赴港交流，香港朋友十分热情。白天安排参观和座谈后，晚上又共同聚餐。席间，有一香港朋友提议，乐意为广州残疾人康复中心捐款，如果我们喝一杯酒他们就捐款一万元，多喝多捐。嗨，这可难为了咱们领导，又不好让香港朋友席间扫兴，郭副市长从容应对，主人也见好就收了。第二天早上，我到房间看望正强同志，他板起脸道：你们明知道我不能喝，为什么不保护我？我赶紧做了自我批评。说句良心话，我除大概听说过郭副市长的量以外，其他领导还真不了解。我当时是"实用主义"，一心想着对方能多捐些钱，好让康复中心早日建成。

正强同志任市政协副主席后，仍十分关心残疾人的事情，在市残联报送的年度工作总结上批示："发扬成绩，不断开拓，在新的一年，把我市残疾人工作做得更出色。"后来，他患重病住省中医院二沙岛分院，我专程从北京返穗看望。估计家人也没有将实情告诉他，见面时老赵精神还不错，谈起残疾人工作兴致很高，老领导的情怀深深感染了我。道别时我怎么也拦不住，他吃力地从床上挪下来，一直送我到病区的电梯口。想不到我回京后不久，就接到赵正强同志因病情恶化去世的消息。

悟之得

用看似正确的、不着边际的话去阐述原则和立场，让人听得云里雾里不知所以，是官僚主义者百试百灵的"贴身秘籍"。

是否从残疾人的根本利益出发，为困难群体的长远利益着想，是需要时间来检验的。发展阶段中某些看似合理的现象，恰恰与事物内在联系相背离。

迈步再跨越

1997年5月,中共中央总书记江泽民同志为《自强之歌》作序,文中指出:残疾人事业是崇高的事业,是我们社会主义事业的一部分。我国是个发展中国家,由于历史原因和生产力水平的制约,残疾人事业还滞后于经济和社会的发展。各级党委和政府要高度重视这一事业,给予更多的关心和支持。

1996年10月21日,市政府常务会议审议《广州市残疾人事业"九五"计划纲要》,代市长林树森主持会议,副市长伍亮、王守初、沈柏年、郭向阳、姚容宾、刘锦湘、戴治国,秘书长陈纪萱,副秘书长张凤祥参加会议。在其他领导同志发表意见后,林市长强调指出:"九五"期间,我市残疾人就业任务很重,而且相对容易就业的残疾人,在"八五"期间已得到安排,剩下来的就业难度更大;盲人按摩有利于盲人就业,要给予倾斜支持;近年来,无障碍设施虽然有大进步,但与现代化大都市要求还有相当差距,"九五"期间要重点抓一抓;要加强对残疾人的思想教育和管理;残疾人要自强自立、遵纪守法,为社会主义精神文明建设做出贡献。

1998年3月,中共广州市委办公厅、广州市人民政府办公厅以穗办【1998】7号文件转发《关于进一步加快我市残疾人事业发展的意见的通知》"各区、县级市党委和人民政府,市直局以上单位,市残疾人联合会提出的《关于进一步加快我市残疾人事业发展的意见》

（以下简称《意见》），已经市委、市政府同意，现转发给你们，请积极采取措施，认真贯彻落实。"

中共广州市委办公奇穗办【1998】7号文件（1998年3月）

《意见》充分肯定广州市残疾人联合会组建10年来，在市委、市政府的重视和各部门密切配合，以及全社会的热心支持下，各方面工作均取得可喜成绩：国家和省先后颁布的《残疾人工作五年纲要》及残疾人事业"八五"、"九五"计划在我市得到全面贯彻实施；残疾人康复、教育、宣传、文化和生活状况得到显著改善，助残与自强的良好社会风尚逐步形成；自1993年起，我市作为国家试点城市，完成了按比例安排残疾人就业的任务，稳定了2万名在职残疾职工的工作岗位，1300多名长期待业的残疾人得到安排；成功地举办了第三届全国残疾人运动会；包括地铁一号线在内的无障碍建设成绩居全国城市前列；市和区（县级市）残联组织得到加强，建立了延伸至街、镇的残联工作网络，为维护社会稳定做了大量艰苦细致的工作；被评为全国精神病康复工作先进城市，连续3年获省残疾人事业10项指标考核总分第一名。

为进一步加快我市残疾人事业的发展，《意见》提出七项要求：

一是认真开好第三次残联代表大会。要求各区、县级市把开好第三次残联代表大会，作为推动当地残疾人事业发展和加强社会主义精神文明建设的重要举措。要把残联代表大会开成肯定成绩、总结经验、表彰先进、动员社会力量，确定本地区残疾人事业世纪之交发展战略及主要任务的大会，以崭新的姿态迎接21世纪。

二是切实加强基层残联组织建设。加强区、县级市、街（镇）残疾人工作和残联组织建设，是巩固和发展有中国特色残疾人事业的百年大计，是为基层广大残疾人提供直接、持久服务的客观需要，也是深化城市管理体制改革、强化街道管理职能的需要。各区、县级市残联要承担起协调发展当地残疾人事业的重担，关键是选配好理事长。组织人事部门要把热爱残疾人工作、事业心强、有一定工作能力的同志选配到为残疾人服务的岗位上。街（镇）残联要按照志愿者联络站、社区康复指导站、残疾人法律援助中心、残疾人服务所"四位一体"的模式开展服务。

三是采取有力措施扶持特困残疾人脱贫解困。残疾人温饱问题能否得到解决，关系到国家在本世纪末基本解决贫困人口温饱的既定目标能否如期实现。我市有特困残疾人5592人，各区、县级市党委和政府要高度重视，将其纳入当地扶贫解困全局，确保最低生活保障制度的落实。加大按比例安排残疾人就业的力度，加强职业培训工作。对无劳动能力的重度残疾人，要针对其特点给予特别扶助。到本世纪末，使残疾人生活状况能够接近当地平均生活水平。

四是抓紧残疾人服务设施的基础建设。残疾人事业直接体现当地两个文明建设的现状，是衡量现代化国际城市社会福利水平的重要尺度之一。要根据广州国民经济发展水平，逐年增加对残疾人事业的投入。有关部门要积极支持配合，帮助解决困难，力争使市、区、县级市残疾人康复、职业培训、就业指导和文化生活等基础设施在"九五"期间建成使用。

五是加大残疾人事业的宣传力度。各新闻、舆论单位要以丰富多彩的形式做好残疾人事业宣传，采写、制作有思想深度、宣传力度、艺术质量的稿件和节目，要有一定的版面、时间免费刊登公益性宣传广告节目。

六是为残疾人平等参与社会生活提供保障。修订《广州市扶助残疾人优惠措施若干规定》；做好残疾人法律援助工作；无障碍设施要标准化、规范化，扩大覆盖面；大力开展志愿者助残活动。

七是团结、教育、鼓励广大残疾人。各级残联要积极开展切实有效的思想教育活动，帮助广大残疾人树立自尊、自信、自强、自立精神，遵纪守法，努力提高自身素质，为广州市的两个精神文明建设做出贡献。

人大常委会主任黄伟宁、政协主席邬梦兆和市纪委书记曾庆申等同志都很关心支持残疾人工作，凡是残联邀请的活动，只要排得开他们都热情参与。人大常委会原主任赖竹岩同志说："虽然我退休了，但对残疾人的感情没有变，只要身体允许，这些活动我都来参加！"

历史有时会惊人地相似，但绝不是简单的重复。又过了整整十年后，2008年3月28日，中共中央、国务院颁发《关于促进残疾人事业发展的意见》，同样是"7号"文件。

悟之得

社会主义优越性，集中体现在政治体制的独特优势，是实实在在的，这连不同意识形态的人都认可。但人往往"身在庐山不识庐山真面目"，坐井观天或妄自菲薄，就会不由自主落入偏见的盲区。

启蒙，走出去与请进来

古人云："盖有不知而作之者，我无是也。多闻，择其善者而从之；多见而识之；知之次也。"（《论语·述而》）认识现代文明社会残疾人观，是由放眼看世界起始的。

我第一次出国是1993年，去的是近邻东瀛日本，7月23日～27日参加第二届国际技术援助研讨会，会场设在东京新宿区一酒店内。这次大会的主要组织者之一，是日本盲人职能开发中心理事长松井新二郎先生，一位和蔼的失明老人。参会期间，我和香港盲人辅导会总干事陈太一起，与该机构进行了会谈。我介绍了建设中的广州残疾人职业培训中心，老先生十分关注，并欣然表示要捐赠一批新型的盲人阅读设备，帮助盲人图书馆尽早投入使用。

25日上午11时，我做大会主旨发言，大会秘书处简报及时做了摘登：

广州市视觉障碍残疾人的生活、工作、学习状况以及对策
广州市残疾人联合会

王新宪

中国的视觉障碍残疾人口755万，其中广州市视觉障碍残疾人大约三万三千人。中国政府颁布了《残疾人保障法》，关于视觉障碍者就业方面，正在遵照"在福祉世界里劳动和工作"的路线向前推进。广州市的就业状况，主要是集中就业和分散就业两种结构相并行。集中就业主要是在政府直属的民政部门所创建的社会福利工厂里工作，大部分视觉障碍残疾人是集中在电气产品、金属制造品的工作岗位就业。

工厂通常针对视觉残疾人的情况，给予相应的照顾。主要让视觉残疾人从事简单易行的工作，或者是在健全人的指导和辅助下，做一些材料、工具的准备，机械的调整，咨询服务等工作。同时部分工厂针对残疾人的残疾类别和残疾程度，对必要的设备进行改装，以适应残疾人的就业。分散型工作主要是根据个人的特长和能力，找到适合自己就业的工作。例如，盲人按摩就是具备了一定的专业知识和特长，能够自己从事个体经营的工作。

中国现在正在推进社会主义市场经济，福祉工厂相应也面临着改革，当前也遇到不少新的困难和问题，例如产品价格低廉、产品销路受阻等等。

因此广州市现在的主要对策，首先以法律为保障，出台了《广州市残疾人就业保障条例》。该条例要求各个工厂、政府机关、社会团体，必须按照本部门从业人员0.7%的比率吸收残疾人就业。去年年末广州市已经建成了残疾人就业指导中心，并在该中心内设置了各种职业的业务培训和教育。

情报机器支援广州市——在日本盲人职能开发中心、深见青山国际交流福祉基金支援下，在佳能公司福祉贡献事业室的全力协助下，向广州市残疾人就业指导中心捐助了视觉障碍残疾人专用的机器。

这也是曾在技术研讨会上发言的广州市残疾人联合会王新宪理事长的强烈愿望。广州市与香港相接，在中国也属于比较发达的经济地区。同时，广州另一个显著特点是经过各方的努力，广州市的残疾人就业率（日本称：雇用比例）正在扩大，去年广州市建成了残疾人就业指导中心。该中心除了设置针灸和按摩，还准备开展各种职业教育。但是除了针灸和按摩，其他器材和专业指导者不足，所以中心的业务进展相对较为缓慢。这次日本向广州捐助了3台盲人专用的阅读机、2台阅读放大器、2台盲文打字机等设备。

阅读放大器不用经过训练马上就能够使用。盲文打字机是通过简单的盲文点字打印，方便地对公文进行处理。如果和计算机进行连接，又能高效地处理成文字。香港交流中常使用英语，经过该机器和计算机连接及软件的处理，还能根据需要将盲文解读成英文并显示简易中文。这些机器更好的利用方法，需要更进一步得到日本和香港盲人辅导会的技术协作和支持。

日本盲人职业技能开发中心早在去年（注：1993年）12月份开

始就为这些器材的输送做好了准备，今年3月恰逢广州市残疾人就业指导中心正式开张之时进行了捐助。

我们深信亚洲地区视觉障碍残疾人专用的情报机器网络化将会得到进一步扩大。

日本友人松井新二郎向广州残疾人培训中心捐赠盲人图书馆设备（1993年7月）

我对会场的一些细节，至今还记得很清楚。我的座位被安排在第一排，显然是东道主给予的礼遇。桌上摆有一张白纸、一支铅笔。由于我怕行走不方便，会前没敢多喝水，会议进行到一半时，我感到口渴难耐，看前后来宾桌上都没有摆杯子，就忍着没吭气。后来，见有人问会场工作人员要水喝，我也跟着比画了一下，很快，服务员彬彬有礼地送来了一杯凉水，此刻，我脑子里蹦出了两个字："节约！"

期间，东道主安排与会者参观国家盲人图书馆。在参观过程中，我对免费邮寄借阅盲文书报很感兴趣，正想对准邮包拍照，以留作资料借鉴，现场工作人员礼貌地提示我，注意不要拍到读者的姓名，可以拍邮包的背面。哦，我明白了，这样既保护了读者的隐私，又照顾了参观者的需求。26日的夜晚，这是唯一可以自由支配的时间了，我

疾行记

广州市残联理事长王新宪在第二届国际技术援助
研讨会上做主旨发言（1993 年 7 月）

到银座商业街走了一小段，在路旁小店要了一碗类似凉粉的熟食，算下来相当于人民币 60 元，"贵"得咋舌。

1995 年，第二次赴日访问，参加纪念"亚太残疾人十年"活动。福冈市，位于日本第三大岛九州的北岸，是九州的行政、经济和文化教育中心，现有面积近 338 平方公里，人口 150 多万。广州市与福冈市在 1975 年 5 月正式结为友好城市，这里每年都会邀请缔结友好城市的福利团体，访问日本并举办相关活动。福冈市市长给黎子流市长发了邀请，促成了这次两个城市的残疾人事务交流活动。

从 9 月 21 日开始，我们参观了市立身心障碍者福祉中心，实地观看了儿童及成人技能康复训练，考察了残疾人托养学校、职业技能训练中心和安置残疾人的企业。当地媒体很重视我们的交流访问，《西日本新闻》9 月 22 日做了以下报道：

下 篇

广州市残疾人联合会四人代表团访问福冈

福冈市与中国广州市是友好城市。广州市残疾人联合会王新宪理事长（40岁）一行4人代表团本月访问福冈，二十一日开始视察福冈市残疾人福祉设施。为了纪念平成5年开始的"亚太残疾人十年"活动的开展，福冈市每年都会邀请缔结友好城市的残疾人福祉组织访问日本并举办相关纪念活动。今年，广州市残疾人联合会王新宪理事长等人在福冈访问9天的行程中，将走访参观福冈市十二所残疾人福祉设施。

王理事长一行在九月二十一日，首先访问了福冈市中央区长滨市立身心障碍者福祉中心，同时观看了儿童及成人技能康复训练。关于残疾人训练方法和效果，王理事长等人仔细听取了指导员等人的说明。王理事长讲，现在广州市正在建设残疾人福祉设施，这次参观访问残疾人设施及机构设置，确实让我们学习到了很多知识，代表团成员感觉收获很大。除此之外，来访代表团成员在日期间，参观了残疾人托养学校、技能训练设施，还走访了雇佣残疾人的相关企业。

在日期间，我注意到接待方都是使用出租车，由于交通管制的原因，许多路段不能停车，经常要下车后走一段路才能到目的地。其中一天，参观考察后回到宾馆，陪同的官员向我们礼貌道别后，就匆匆地赶去乘地铁回家。第二天见面后聊天，他说昨天乘出租车用的是"公务票"，司机出车后凭票到政府专职部门结算，票面清楚注明出发地和到达地，私事想搭"顺风车"是不行的。

随后去的国家是瑞典，目的是考察残疾人康复设备。

这一路行程安排得很紧，1996年6月5日，中午抵达瑞典马尔默市，下午2时许，前往生产残疾人辅具的国际知名企业Arjo参观。我们先观看了宣传片《今日的 Arjo》，然后在企业负责人引领下参观工厂的生产车间。6 月 6 日，我们听取了技术部门对各类产品的介绍，比如位移机、水疗池等设备。我注意到，企业员工在讲解过程中，把功夫下在了释疑解惑上，他们每讲完一段，就征求访客意见："有不明白的地方吗？""还有什么问题要问的吗？"让人丝毫没有"任务式"、"走过场"的感觉，其员工的敬业精神可见一斑。6 月 7 日，继续在 Arjo 查看产品技术资料，听取专家对广州康复中心建设的设计建议等。期间，我们还到社区参观"老人之家"，实地考察水疗、洗浴等产品、设备的使用效果。

6 月 10 日前往奥斯卡港市，参观市康复中心等机构。6 月 12 日，乘火车前往斯德哥尔摩，参观残疾人轮椅适配中心。这里再次使我开了眼界。一个人口不足百万的城市，政府提供了面积 1 万多平方米的辅具中心，凡是需要轮椅服务的残疾人、老人，经过康复专家的细致检查，根据每个人的测算数据，"量身定做"适合需求对象的轮椅，如同我们按自己的尺码做衣服买鞋子一般。轮椅从"配发"到"配置"，虽然一字之差，它内涵的区别就很大，甚至是带实质性的。后者包含了以人为本的理念，人性化的专业服务，以及辅具内在的科技含量。参观后，我的内心很受触动，也激发了在这方面发展的新思路。

转说加拿大，去那儿是为了争取康复设备的无偿捐助。第一站是温哥华。

当天晚上，我们在街上散步光顾了说话，到路中央时，前面的交通路口已经转红灯了，这时一辆轿车在远处急停下来，司机招手示意让我们先过去。就这一件小事，给大伙留下了深刻的印象，不由都联想到国内常见的人车抢道情景，相比之下令人感慨。几乎每到一处都

访问瑞典辅具生产企业（1996年6月）

能看到公共卫生间里维护良好的残疾人设施，门的宽度在80厘米以上，低位的洗手盆、折叠式的厕位扶手和报警装置等等，它们共同的特点是简单、牢靠和实用。

1995年9月12日～16日，第10届亚太地区康复国际会议在印尼雅加达召开。会议举办地的选择，体现出亚洲这个发展中的人口大国，顺应世界潮流也开始重视残疾人事务，通过举办国际性会议，来推动国内的残疾人事业。会议期间，该国国家元首接见了全体与会代表，并与每一位代表都握了手，这真出乎我意料。如果要说是情理之中，那就是联合国"残疾人十年"活动及一系列国际组织的推动，对世界各国包括经济欠发达的发展中国家已经开始产生影响。

最后说说在香港"先入为主"的经历。经常在这里过境的人都知道，在没有开设皇岗——落马洲口岸之前，出入境的人都挤在罗湖文锦渡关口，平日人声鼎沸，每个通行验证的窗前人龙都十几米长，节假日更是拥挤不堪。我是第一次出境，难免有些紧张，看到上述情景，真有点茫然不知所措。正在此时，一位香港警员径直过来，用粤语很礼貌地说："先生，跟我到特殊通道啦，同团的人亦可以一起来。"这种"礼遇"，让我平生第一次觉得，残疾人有时竟然比健全人还要方便。

1996年6月24~28日，由香港盲人辅导会主办、中国残联和广州市残联合举办的东亚和太平洋地区按摩研讨会在广东国际大酒店举行，全国20多个省市、香港地区和日本、韩国、泰国、菲律宾、马来西亚等国家250多位盲人按摩师和社工界人士到会。中国残联常务副理事长郭建模、中国盲协副主席滕伟民，广州市市长黎子流、副市长姚蓉宾，世界盲人联盟秘书长祖里塔，香港盲人辅导会主席岳士礼、总干事陈梁悦明，省市残联领导及相关专业人士出席会议。

1998年12月1日~10日，中国残联艺术团应邀赴台北参加"弦月之美——海峡两岸残障人士才艺大展"交流活动。我们从香港机构乘机，在下午4时许抵达了桃园机场。当天正巧是台北市市长选举，到下午已经结束了，国民党候选人马英九击败了民进党候选人陈水扁而当选。当我们到台北市中心时，街上五花八门的纸质标语口号，已经大部分清理干净了，唯独看见一栋大楼的外墙上，还留了条粉红色霓虹灯竞选广告，上面赫然闪烁着"毛主席"的头像，这真是意想不到，太有意思了。

在台期间，邀请方安排我们上阿里山观光。我不知道山上是什么状况，担心路不好走，便向当地导游提出想买根拐杖。当晚住宿的是个小地方，没有商店出售这类东西，我就打消了念头。没想到，负责导游的林先生对这事很上心，搭出租车在外面找了两个多小时，到晚上10时许，一支铝合金的拐杖送到了我的手里。这种敬业精神令人感到温暖，小事情麻烦了别人一个晚上，我心里也十分过意不去。

> **悟之得**
>
> 他山之石，可以攻玉。
>
> 用什么态度对待现代社会文明进步的成果，我们曾经走了很长的弯路。应该如何认识人权、人道主义、以人为本及人的全面发展等等，是有了痛切肺腑的经历才幡然醒悟。

血脉浓情

广州、香港和澳门，本是一体，可谓"同宗同源、同声同气"，即便近代历史原因造成了百年分治，也改变不了同胞骨肉的现实，我们是地缘中的同乡、血缘里的兄妹和亲缘谱系里的近亲远朋。由于这种天设地造的联系，八十年代以后，港澳地区对广东残疾人事业的影响、助力之大，可以说"仅此一家别无分店"。当然，如果没有改革开放，那也是望洋兴叹，一切都无从谈起。

最初打开我眼界的，是1985年第一次赴港参加国际聋人会议。期间，与广州聋校简栋梁老师一起，参观了香港聋校，获悉鲍校长长期关心、帮助广州聋校的情况，也使我首次接触到境外的残疾人教育机构。随着改革开放的步伐加快，我们参加两地残疾人组织交流的机会，也越来越多了。通过彼此的学习互动，我们深深感受到，香港、澳门的残疾人朋友和许多公益组织，他们既是情同手足的兄弟，又是能讲真话的朋友和学贯中西的"特殊辅导员"。

在1989年1月，广州伤残青年协会组团赴港访问，广东电视台摄制

疾行记

组随同前往，拍摄了专题片《生活在香港的伤残人》。该片播出后，引起了很多广州市民的关注和残疾人的共鸣，也获得香港朋友的赞扬和肯定。时任香港伤残青年协会主席张健辉兴奋地说："确实没有想到你们能制作出这样感人的社会专题片，感谢广东电视台为香港20多万伤残者奉献这样好的节目。在香港看类似题材的节目比较多了，而你们20分钟播出时间处理得这么成功，出人意料。"《广东电视周报》记者随机采访了广州市的残疾人，一位残疾人医生说："纪录片洋溢着人道主义的精神，在当今世界，对伤残者扶持还是歧视，是一个社会文明与否的标志。"一位残疾人打电话到报社，他认为，该片制作敢于正视人的社会价值和潜能，真实表现了香港伤残人健全的创造意识和自强自主精神，无疑是对生命萎缩、心态扭曲、不尚创新的某些健全人的深刻警策。

广东电视台播出残疾人专题片，残疾人团体送锦旗到电视台表示感谢（1991年5月）

随着经济发展水平的提高和社会保障制度的完善，香港残疾人生活水平早已在小康之上。也许"存在决定意识"，最初接触时，这些朋友的优越感溢于言表，表现得性格活泼开放、语言诙谐轻松。他们的民本

— 216 —

意识强，对参与社会事务积极性很高，哪怕我们用"宏观思维"看似很小的事，他们也争相投身其中，乐此不疲。凡国际间与残疾人相关的会议或活动，一些团体组织都会早早准备，向赛马会申请资助或以"卖旗仔"形式筹款，在众多热心志愿者帮助下，自费结伴相助前往。这些朋友多数没有实质性的社会职务，也不准备会上发言，把当认真的"听众"作为自己的责任，满意的收获是"参与"的感觉。

可以说，一些现代社会的基本交往礼仪，是在赴港经历中无意接触到的，这也丰富了我的"继续社会化"。比如"尊重时间"的观念，这要说到第一次自己独立访问的情景：我去的是位于红磡的盲人工厂，香港的服务机构一般都不备公车，我人生地不熟，公共巴士站牌上不注地名，只见数字加英文字母，我倒腾得满头大汗，沿途问好几个人才到了目的地。在办公室见到了厂经理，相互握手礼貌的话说过后，他脸带愠色地问："王先生，你知不知道来迟咗？"看得出来他有点不高兴。这怪不得人家，时间是预先安排的，不管怎么说晚到的责任在自己啊。还有一次，是到地处蓝田的香港伤残青年协会。访问结束出门后，我突然想起忘了说一件事，回头就推门而入，屋里几个职员都用异样的眼神看着我，一刹那明白了，是因为没有敲门呢！记得老姨妈还提醒过我，住旅店要记得给小费，这些员工是没有底薪的，那是他们劳动的辛苦钱。

有学者考证，大半以上港人来自珠江三角洲"广府人"地域，语言习俗相差无几。因两地政治、经济和文化等因素的影响，香港许多日常用语与广州就不尽相同了。如香港百姓把"单位"用来代表"住宅单元"，"吃皇家饭"指坐牢，广州人"打的士"他们叫"截的士"，冰箱叫"雪柜"，空调叫"冷气机"，等等，话里夹杂英语单词

疾行记

比广州更多一些。从二十世纪七十年代开始，香港曾推行"粤语正音运动"，规定电视、电台，以及中小学语文教育的发音必须符合标准的"广州粤语"，亦可谓"正本清源"之举。

广州市残联与香港盲人辅导会共同发起防盲治盲"光明行动"

偶尔在港澳期间，碰上参加一些服务机构春节联欢、周年聚会等联谊活动，也能感受到另一番"乡土气息"。与他们接触一段时间后，我开始能用港澳朋友的语言习惯来讲述国内的故事，将一些概念、名词换成港澳意思相近的话来表述，这样就变得尊重、随和又志趣相近，我们相处得也更自然和愉快。有几次与港澳朋友见面，想不到他们不约而同地说："多年不见，老兄仍然待友如旧，真是很难得啊。"我学到的这些宝贵的东西，工作上很是受用的，人家的敬业精神、专业能力、外语水平和国际眼光等等，能够比较出自己的"短板"及差距。

据不完全统计，香港有2000多家服务团体，涉及残疾人的服务组织约有200多个。其中，我与社联、香港伤残青年协会、伤健协会、盲人辅导会、盲人协进会、复康会、复康联盟、新生会、利民会、扶康会、痉挛协会、乐施会、东华三院、理工大学的资源中心和明爱中

— 218 —

广州市残联与香港福幼基金会签订合作协议（1996年10月）

心等都有过交流，与政府机构如社会福利署、劳工处、职业训练局等，还有医管局、中华总商会等行业性的机构来往互访，已经是常态化了。社会福利界很多朋友以及机构，对内地残疾人事业的贡献，可以说是"功在国家利在千秋"。

港澳地区热心帮助内地事业发展，以残疾人康复领域成效最为明显。比如，支持贫困地区康复中心建设；培训"三瘫一截"康复理疗师、残疾人辅具技师，推动脑瘫、自闭症康复的引导式教育；进行白内障复明、低视力康复和盲人导向行动等师资培训；推介心理辅导早期介入、中途康复宿舍和开放式农疗等精神康复领域的经验；开展无障碍环境建设、社会保障制度的交流研讨等。

我第一次赴港，就到了劳工署展能就业科访问，切磋残疾人就业的经验。该部门主要负责残疾人"揾培训"事务，虽然访客就我一个人，这里的负责人仍然认真地介绍情况，耐心解答我提的每一个问题。前去考察次数最多的是职业训练局辖下的观塘训练中心、薄扶林训练中心，每次访问都能看到一些新内容、新方法。同时，不经意中也看到一些内地团体，有的人把他们在国内的坏习惯带了出来，听东道主介绍情况时心不在焉，身子摇摆不定东张西望，手拿照相机"啪啪"拍个不停，给人的印象不是来学习交流的，倒像到此一游"有照为证"，回去好报销差旅费。这着实让人反感，我都觉得没面子。不过，这种现象后来是越来越少了。

与香港残疾朋友在一起（1993年）

香港盲人辅导会长期关注国内的盲童教育，对国内特殊教育事业发展做出了贡献，总干事陈梁悦明女士被授予"广州市荣誉市民"称号。我的母校华南师范大学，"比较早与港澳教育界建立联系，派员到香港进行考察，1983年与香港中文大学签订了友好交流协议。该校心理学系弱智儿童康复中心与香港明爱康复中心共同开展弱智儿童康复研究"。

残疾人体育活动的交流就更早了。这可以追溯到1984年3月，广州市伤残人体育协会成立，澳门伤残人体育协会主席李安奴、副主席菲能迪和香港伤残人体育协会蒋德祥等到会祝贺。同年12月，广州轮椅篮球队赴港参加穗港澳轮椅三角赛。1990年3月，远东及南太平洋地区残疾人运动会执委会主席方心让先生提议由国内承办1994年第六届远南运动会。1993年12月，穗港澳轮椅三角赛首次吸收台北队参加，开穗港澳台残疾人运动员同场竞技先河，也成为两岸残疾人事务交流的良好开端。

广州轮椅队参加澳门举行的国际马拉松赛，澳门残疾人体育协会主席菲能迪（左一）、广州市残疾人体育协会主席郭有成（左三）、广州市残联副理事长钱文昌（右一）与获奖运动员合影（1994年12月）

最早推动国内残疾人驾车。我在八十年代访港时，第一次坐残疾朋友驾驶的汽车，当他在港岛弯道上开出80多公里时速时，我不禁有点紧张："阿兄弟，开慢点行吗？""放心啦王兄，我的技术OK咯！"后来有朋友介绍说，一些残疾人早已经是出租车职业司机了。多年后，公安部交管局的同志赴港考察，对残疾人驾车的安全性、社会的包容和当地交通部门的管理等等，都留下了深刻的印象。

1993年12月，香港朋友们自发组织了"驾车筹款大行动"，总共70多辆经过改造的残疾人私家车，浩浩荡荡经过深圳、东莞到达

疾行记

广州，参加联谊活动后又途经珠海安全返港。一路上朋友们兴高采烈，南粤大地的新气象使他们异常兴奋，沿途百姓驻足观看，鼓掌喝彩啧啧称奇。这次活动既是慈善募捐，又是残疾人享有驾车权利的生动演示，影响推动了珠江三角洲地区的无障碍环境建设。可圈可点的例子还有很多，就不再赘述了。令人欣喜的是，1997年7月1日香港回归祖国后，两地交流活动进入了多层面的、更加丰富务实的崭新局面。

这些年我增添的感觉是，不管广州与港澳生活水平有多大差距，就三地残疾人来说，仍然摆脱不了"特殊困难群体"的弱势地位，最关心的还是自身生存和发展，离看不见摸不着的"权利"更远一些，这能否再一次用"存在决定意识"来解释呢。

悟之得

俗话说"穷帮穷，亲帮亲"，多年来的实际比较，感觉最愿意帮助内地的，还是港澳台同胞和海外侨胞，他们往往并不看重说些什么，而是立足把事情办成。我们不能因为现在的发展水平和国际地位，就忽略了其重要性，也不能因当地民粹的杂音，淡薄了亲情间的交往，如果真的产生了这种变化，它可能比社会制度的嬗变影响更为长远。

下 篇

残疾人和自己的组织

朴方同志对广州残疾人的事情早有关注,他曾这样说过:

社会生活中最困难的残疾人最先感受到了时代的变化。一种对新生活的强烈渴望在这个群体中萌动。他们冲破多年来被当作"废人"的歧视和压抑,勇敢地走出了家门,闯入了社会生活。北京的一批残疾人积极分子首先冲破禁忌,成立了残疾青年俱乐部;大连、广州、西安、兰州、唐山等地的残疾人协会、小组、俱乐部如雨后春笋般涌现出来。

在1985年,邓朴方为"至灵学校"题写校名,该校是改革开放后,内地最早的民办智障儿童康复教育机构。朴方在广州视察期间专门接见了来访的残疾人代表。1990年2月,在香港友人和广州市残联的支持下,慧灵弱智青年训练中心成立了,它属于非谋利民间社会服务机构,主要对18岁以上的弱智残疾人进行职业培训,以解决大龄残疾人家长的后顾之忧。

1986年12月,广州同时诞生了两个民间残疾人组织,伤残青年协会和自强残友之家,后来又涌现多支助残志愿者队伍。在共青团广州市委的关心、指导和广大市民的帮助下,民间残疾人组织越来越活跃,一直保持着社会"正能量"的发展方向。

1987年1月,团市委、伤残青年协会合办"伤健同登白云山"活动,600多人参加,并倡议每年1月15日为"广州市青少年关心伤残青少年活动日"。同月,自强残友之家举办残疾人展技能服务社会义务活动。5月,广州市首届伤残青年画展在省中山图书馆新馆举办。

1988年8月19日,广州市首届伤残人书画美术作品展在文化公园举办,著名漫画家廖冰兄题词:"身残非桎梏 意美任纵横"。1989年7月,广州伤残青年协会开展"面向90年代——伤青培训计划",为本市残疾人免费培训职业技能。1989年12月,羊城残疾人诗书画联谊会成立,为有学习、提高书画才艺愿望的残疾朋友,搭建了一个新的施展平台。

1990年1月,广州伤残青年协会、市青联、市残联和《南风窗》杂志社,举办"广州市民关心伤残人士系列活动",130个单位联名签署公约,确定每年1月15日为"广州市民关心伤残人士日"。

1991年3月,邓朴方为流花阁餐馆题词:"发扬人道主义,为残疾人献出一片爱心"。1992年2月18日,老记者微音为《羊城晚报》撰文,他在题为《一路春风》文中写道:"六年前的事了,广州流花阁餐室经理周敬居,专门设立一个残疾人餐厅;之后不久,又建起了残疾人轮椅通道和专用厕所,开了本市兴建无障碍通道的先河。'物以稀为贵',本报为此曾做连续报道,盛赞他们对残疾人的一片爱心。广州中山图书馆不落人后,也兴建起了残疾人的轮椅通道和专用厕所,在这方面,他们都属'先知先觉'。大办残疾人公共福利设施,是文明社会的标志之一,也是社会进步的象征。最近,笔者曾到美国一行,时达八个月。足迹所至,不论是哪一个城市、哪一条人行道,都可以看到残疾人轮椅的无障碍通道,分隔几层的地铁车站,也为残疾人轮椅升降设置专门电梯；所有公共场所，都有画上轮椅标记的专门厕所；而且每辆公共汽车，都有为轮椅上落设置的自动升降装置——这些事情，我们能办到吗？看来现在办不到，但是将来却应当可以办得到。这原因，除了认识问题外，更重要的是国力所限。"

**由团市委、市青联、市残联、《南风窗》杂志社和市伤青协会共同举办的
"广州市民关心伤残人士系列活动"揭幕礼（1990年1月）**

同年9月2日，青少年的学习榜样张海迪在广东大厦与广州残疾人朋友、市残联干部座谈对人生感悟的体会，现场气氛轻松活跃。海迪高兴地应读者的要求，在所著新书上签名并合影留念。临了发生了一件趣事，座谈会结束后，我送海迪去白云机场，到三元里路段就被堵住了，前后汽车喇叭响成一片。我想："糟了，再堵下去就赶不上飞机了！"我急不择路，让司机将我们车上的警笛拉响、红灯也亮起来，车开入了慢车道，躲开了堵车的这段路，终于让海迪及时赶上了飞机。在返回的路上，小何司机颇为得意地说："我们的'特种车'（进口康复车，装有警灯）开了这么久，终于'特殊'了一回。"

在我认识的许多残疾人中，有几位共产党员，他们虽出生在不同

疾行记

青年楷模张海迪与广州残疾人、残疾人工作者在一起（1991年9月）

年代，但每个人的事迹至今令人难忘：

老前辈、老共产党员赖大超，他1931年加入中国共产主义青年团，次年加入中国共产党，1934年参加了长征，后任共青团中央少年先锋队中央总队长兼中央团校校长，中共浙江省委常委兼青年部部长。建国后，历任青年团华南工委副书记、第一书记，广州市第七、八届人大常委会副主任。是第五届全国政协委员。不幸的是，在极"左"路线的影响下，他多次受到政治冲击，特别是在"文化大革命"中，被扣上"大叛徒"的帽子，摧残之下精神分裂从高楼摔下，致下肢粉碎性骨折，造成终生残疾。1979年，在胡耀邦等同志的关心下，他的冤案才得以平反昭雪。他被安排为广州市政协副主席，后调任市人大副主任，党组副书记。

1989年2月，在广州市残联第一次代表大会上，赖老被推选为广州市残联首届名誉副主席兼评议会主任。那年，他已年过花甲，拖着在"文革"中受迫害致严重伤残的腿，走路十分艰难吃力。他凭着当年"红小鬼"对百姓群众那份赤诚的心，积极参加残联的各种社会活

广州市委书记朱森林为市首届伤残人书画展题词，
市伤青协会会长孙俊明主持开幕式（1988年8月）

动，为解决残疾人的困难奔走呼吁。在一次残疾人工作座谈会上，有同志反映，智障儿童服务机构选址很困难，有些街道甚至是附近的机关干部宿舍，有的人担心自己的孩子会"模仿"智障儿的动作，采取反对抵制的态度。赖老听了很生气，他抖动着拐杖说："机关干部本该带头支持残疾人事业，现在有的人成了阻力，这太不像话了，我负责向市委、市政府反映！"老人把60多年革命生涯的最后6年，无私奉献给了他时刻牵挂着的残疾人事业，他是最可敬可亲的革命老人。

高位截瘫的梁元博，被誉为"轮椅上的海洋科学家"，其专著、

疾行记

肢残人士联谊会组织重残特困广州一日游（2001年6月）

译著三百余万字，是中国科学院南海海洋研究所研究员、省肢残协会主席。在抗日战争后期，他父亲、哥哥为保卫韶关省立仲元中学壮烈牺牲，在激烈战斗中元博被鬼子刺刀戳断腰椎骨，昏死过去，后救治了四年多才从病床起来。他曾经告诉我，他自学了多种外语，唯独感情上接受不了日语，对它始终无法入脑。

在省首届残联代表大会后，1989年的2月初，我收到了元博来信："省残联和肢残协会成立一个月了，如何开展工作，我很是焦急，协会既然成立了，就应该动起来。我问过文焕新同志，他说他们正在忙于搭架子，还未着手具体工作。省残联副主席、盲人协会主席邵汉文同志也很焦急，他上星期去了一次民政厅（省残联当年在此办公），并写了一个意见去，他给我挂了几次电话联系。我因为行动不便，还不能像他那样去跑一跑，颇感焦急和内疚。"信末尾处还提到，"我这边科研任务还要自己找，甚感吃力，一般安排好一年的科研任务后才有空搞别的，因为现在当个研究负责人还得找课题、找任务、找经费养活科研工作和科研班子。"他还告诉我，从宿舍到科研楼，因为没有无障碍坡道，进出都很不方便。寥寥数语，能体会到元博、汉文这些同志极强的责任感，可他们生活中又是多么的不易。

由伤残青年协会和自强残友之家合并而成的广州市肢残人士
联谊会举行第一次代表大会（2000年6月）

孙俊明，为人性格豪爽，是个典型的山东汉子。他勇挑困难企业的重担，舍弃了在机关安稳省心的工作岗位，请缨担任了广州南方日用电器厂的厂长。他凭借丰富的基层工作经验，以残疾之躯率先垂范，团结全厂干部职工，经过两年多的艰苦努力，使企业扭亏为盈。1991年，孙俊明评为广州市第二届"十大杰出青年"。1999年开始，他全身心投入残疾人工作，先后担任省残联就业服务、维权工作机构负责人，副理事长，中国肢残协会副主席。

一个挂双拐的残疾人，广州电焊机厂副厂长、工程师杨毅。当年，广州市电视大学的有些辅导课设在旧广交会大楼第八层，这相当于民宅的十几层，每次上课都要一级一级台阶往上撑，他以坚强毅力完成了整整三年的求学之路。杨毅运用学习到的知识，在实践中刻苦钻研摸索，研发改进了一系列型号的电焊机产品，为提高企业技术管理水

疾行记

平和经济效益做出了贡献。杨毅被评为省、市优秀共产党员，1994年获得"广东省先进工作者"称号。

残疾人群众性活动中，还有王宗怡、谢慧英、何穗、温建荣等，虽然身体重度残疾，但坚强的意志造就了他们，他们都成了优秀的组织者、领路人。

有社会需要才会有社会价值，这是一个组织安身立命之本，残疾人组织更是如此。1998年7月，广州市政府残疾人工作协调委员会、广州市人事局、广州市残联做出《关于表彰全市自强模范、扶残助残先进集体和个人、残疾人之家、残联系统先进工作者的决定》。中国残联《残疾人工作通讯》在1999年11月第20期以《广东广州：起步早，引导好，工作活跃务实》为题，以近4000字的篇幅，全面介绍了广州市残疾人社会组织的工作成效和经验。

悟之得

　　历史是谁创造的，是小人物还是大人物？辩证唯物主义告诉我们，偶然中有必然，必然又以偶然出现，可以肯定，大人物都是从小人物中成长起来的。苏联卫国战争的英雄马特洛索夫的教员说过，"伟大的人们永远是普通的"。我们要记住小人物的贡献，这些没有留下名字的人，人民心底里永远留有他们的位置。

下 篇

学习、学习、再学习

我曾经算过，自 1970 年参加工作后，不间断的在职学习接续了近 30 年时间。回忆繁忙工作中的读书生活，可以说酸甜苦辣别有一番滋味，个中不乏挺有意思的往事。

前面说过，在工人马列主义大学、广州市委党校、华南师范大学等处的学习，是在 1971 年到 1988 年间，下面说的是到市残联工作后这一阶段的学习经历。

1992 年下半年，我参加了中级职称经济师的考核。根据二十多年来企业管理的经验体会，我做了翔实的申报职称的总结，并撰写了《在我市建立连锁商店之浅见》一文。连锁经营模式，当年还是计划经济体制下的禁区，该文受到市商业系统职称评定小组的好评。1993 年 3 月，参加晋升经济师职称英语考试通过后，获广州市中级职务评审委员会颁发的经济师任职资格证书。当时有人不解，你已经是市管干部了，还要职称干什么呢？我的需要，就是想参与这些过程，促使自己学习新的经济管理理念、知识，帮助拓宽视野和更新观念，以达到提高工作效率、降低行政成本的目的。社会工作与经济工作在本质上都是社会交往过程，它们相辅相成，相互依存又相互作用。只有具备多学科知识的人，比如经济学、政治学和社会学等等，才有可能成为一个有理论底蕴、清醒自觉的社会工作者。

1994 年 10 月，我参加了广州市委党校第 9 期区（市）、局领导干部理论学习班。1995年3月，又参加第12期区、县级市领导干部进修班。这两次学习是组织统一安排的，主要学习内容是政治、经济形势和方针政策。在这期间，我平生第一次上机学习电脑操作，很是新鲜。

可能是在企业工作了18年的缘由，对其有特别的感情，因而有学习新知识的渴望。从1995年9月开始至1997年7月间，我参加了中山大学工商管理在职研究生课程班学习，逢周六、周日全天上课。课程有：马克思主义理论、管理经济学、英语、国际企业管理、国际财务管理、企业战略管理、国际金融、国际市场营销、宏观经济分析、管理与组织学、服务营销学、定量方法与计算机、企业人力资源管理和管理心理学等，共14门专业课。就这样，两年的休息日都"搭"进去了。

在上述学习期间，我报读了外语职业中学举办的成人英语学校，上课时间都是晚上。班主任是一位年轻的女老师，不知为什么，我还真有点怕她。事情发生在开学后不久，记得是出差的原因，布置的作业我只完成了一半。在老师检查作业时，我低声解释了几句，不知触动了她哪条神经，竟当着全班同学大声说道："不会因为你年纪大，就放松要求！"显然，她想杀鸡给猴看，镇住班上那些散漫的年轻学员，结果是让"小鸡们"目睹了"老猴"是怎样给"怼灭"的。

1997年，我接着参加了新的英语班学习，上课地点在越秀山下的三元宫小学，它因紧靠道教著名宫观"三元宫"（始建于东晋元帝大兴二年）而得名。学校依山而建，从下往上走，要经过六十多级用麻石垒砌高低不平的台阶，才能到达学校大门。我们的课室设在教学楼第四层，这样等于爬了七层楼，上下一趟就要登二百多级台阶。

初期，我都能准时到校，听课也很认真，受到了教学班主任的表扬，他让同学们向我学习。看得出来，老师对那些迟到早退的学员很不待见。其实，辛苦我自小已习以为常了，老师这么说我反倒觉得不好意思。后来，学校为了照顾我一个人，将整个教学班下移到了二层，同学们开玩笑说，托你的福少才爬了两层楼梯啊。遗憾的是，因为白天工作忙，碰上出差到外地就得缺课，也没有精力完成布置的作业，最终没能坚持下来。这段时间虽然短暂，但这般的照顾我一直铭记在心。

也许又有人会问，你现在干的是社会工作，为啥还有兴趣学外语、企业管理什么的？是实践使我认识到，经济问题是社会现象中最复杂、最精细的，它与属于上层建筑范畴的社会工作关系密切，客观反映的是社会最基础性、最本质的问题。企业管理、企业精神和企业战略等等，从最鲜活的层面揭示了经济活动的内在规律，而这当中，人的因素是起决定作用的，与社会工作有着千丝万缕的联系。我还想到，现在从事的是开放性很强的事业，我们起步晚、基础弱，国际经济领域的先进理念、经验，可以帮助我们开阔视野，少走弯路，充分利用后发优势来缩小差距加快发展。

后来，在学习中又接触到一些边缘性学科，比如经济社会学，才了解到早在20世纪七十年代，经济学与社会学的关系，已经是经典作家关注的研究方向了。近三十多年来，这两个学科的相互渗透、相互作用，从理论到实践已经拓展到如新制度经济学、新经济社会学、行为经济学、社会经济学等，这些是后话了。

改革开放前期的九十年代，粤东的深圳、珠海和粤西的汕头，全国仅有的三个经济特区都落在广东，成了吸引人们一睹为快的热土。那时候，外地来粤参观考察乃至出境的残联同志一般都选择在广州中转，我们要接机送车、安排吃住、联系参观、交流座谈等等，接待负担的确是挺重的。

我们班子的同志和其他干部，虽然没有特意商量过却看法很一致。大家认为，安排好外地同志是应该的，广州是广东的也是全国的，改革开放的发展成果应该分享，况且有更多机会学习兄弟残联的经验，天南地北聚在一起唠唠嗑，也是日常辛苦中的乐事，朋友是可遇不可求啊。残联虽然穷但并不妨碍讲感情，连这点都做不到，很难说对残疾兄弟姐妹能有什么真情实感，我们日子紧一点，也不能怠慢自己队伍的兄弟。这些都是很实在、朴素的想法。

我们还特别注意工青妇等人民团体的工作，通过报刊、文件和会议材料等，了解如权益维护、教育培训、志愿者等方面的新经验、新举措，有时甚至直接模仿、套用一些好的做法。通过实践也有了更深一层的感悟：现在从事的工作，是跨学科跨领域的，几乎涉及社会每个层面，要做好工作，饱满的进取精神与科学严谨的态度，缺一不可。

1996年6月4日，广州市召开第一次残疾人事业工作会议，同日，正式成立广州市残疾人事业决策顾问团，聘请中山大学社会学系副主任、教授蔡禾，中山医科大学教授卓大宏，市社会科学发展研究所所长王永平，暨南大学社会科学部副主任、教授王培林，暨南大学经济学院发展研究中心主任、教授张炳申，广州市经济研究院院长、研究员丘传英，中山大学法律系教授黎学玲，广州市精神病院院长、主任医师马崔，广州市第一人民医院眼科主任、主任医师邝宝为顾问。

1997年6月，《中国残疾人》杂志刊登了我根据多年的工作实践撰写的《提高理事会工作效率》一文。文中从理事会的成员分工、议事规则、内部管理、集体决策、外部协调、结果评估和事后调整七个方面，阐述了自己对领导工作方法的切身体会，集中反映了对实践原则、效率原则思想的认识。

多年的学习，帮助我的思辨能力不断提高，在工作实践中，力求运用历史唯物主义和辩证法，去观察、思考和处理现实问题。用哲学观点看，也就是党政领导干部所说的世界观、方法论，集中体现在正确的"群众观"上。党性、人民性、群众性本质是一致的，表现形式却是多面的、复杂的。要时刻保持清醒的头脑，不是一件拍胸口就能做到的事。在新的历史时期，面对复杂的形势和环境，如何通过两难选择、趋利避害和因势利导，争取符合党、国家和人民的最大利益，这是终其一生的考卷，来不得半点的虚妄。

悟之得

古人云："吾尝终日不食，终夜不寝，以思，无益，不如学也。"知和行的统一永远都在路上，学习实践永无止境，回看这十年，我仅仅算是认真完成了某个学习单元的作业。

说"风气"

我自1970年从校门踏入社会，四十多年来"被人领导"和"领导别人"并行不悖，这如同"扭麻花"的经历，使我切身感受到，无论机关学校，还是企事业单位，只要是社会组织形态，就没有什么比

疾行记

它内部所形成的风气更为重要的了。

以我们平常看到的现象为例，这在单位里也许是再普通不过的场景：中午时分，几个"常委级"的牌友围坐一起"斗地主"，说说笑笑又吵吵闹闹；节假日里，三几好友"轮流坐庄"，找个大排档"搓它一顿"；下班了，叫上几个"要好"的同事一起逛逛商场；到干部职工的婚喜席、儿孙"满月"宴捧个场……这本是再正常不过了。可是，当你身份仍为"单位领导"参与其中的话，那旁人"嗅"出的味道就不一样了。你可能很坦然，觉得没有其他"意思"，只是入乡随俗而已。不，正由于你的"内涵"，在别人眼里的"瓜田李下"、亲亲疏疏，是躲不过去的。况且，"领导人"毕竟还是人，脱不开那五谷杂粮七情六欲，许多当干部的开始并没有太多的非分之想，当多了一层无师自通的"熟悉"，在"不经意"间就完成了"刻意"之事。

广州市残联机关党员大会（1996年）

"风气"的表面之害，还表现在有的同志到了基层，面上的工作也就个把小时，玩耍吃喝却要五六小时，接待的同志敢怒不敢言，地方同志不敢见也不想见。更可怕的是，当这些东西习以为常见怪不怪之后，有点城府者深谙其"潜规则"，运用起"事不关己，顺之则喜"的套路。还另有"心虚"之人，下意识相互靠拢"抱团取暖"。有正义感的同志把憋屈、愤恨埋在心里，表现在工作上就是"不说、不想、不动"。然领导者心中有愧，不敢直面也就听之由之，得过且过。也有敢于提意见的人，往往被"惩罚于无形"，让你无处可躲、无话可说。怕"老实人吃亏"的，也变得隐蔽加麻木，以圆滑面对"现实"。

权力对任何人来说，都是双刃剑，既能办好事也能办坏事，既能伤害别人也能伤害自己。"权力"的本质是行政资源的职务影响，生成基础是它的"稀缺性"。近些年来，许多地方、单位从"微腐败"开始，当"空气"、"土壤"被污染到一定程度就形成了"气候"。冰冻三尺非一日之寒，解决当然不是一朝一夕之功。

风气，说到底是一个领域或单位内党风、政风好坏的征候表现。平心而论，市残联班子也存在许多缺点和不足，主要表现在密切联系残疾群众和解决基层残联困难、严格内控制度、管理加强政治思想教育和提高科学发展与创新意识等等方面。纵观几届下来，班子工作没有太明显的硬伤，其中最重要的，是残联班子成员的以身作则，带头落实中央关于党员领导干部反腐倡廉的一贯要求，遵循朴方同志一直提倡的"人道、廉洁"职业道德。我们这支队伍没有含糊，防微杜渐身体力行，坚持下来渐渐成了自觉，这也回答了残联这支队伍为何能有持久的战斗力的问题。

悟之得

　　风气，风也气也，其流动性、感染性之特征，如同一枚硬币的两面，其行积极正面时，能陶冶人的品格情操，给予的是正能量；当它消极负面则荼毒如鸦片，成了社会成瘾性的"雾霾"，对个人对集体贻害于无形。

　　改革开放后，邓小平同志一再强调"两手抓"、"两手都要硬"，经过这些年来波澜起伏的历程，才刻骨铭心地感受到它历史与现实的深远意义。

南音唱晚

　　这是广州残疾人事业疾步快走的10年。

　　纵观20世纪九十年代，在改革开放的大潮中，发生在这里关于"残疾人"的故事就是鲜活特例。这个"特"，展现了羊城人民对改革开放从欣然接收到义无反顾，从摸着石头过河到大步先行先试，从谨小慎微到敢为人先的历史担当，这些都足以彪炳史册。

　　有人说要想"读历史"走捷径的话，可以两千年看西安，六百年看北京，近百年看广州，想来并非没有道理。广州，迄今建城2230年，是岭南广府文化的发源地，海上丝绸商路之起端，近现代民主革命的策源地。

　　广州人的"平民意识"，来自千年"商埠文化"的积淀。

十八世纪中期前,广州是清政府对外贸易的唯一口岸,康熙二十三年(1684)开放海禁后,广州与广东沿海各地对外贸易更为兴旺。至清末民初,平民百姓已养成在商言商莫谈国事,彼此心照不宣的"共性"。譬如,百姓趋之若鹜的早茶晚市,人声鼎沸,看似都在高谈阔论,其实"品味"一般,谈资多是些鸡鸣狗盗、风花雪月之事。即便是文人雅士,浅斟低吟,话题亦点到为止,很少涉及官场里"要命"的事,唯恐无端扯上了关系给自己惹上麻烦。但这并不说明这里没有"血性之人",是洪秀全、孙中山等"广东佬"成了大清王朝的掘墓人。如今,广州茶楼可谓新羊城"日日鲜"之靓景,百姓也随"茶位"2元、3元到5元、8元不等,感受着发展带来生活的节节提升。在这些舒适又显闹的环境里,老人家风雨不改的"叹(享受)茶",三几好友的"密斟",亲人对烦恼家事的"开导",生意人的斯文"交易"……宛如一幅幅鲜活、祥和的民生图啊!

直观性思维,极重视"眼见为实"的感觉,是广州人的心理特质。历史原因使广州早已成为成熟的商品社会,讲的是"一手交钱,一手交货",契约关系的实质是兑现诚信,什么都要看得见摸得着才算数。我想,如果追本溯源,广州人的不图虚名、崇尚实干的秉性,在这里或许能找到逻辑注脚。

受"欧风美雨"中西交融的影响,广州人对新事物敏感、好奇、不排斥,可谓包容。这里的人"官念"比较淡薄,可能是因为自然禀赋条件比北方好,生活出路多一些所至。穷乡僻壤,一人得道鸡犬升天,丢官就丢了一家子的生计,历朝历代都是如此。在广东四邑,乡里乡亲都明白,上辈子的"金山客"(泛指华侨)大多都是"卖猪仔"(被招募的华工)出身的,在异国他乡干的是挖矿修路、

疾行记

广州市民"饮茶"实景（2018年3月）

开荒种植等苦力活，是拼了老命熬出来的，因此，当地"仇富"的人也不多见。

或许"山高皇帝远"，使广东人多"拙于言敏于行"。改革开放后，外地有调侃广东人"会生孩子不会起名字"，亦缘于北方历史厚重，不少干部口才好，善于语言上的"总结"，特别在大庭广众发挥得好，不怯场，条理清晰、逻辑严谨，让人听来头头是道。正所谓"三成功夫、七成口才"，做得好不如写得好，写得好不如讲得好，也"成就"了不少能言善辩的人。以粤人的思维习惯如用"广东普通话"表达出来，有时的确很费劲，特别是对工作领域的表述，往往词不达意，又怕发音不准闹笑话，勉强干巴巴的几句"不咸不淡"，即便意思深邃字字珠玑，也让人听得似懂非懂，意兴阑珊。有些粤籍干部不愿到外省工作，除了气候、饮食不适外，语言压力也是重要原因，表达不畅影响自身能力发挥，别人对你的评价难免会打些折扣，自己也少了几分底气。当年组织约谈调北京工作，我的顾虑与上面说的不无关系。

改革开放带来的生机活力，社会发展的巨大变化，广东人民感受最为深切。本地新闻媒体曾登载当时记者采访的一幕动人情景：邓朴方非常爽朗地回答了内地和港澳记者对邓小平同志身体健康的关心，他说："我告诉大家，他现在一切都好，一切正常！"全场立即爆发出热烈的掌声。邓朴方紧接着说："他一直关心着国家、关心着改革开放！"全场又一次响起热烈的掌声。

邓朴方早在1992年就说过，只有改革开放、发展经济，残疾人事业才有坚实的物质基础。改革开放不仅带来经济的繁荣，而且促进精神文明建设。如同凤凰涅槃的朴方，有着对国家、民族命运的深深忧思，对改变残疾人困境的强烈愿望，对面临历史机遇有着过人的深邃认识。与高书记、黎市长和许许多多的同志一样，他们都目睹、经历了广东乃至国家三十多年来的艰难曲折，其感同身受真可谓"英雄所见略同"。

朴方曾动情地说，我有一个非常强烈的愿望，那就是，改革开放最好的地方，也应该是残疾人事业发展最好的地方。当听取汇报知道"在全省残疾人工作十项指标评比中广州名列第一"时，朴方高兴地说，怎样在市场经济条件下做好残疾人工作，广州市在全国已先走一步。他还说，广州市搞了十几年残疾人工作，已度过最困难时期，已打开了局面，这要感谢广州社会各界，感谢市委市政府的重视。

市残联这个集体具有出色的执行力，他们与同时期部委办局的干部相比毫不逊色。到这里来的同志，他们大多都有几十年工作经验，机关工作的规范、内部沟通的要领及外部协调的艺术，这些都是"来

疾行记

中国残联主席邓朴方视察残疾人工作，广州市副市长、
市残联主席郭向阳陪同（1994年12月）

了就能用"的基本功。最重要的是，他们长期受党的教育，政治觉悟和组织观念都站得牢，有了施展自身潜能的空间，工作如鱼得水，俗话说"水到渠成"，事业的成效亦可想而知了。

从1988年至1998年，在这十年里，广东省委、省政府不断加强对残疾人工作的领导，持续推动残疾人事业发展，省残联主要领导在当时的环境条件下，给予了广州市残疾人工作充分的肯定和支持。从1994年以来，广州市残联连续5年获得全省残疾人事业主要指标考评总分第一名。社会观念的改变，残疾人生活的改善，事业队伍的巩固，扶残助残氛围的形成，这些都离不开广东得天独厚的大环境、大气候。

1998年7月28日，这又是个难以忘怀的日子。随着广州市残疾人联合会第三次代表大会的隆重召开，对我来说，意味着组织赋予的阶段任务就此完成了。在市委、市政府的正确领导下，广州残疾人工作翻开了新的一页。市残联第三次代表大会后，张桂芳副市长担任市残联主席、宋卓平接任理事长。自此，新一届残联的同志以争创全国残

— 242 —

疾人工作示范城市为抓手，开展全市残疾人基本情况普查，陆续出台残疾人生活保障的政策措施，继续加强各级残联工作队伍，推动残疾人事业跨上了一个新的台阶。

> **悟之得**
>
> 　　历史传承如上台阶一般，一级接一级累叠而成，缺了那一步都不行。循历史逻辑之轨迹，没有"文言"，哪来"白话"呢？可惜现实生活中，常识在有些人的眼里，却一叶障目不甚了了。
>
> 　　不懂得过去就不懂得今天。

挽留

　　1998年4月，中国残联党组商广东省委，根据全局工作需要，调我到省残联任理事长、党组副书记。同年7月，市委组织部领导同志约我谈话时说，市残联的工作做得很出色，上级残联和市委都是充分肯定的。现在准备召开广州市残联第三届代表大会了，市委考虑让你继续担任下一届的理事长，同时上级也想调你到省残联工作，现在征求本人的意见，如果决定到省去，市里就要另作安排了。

　　当组织的意图明了后，我略作思考后表态说，自己完全服从组织上的安排。上级在1996年要调我到中国残联工作，当时是考虑市里很多残疾人工作正在落实中，怕把事业给耽误了，也确实割舍不下广州的工作环境，所以就没有成行。中国残联领导同志很体谅我，将时间缓了两年，现在省的工作越显重要，我觉得应该服从大局。组织部领导表示很认可我的想法。

1998年7月28日，广州市残联第三次代表大会顺利闭幕。张桂芳副市长成为广州市残联第三届主席团主席，他热情地对我说，新宪，多回来指导我们的工作啊！也是在散会的时候，我听到人群中有这样的议论："新宪去省里行不行啊，就怕水土不服！"听到这些，无疑给我增添了内心的压力，但不知为什么，无形中却又成了一种正相关的激励。

这时候的心情也是比较踏实的，自己心中有数。

我知道，省与市的业务领域大致一样，所变化的是工作范围要大一些、协调层面要高一些、广一些。还有就是从文焕新等老理事长开始，对省里的新、老领导都比较熟悉，省残联机关处室的同志接触也多，省与市的工作关系是融洽的。当然，眼看马上就要离开这么多年的熟悉环境，人生能有几个"十八年"呢？往前走难免有预料不到的事情，想到这里，纠结难舍的感觉陡然而生。

悟之得

家乡水、故乡情，七情六欲人皆有之，但如果都割舍不下就肯定迈不开步子。任何时候，都要从事业和组织需要的角度去考虑问题。敢于迎接不可预知的挑战，是人民公仆的应有品格。

开局"三个一"

1998年9月16日,广东省残疾人联合会第三次代表大会隆重召开。中国残联原副理事长林泰,省委副书记高祀仁,省委常委、副省长欧广源等领导同志出席大会。在大会开幕式前,林社后同志和我在贵宾室向省领导汇报工作,我根据近期一段时间的考虑,把省残联需急迫解决的问题归纳为"三个一",作为换届以后的工作设想:

左起林社后、林泰、高祀仁、欧广源、王新宪等同志（1998年9月）

一是建议由省委、省政府下发一个促进广东省残疾人事业发展的文件,推动残疾人工作走在全国前列;二是以省政府的名义召开一个加强地级市残联组织建设的专题会议,重点解决部分地级市、县的单列和升格问题;三是争取广州市残联同志的支持,转让一座现成的大楼,来缓解省残联事业用房的急需。省领导同志听取汇报后,认为建

疾行记

议抓住了工作重心而且切实可行，当即拍板同意。广源同志在开幕式大会上讲话时说，刚才在开幕前，省残联同志提出了"三个一"的工作设想，高书记和我都认为意见很好，希望代表大会后抓紧落实。

事不宜迟，会议后落实"三个一"的工作同时启动。

先说解决"一栋楼"的事。

在前面已有介绍，处于文德南路的 63 号大楼，由广州市残联和东山区教育局合建，1993 年投入使用。楼高 9 层，总面积 2380 平方。大楼南临珠江河畔，与广州最大的商业步行街北京路相邻，交通便捷，闹中带静。我选择这个地方，基于几个考虑：首先是大楼地点优越，残联对外联系工作、接待残疾人来访等都很方便；其次是建筑物面积大小适中，转让资金负担不重，利于争取省财政的支持；三是我对大楼的来龙去脉清楚，不需要担心有节外生枝的问题。

广东省出席中国残联第三次全国代表大会全体代表（1998 年 10 月）

在广州市残联同志的理解、协助下，大楼很快完成了转让使用手续。从 1999 年开始，文德南路大楼先后作为省残联机关、省残疾人就业服务中心、省残疾人福利基金会、广东狮子联会等机构所在地，成为对残疾人服务既重要又便利的工作场所。

广东省委、省政府领导与省残联第三次代表大会代表合影（1998年10月）

那么，前面提出的还有两个"一"，就是"一个文件"和"一个会议"，在后面再介绍是怎么解决的。

1998年10月16日~19日，中国残疾人联合会第三次代表大会在北京隆重召开。17日晚上8时许，朴方同志在会议驻地与广东、安徽等省残联新任理事长分别谈话。我是先进去谈话的，朴方开始就很关心地问，到了省以后工作得怎么样啊？我知道后面还有几个同志在等着，担心时间长了影响朴方的休息，就用较快的语速做了简要汇报。朴方眼光转向王印朝说，还是有困难啊，这些情况你们掌握了吗？印朝同志点点头没有说话。

朴方在谈话过程中，回忆了残疾人福利基金会工作初期的不易。当时，基金会是由民政部崔乃夫部长兼任理事长，李正、邓朴方、张自宽、郭济任副理事长。当时所做的都是前所未有的开创性工作，在那个年代的困难可想而知。朴方的睿智、顾全大局的胸怀和坚忍的意志，赢得大家由衷的尊敬。谈话中，朴方多次嘱咐我在困难的时候要有耐心，不要着急。这次谈话使我深受教育和启发。

我谈话出来后，接着进去的是安徽省新任理事长邓成彪。老邓是个很好的同志，出于历史原因，上任后他面对的也是特别困难的局面。后来在成彪同志的努力推动下，安徽残疾人工作逐渐步入正轨，各项业务取得了明显成效。由于多种原因，当时省残联正厅级规格一直没能解决，老邓是从副厅级的岗位退休的。

悟之得

"不谋全局不足以谋一域。"想得好不如想得远，看得倒不如看得准，抓得紧不如抓得实，这是对一个领导干部"存在价值"的衡量标准。

人之所以需要终身接受教育，是因为人的"社会化过程"始终是动态，一旦失去思想的"自觉"，就会在不自觉中脱离变化中的社会。教育与觉悟是正相关的，觉悟受教育的启迪，教育通过觉悟彰显作用。当然，接受教育的取向有主动的，也有被动的，人的差别往往源自于此。

下 篇

"27号文件"

"三个一"决策最关键的,就是争取以广东省委、省政府的名义,下发一个推动全省残疾人事业发展的文件,这是党组、理事会工作的重中之重,但难度也不言而喻。在省委、省政府领导的有力支持下,我们的落实工作也抓得很紧。

在省残联第三次代表大会结束的一个多月后,1998年10月13日,省残联正式向省委、省政府上报了《关于进一步加快我省残疾人事业发展的意见(草稿)》的请示。10月26日,省委办公厅发出文件征求意见稿,分送省委宣传部、省计委、建委、民政厅、财政厅、劳动厅、编办、广电厅、人民银行广东分行、省残联等部门。

我在基层调研途中,接到机关同志打来的电话,转达省委办文部门的意见。我一字一句地口述了对文件草稿中关键问题表述的修改意见,并要求不要拘泥于非原则的字眼。我的指导思想很明确,走不了一步走半步也是在前进,当下文件的时效性是最为重要的。

12月4日,中共广东省委办公厅、广东省人民政府办公厅转发《关于进一步发展我省残疾人事业》(粤办发【1998】27号)的通知。《通知》要求各市、县党委和人民政府,省直各局以上单位,认真贯彻落实省委、省政府的文件要求。总的要求是,加快我省残疾人事业的发展,使之与全省经济社会发展相协调,推动残疾人工作走在全国前列。全文共分六个部分:

疾行记

一、提高思想认识，促进残疾人事业的发展；二、加大工作力度，认真做好残疾人扶贫解困和按比例就业工作；三、加强综合服务设施建设；四、加大残疾人事业的经费投入；五、全面贯彻落实《残疾人保障法》，营造良好的社会环境；六、进一步加强残联的组织建设。主要内容有：

"要把残疾人事业纳入总体规划，摆上党委、政府的议事日程"，"各有关部门要各司其职，积极配合"。"各级党委和政府要切实加强领导，充分发挥各级政府残疾人工作协调委员会的作用，协调解决残疾人事业发展中的重大问题。""按比例就业是残疾人就业的主渠道"，"要在年底前建立残疾人劳动就业服务机构"。"各级政府每年应安排一定数量的建设资金，作为残疾人综合服务设施建设专项经费。"

"对残联的基建用地和基建经费，有关部门要优先给予办理征地等手续。""用二至三年时间，基本建成残疾人综合服务设施。""各级政府应根据当地经济发展情况和残疾人事业发展需要逐年增加经费投入。""将各级社会福利有奖募捐资金按20%的比例拨给同级残疾人联合会，用于发展残疾人事业。"

"各级政府要积极配合人大对残疾人事业相关的法律、法规进行定期执法检查。""各级司法部门要加强对残疾人法律援助中心的指导和帮助，为残疾人提供法律服务。"

"各级政府和重要公共设施要增设无障碍设施。""省电视台和有条件的地级市电视台要尽快开播配有手语翻译的新闻节目；县以上广播电台要开播残疾人专题节目。"

"市、县残联要按'一体化的工作机构、一专多能的队伍、有机结合的业务、统筹安排的经费、综合利用的场所'的原则建设。""乡镇（街道）残联工作要做到有专人管、有服务载体、有联系网络、有工作经费。"

当时，党委、政府发的文件很多内容是"原则性"的，操作性不太强，这样出"真招、实招"的文件，对广东各级残疾人工作的推动是巨大的。1999年4月，朴方主席、建模理事长在致广东省主要领导的信中指出："最近，省委、省政府又颁发了《关于进一步发展我省残疾人事业的意见》的文件，极大地推动了全省残疾人事业的发展。"

悟之得

中国特色社会主义制度的优越性，集中体现在党的统一领导下政治上的"纲举目张"，这也是我们工作的最大优势。当然，要把"潜在"的势能转变为"现实"的动能，要有很强的洞察力和执行力。

给市长"开小灶"

紧接着，我们抓紧落实第二个"一"：以省政府名义召开"一个专题会议"。时间虽然过去了16年，当时的难度现在还记忆犹新。

制约广东残疾人事业发展有许多原因，最重要问题之一，是市、县和乡镇残联组织建设薄弱，抓住解决这个问题，就能起到"牵一发而动全身"的效果。当时，由于有些地方同志认识不到位，重视程度不够，迟迟没有落实上级的要求。有的认为只要本地经济发展了，残

疾行记

疾人工作自然就上去了。也有嫌麻烦的，把责任推到编办身上，甚至有抵触情绪。省领导同志到地方督查残联组织建设工作时，已经把话说得很重：如果有的地方把自己当作堡垒，迟迟不解决问题，那就要采用"打迫击炮、扔手榴弹"的攻坚措施。

1999年4月5日，朴方、建模同志致信省有关领导同志信中强调：鉴于广东在全国中的地位，中国残联一直十分关注广东残疾人事业的发展并寄予很高的期望。从目前情况看，影响广东残疾人事业发展的薄弱环节之一，是残联组织建设。去年底，全省仍有12个地级市和16个县（区、市）没有按全国的统一要求，解决规格调整或单列问题，基层残疾人工作受到很大的制约，影响了残疾人事业"九五"计划纲要规定任务的全面完成。为解决广东残联组织建设中的薄弱环节，进一步促进残疾人事业全面发展，请在百忙之中帮助促进地级市残联规格调整、县残联单列问题的解决。

经过认真准备，会议时间确定在1999年6月间，利用召开全省农村工作会议之际，由省府办公厅发通知，15个地级市、16个县分管残疾人工作的政府领导会后留下，参加第二天省政府召开的部分市、县残联组织机构建设工作会议。

6月25日上午，会议在广东大厦召开。我主持会议，欧广源副省长、王成金副理事长分别做了重要讲话。广源同志讲话开门见山，他指出：广东各方面工作做得不错，改革开放走在全国前列，残疾人工作也要同步发展，否则就会影响广东的改革开放形象，影响工作全局。他要求各级党政领导同志要从广东工作大局出发，提高对残联组织建设重要性的认识，动真情、动真格，切切实实加强残联组织建设，争取用两三个月时间全面解决市级残联升格、理顺县级残联管理关系等

— 252 —

问题，使广东残疾人工作特别是组织建设工作上一个新台阶。会上，林社后同志传达了中国残联关于地方残联组织建设的精神和要求，通报了全省残联组织建设的基本情况，广州、韶关、梅州、信宜、兴宁等市、县残联介绍了组织建设的经验。省委组织部、省编办的部门领导吴积彬、林俊达同志和上述市、县（市、区）残联理事长出席了会议。

同日下午，省残联召开理事长会议研究具体部署。会后，以省残工委名义下发了领导同志的讲话和广州、韶关、梅州、徐闻、兴宁5个市、县政府领导同志的发言材料。这次专题会议从形式到内容都很务实，与会地方领导同志十分重视，回去后都及时向党委汇报，落实会议要求的进度明显加快。

4个月后，全省仍有9个地级市没有调整残联规格，分别是惠州、东莞、中山、江门、佛山、阳江、湛江、潮州、揭阳，没有单列的只剩潮安、饶平两个县。为督促落实省政府工作会议的要求，彻底消灭空白点，解决"最后一里路"问题，11月8日，省残联以写信形式向省政府领导同志做了专题汇报，提出为确保在全省机构改革工作全面铺开之前，彻底解决残联组织建设问题，恳请省领导在近期地级市编办领导同志参加的工作会议上，督促上述9个地级市和潮安、饶平两县的编委按6月25日省政府专题会议提出切实解决残联组织建设问题的要求，在年底前下发文件，调整规格，理顺管理关系，以进一步加强残联组织建设，为广东残疾人事业走在全国前列提供组织保障。

在省委、省政府主要领导同志的高度重视和直接协调下，地、县残联组织建设全部达到中国残联的要求，为加快广东残疾人事业的发展奠定了坚实的基础。在国务院残疾人工作协调委员会第八次全体会议上，国务委员、残工委主任司马义·艾买提同志对各省、自治区、直辖市残工委的工作表示肯定，称赞"广东省副省长、残疾人工作协调委员会主任欧广源同志关心残疾人组织建设，亲自协调以省政府名义召开基层残疾人组织建设薄弱的市县负责人会议，强调要从讲政治的高度重视残疾人工作"。

广东各级残疾人组织的建设发展，倾注了中国残联和省委、省政府领导同志的心血，我们在这过程中，也真切地感受到一个新型人民团体的发展，是多么的不容易。

悟之得

组织基础如同桥墩垫底部分，人们往往看到桥面景况的恢宏壮观，却不知坚如磐石的基础是何等重要。人们容易被建筑物表面的"坚固"所迷惑，而忽视脚跟下蜕变的渐进性，它一时半会看不出毛病，却如同大堤的"崩溃"，当发现时往往为时过晚。

争创全国"示范"

1999年夏，省残联机关由钱路头综合大楼搬至文德南路63号楼，领导班子同志在第9层办公，各处室安排在以下各楼层，随着工作环境的改善，机关干部的精神面貌更好了。

当年，在全省21个地级市残联中，工作开展得比较好的，大概有三分之一，排在前面的有广州、汕头、韶关、梅州、深圳、茂名等，其他地方多数处在推进工作很困难的状态，其中有"三不"很突出：即"领导不够支持、部门不够配合、自身不够努力"。经过班子同志一段时间考虑研究，认为要从"学有目标、赶有先进；树立信心，后来居上；不图虚名、解决根本；实际出发、广东特色"的思路出发，解决多数地市残联工作滞后的状况。

想法有了，具体抓手在哪里呢？

我思考再三，与社后商量交换意见后，经班子研究决定：以创建"全国残疾人工作示范城市"为统领目标，量化残疾人工作考核标准，提升残疾人工作业务领域质量，缩小与发达国家（地区）残疾人事业的差距，全面推动广东残疾人事业发展。

根据我省各地、市事业发展水平和客观条件，1999年6月上旬，向中国残联上报了省会广州市，经济特区深圳市、汕头市，粤北韶关市，粤东梅州市和粤西茂名市等六个城市，作为全国残疾人工作示范（试点）城市。上述城市在全省残疾人事业考核中位居前列，同时从粤东、粤西和粤北不同地域来考虑，更加符合广东地区经济社会发展差异的实际情况。上报的请示件附有《全国残疾人工作示范城市业务考核指标》，具体有15条验收标准共2000多字的说明。

中国残联党组、理事会十分重视，经研究，认为"全国示范城市"创建工作有一个探索的过程，首批试点城市不宜多，同意在广州市和汕头市先行试点，于1999年11月正式批复如下：

广东省残疾人联合会：

你会《关于广州市、汕头市创建"全国残疾人工作示范城市"的请示》收悉。经研究，我们同意上述两市创建全国残疾人工作示范城市。广州市、汕头市的残疾人工作，在市委、市政府的领导下，取得了很大的成绩，残疾人状况得到了明显改善。我们对广州、汕头市委、市政府多年来关心和支持残疾人事业表示衷心的感谢。两市开展的创建工作充分体现了市委、市政府进一步发展残疾人事业，改善残疾人状况的信心和决心。我们相信，随着创建工作的开展，将会给更多的残疾人带来实实在在的利益，全面推动残疾人事业的进一步发展。希望你们协助两市做好全国残疾人示范城市的创建工作。中国残联在上报的6个城市中选择了广州市和汕头市，主要考虑广州是广东省的中心城市，得改革开放风气之先，党政领导重视残疾人工作，综合条件较好。汕头市属潮汕地区，是我国改革开放的经济特区，又是李嘉诚先生的家乡，他一直关心家乡建设，热心社会福利事业，正在捐资兴建残疾人服务中心等大型助残项目。

在接到中国残联复函后，广州、汕头市委、市政府高度重视，将创建任务全部分解到与残疾人事业相关的市属三十多个部门。两地经过近五年的锐意进取和不懈努力，迎来了最后的大考。2004年6月，由中国残联理事长汤小泉同志率领创建工作验收小组，对广州市、汕头市进行了全面检查验收，两市成为全国首批残疾人工作示范城市。

实践证明，残疾人工作示范城市创建活动，引起了地方党委、政府的高度关注，对残疾人工作起到了"牵牛鼻子"的作用；创建城市残联以此为重要契机，和与残疾人事业相关部门形成了合力，对推动工作全面上台阶起了至关重要的作用。从此为开端，各地残联"创建"的积极性很高，自觉以全国残疾人工作示范城市标准来衡量、推进工作，创建活动在全国生机勃勃地扩展、延伸。

时任中国残联理事长汤小泉向广州市市长张广宁授予"全国残疾人工作示范城市"牌匾（2004年6月）

悟之得

　　以残疾人事业发展阶段性逻辑来考察，"示范城市"是一步带有战略意义的举措。它打破常规、敢为人先的勇气，自加压力、追求卓越的精神，对各级残疾人工作的标杆示范作用，对推动、营造当地文明进步的社会氛围，都具有特殊的历史意义。

公开信，来自省委书记

　　在新世纪的第一年，全国第十次助残日的前夕，我们给省委书记李长春同志写了一封信，汇报了广东残疾人工作的近况和助残日的主题。长春同志在百忙中对此十分重视，很快就给我们回了信。

5月21日,《南方日报》在头版全文刊登了回信,题目为《中共中央政治局委员、省委书记李长春同志致信全省助残志愿者,希望他们在实践活动中奉献社会、完善自我》。李长春同志在信中指出:"残疾人事业是文明进步的事业,是社会主义精神文明建设的重要内容。广东有270万残疾人,是一个特殊而困难的群体,他们在生活保障、劳动就业、医疗康复、文化教育、平等参与社会生活以及维护自身合法权益等方面存在着不同程度的障碍,需要得到特别的扶助。这种扶助,既需要依靠党和政府,也需要广泛动员社会力量来实现。开展志愿者助残,为残疾人提供经常的、切实有效的服务,既是人道主义的具体体现,又符合近年来国际社会志愿者行动蓬勃发展的趋势,对促进残疾人'平等、参与、共享'目标的实现,增进和谐友爱、团结互助的人际关系,培养良好的社会风尚,推动我省的精神文明建设和残疾人事业的持续发展,都具有积极的意义。"

长春同志进一步强调:"广东要增创新优势,更上一层楼,率先基本实现社会主义现代化,不仅要充分发展生产力,最大限度地满足人们的物质文化生活,推进精神文明建设。经济的繁荣、社会的进步、人类的文明,需要道德的发展和完善。目前全省正在积极开展'致富思源、富而思进'教育活动,就是要引导人们饮水思源、富而尚德、富而好学、富而重教、富而崇德、富而求序,提高全民的道德水平和整体素质。开展志愿者助残活动,就是用实际行动贯彻落实江泽民总书记的批示精神,用实际行动积极开展'致富思源、富而思进'教育。希望全体志愿者,尤其是青年志愿者踊跃参加助残活动,让广大残疾人在切切实实的帮助中感受社会主义大家庭的温暖,让广大青年志愿者在"为人民服务"的实践活动中陶冶情操,经受锻炼,奉献社会，完善自我，使助残活动成为广东思想教育的一个闪光点。"

长春同志的公开信，引起了社会的强烈共鸣，如春风化雨滋润着"富而思进"的南粤大地，激励了千百万残疾人及他们的亲属，给广大助残志愿者注入了"奉献、友爱、互助、进步"新的精神动力。为了更好地贯彻落实长春同志公开信的精神，进一步动员社会力量，推动广东助残志愿者活动持续、健康地开展，在助残月期间，省残联印发了《广东省开展志愿者助残的实施意见》，从指导原则、组织联络、服务内容与形式、服务登记、激励与表彰和工作要求提出了具体意见。由此，广东的助残志愿者活动进入了新的发展阶段。

悟之得

"人的本质并不是单个人所固有的抽象物。其现实性上，它是一切社会关系的总和。"（马克思语）志愿者活动的普及水平，真实体现了社会成员的"自发和自觉"精神，客观反映了一定社会形态文明与进步的程度，代表了和谐、理想社会的前景。

"起死回生"的学校

"八五"期间，省政府办公厅以粤办函【1995】251号文批复，同意筹办广东省培英职业技术学校，文称："该校属普通中等专业学校，按国家教委有关规定进行筹办，待条件具备再申报批准成立。学校基建投资由残联自行解决，开办后正常事业经费按普通中专经费预算标准核拨。"不料，就在我到任后不久，省残联接到了省高教厅正式通知，称按有关规定要取消省残联培英中专（筹）的办学资格。省计委也同时下文，指由于筹办项目长期搁置，因此取消培英中专学校的立项。

省残联培训中心的同志非常着急，他们难过地说，争取了多年都没有搞上去，现在最后的机会也要失去了。我听完汇报后说：残疾人职业教育的背后，是无数残疾人的前途命运，这次要"死马当活马医"，无论如何也要把学校的立项挽救回来！大家的思想都很统一，省残联培训中心、教就部的同志积极行动，主动上门做沟通工作。我们以恳切的态度，把审批部门的同志请到职业培训中心，现场体验感受残疾学员的自强精神和学习期盼。

过程很不容易，但最终感动了"上帝"。

高教厅经慎重研究，同意保留我们的办学资格，并要求尽快向省政府请示报告。又经过一轮紧张工作，省残联在1999年1月向省政府呈报了《关于正式成立广东省培英中等专业学校的请示》，并附上完整的办学方案。同年4月，为了回应省政府办公厅及有关部门对办学场地、师资队伍、办学经费等方面提出的问题，我会再次向省政府上报请示："为体现党和政府对残疾人的关心和重视，使更多的残疾青年能接受中专学历教育，填补我省残疾人学历教育空白，鉴于上述原因，请省政府予以支持，本着特事特办的原则，给予政策倾斜，正式批准成立普通中等专业学校（暂名为广东省培英中等专业技术学校）。学校建制为正处级事业单位，省财政全额拨款，隶属省残联，业务由省高教厅主管。招收全省有初中毕业学历的盲、聋、肢残和具有高中毕业学历的肢残青年。"

不久，省政府正式批复同意省残联的请示报告，并确定2000年秋季招收第一批残疾学生。这样，从1994年开始筹备的学校，经历了两个"五年计划"，最终把"死亡证"换成了"出生证"，从"胎死腹中"迎来了"十月分娩"。

1999年12月23日，钱路头直街省残联综合大楼内喜庆热闹，"广东省培英成人中等专业学校"成立揭牌仪式将要举行了。中国残联郭建模理事长和省高教厅、省残联领导及著名康复专家卓大宏教授等参加剪彩。郭建模在讲话中说："广东省培英中专学校的成立，为残疾人朋友创造了一个学历教育的机会，填补了全省残疾人学历教育的空白，显示着广东残疾人教育又上了一个新台阶。办好残疾人中专学校并非件容易事情，希望广东省残联和中专学校全体教职员工坚持以残疾人为本，同心同德，努力把学校办成具有广东特色的残疾人中专学校。"在首层大厅里，当我看到第一批残疾学生那期盼、兴奋的眼神时，心中有说不出的喜悦。此时也很感慨，让一件有显著社会效益的事情落地，还真不容易啊。

越秀中路钱路头直街，其历史与残疾人渊源颇深。清初，此巷已

时任中国残联理事长郭建模（左二）为广东省培英成人中等专业学校剪彩，林社后、王新宪、卓大宏等陪同（1999年12月）

开办瞽目院,该院开有一条小斜路直通北向,由此人称该路为"斜路头"。光绪十五年,两广总督张之洞在路北面开办造币厂(亦称钱局),当地人为讨"吉利"逐渐把这里叫成了"钱路头"。民国初期,瞽目院改称为广州市健济院兼盲哑院,成为流浪盲、哑残疾人的栖身之地。新中国成立后,此处曾作收容救济用地,后省民政厅在原址新建了大楼,于1987年年底落成,建筑面积约6000平方米,省盲聋哑协会等社会组织在此开展各种公益活动。1989年省残联成立后,这里成为省残疾人康复中心、职业培训中心大楼。

2001年后,在郭德勤理事长任内,残联在天河区省奥林匹克体育中心西面,购买了一处国有企业旧厂原址,占地约50亩,现有建筑面积2万多平方米,这样就解决了培英学校的用地、校舍问题。学校开办专业也由最初的盲人按摩、服装设计、会计、计算机应用等6个专业扩展到中医康复保健、运动训练与康复、电子商务、美术设计与工艺等10多个专业,至2014年已经有1300多名残疾学生从这里毕业,成为社会有用之才。

悟之得

"计划"中的好事、实事,经常会在落实过程中"香消玉殒"。我们常说"落地难",难在哪里?具体到某件事情一两句话还真说不清楚。

我们面对利益多元的社会,与之打交道的对象或许就是多面的、善变的,这就带来必然中的种种偶然。人们往往在这些"偶然"面前恼怒、退却甚至放弃,那事情就一定是"半途而废"。

下 篇

手术车与"视中行动"

"视觉第一中国行动",是从1997年开始,由中国残联、卫生部与国际狮子会共同推动的大型国际合作项目,旨在帮助我国400万白内障患者重见光明,提高县以上医院眼科防盲治盲水平。

广东有45万盲人,是白内障眼病的高发区。1998年11月29日~30日,中国残联在广州召开"视觉第一中国行动"项目管理会议,工作会议下达广东1999年手术任务为24600例,是全国任务最重的三个省份之一,排在前面的有河南和山东。

1999年5月3日,由省卫生厅、省残联组派的广东省"视觉第一中国行动"白内障复明手术医疗队出发,赴韶关、云浮、潮州工作1个月,为1000多名山区贫困白内障患者施行复明手术。

"复明眼科手术"车,是由南洋兄弟烟草公司何英杰老先生出资,由香港盲人辅导会发起并进行统筹管理。手术车最初的设计,是驾驶室与车厢分为两个主体,配用进口发动机,轿厢在国内改装,手术间主要器械为国外设备,整车总价值为300万元人民币。

我在广州市残联工作期间,首辆手术车"复明1号",已商定捐赠给陕西省。在考虑选择"2号手术车"捐赠的接受方时,由于与香港盲人辅导会总干事陈梁悦明女士是多年老朋友了,我直接向她建议:现在广东各个地级市的路都修得很好,但县级医院眼科手术能力大多都很薄弱,做白内障手术多要在地级市医院,且医疗费用不低,做一例白内障手术收费一般在人民币 4000 元~6000 元之间，还没有包括接受筛查、往返交通和住宿等费用，贫困残疾人患者实在难以承担。所以，省里更需要这样的手术车。陈太很赞成我的意见，在省政府的支持和省残联、省卫生厅、省人民医院积极配合下，顺利地完成了"2号车"的捐赠事宜，手术车很快就投入了使用。

到省残联工作后，康复部同志汇报时告诉我，手术车已经因故停下来一段时间了，我说要先看看车的具体情况。到了省人民医院东病区，看到复明二号车露天停放在院子的花坛边上，车身的彩绘大眼睛已经被磨损，它也像是在期盼"复明"呢。

"复明二号"眼科手术车捐赠仪式在省政府大院举行（1997 年 5 月）

我要求康复部尽快与省卫生厅友好协商，在原分工基本不变的基础上，将手术车改由省残联自行管理。问题沟通解决后，在 1999 年初成立了手术车管理小组，由省残联、省卫生厅有关同志组成。康复部为车配备了责任心强的专职司机和眼科护士，每次下乡保证配有手术医生 2 名、手术护士 1 名、管理人员 1 名、司机 1 名。到位的管理使手术车实现了高效运行，车内医疗器械、设备管理和医疗药品购置等都得到了制度性的保障。

为了保证手术质量，防止医疗事故，省人民医院等派出了医德医术过硬的眼科主任带队，香港眼科医生也积极义务参加。手术车启动时已经是南方的夏季，省港两地医生在酷热难熬、地方条件简陋的环境下，保持一丝不苟、精益求精的职业精神，所做的手术全部成功，脱盲率、脱残率均达到100%。

令人特别感动的是，为了争取时间尽量减轻患者的经济负担，医疗队同志中午就在手术车上吃盒饭，经常是干到晚上11时多，才下手术台。仅在1998年下半年，在新会、五华、陆河和台山4个市、县，就为207位贫困白内障患者做了复明手术，并植入人工晶体。1999年，在潮州、汕头、深圳、河源、清远、韶关、茂名等7市和潮安、饶平、澄海、保安、连平、乳源、乐昌、连南、连州、龙川、紫金、信宜、高州、化州等15县（区），施行手术923例，其中植入人工晶体909例，全部免收费的患者有290例。

到2000年底，在两年半的时间里，已经施行手术2731例，帮助许许多多的贫困乡亲重获光明，重新正常生活。在信宜，有位木匠患白内障双目失明，家庭经济陷入困境。他在手术复明后的第五天，就能操起锛子、凿子干活，养家糊口不再犯愁了。一个在黑暗中生活了十几年的老乡，手术后第二天揭开纱布时，他惊喜激动不已，握着医生的手说："我看见你了，医生，多谢！真是华佗再世啊！"

在做手术前，眼科医生要直接到农村患者家中，进行诊断和筛查，如果符合手术条件，再用车接到手术点，省残联缺这种能走乡间小路的交通车。在陈梁悦明女士的积极协调下，亚洲防盲基金会于1999年3月回函，同意捐20万元人民币购买12座汽车一辆，专用于接送

"复明二号"车的病人。陈太还提议在车身喷上"'复明扶贫'行动专用车——亚洲防盲基金会捐赠"字样,以扩大复明行动的社会影响。盲人辅导会还动员何老先生和粤籍香港同胞购买捐赠药品、医用材料等,最大限度地减轻患者的负担。

复明手术车的行程可谓"步履维艰",每到一处,都被当地患有眼疾的群众及亲属团团围住,恳求医生能给他们检查和治疗。一位远在广西山区的家长,带着双目失明的7岁孩子,赶到了广东新会要求做手术。更多的外省患者则通过电话或来信,急切了解复明车的行程,盼望早日帮助他们重见天日。有的地方手术车还被群众围着不让走,我们耐心解释并一一做了登记,现场答应尽快安排才解了围。

这些场面让我们既感动又内疚,觉得做的工作与群众的需求相比,显得太少了。广东电视台、广东电台、南方日报、羊城晚报、南方农村报、广州日报、江门报、新会报和新会电视台等媒体做了生动详细的报道。时任中国残联理事长刘小成很关注手术车的运行情况,我据实做了详细汇报并提出了若干具体建议。

"视中行动"和复明手术车的"载重量"超出了预期。一路走来,它成了流动的残疾人事业宣传车,让更多人知道了"残联"这个为残疾人服务的新生组织;它像四处播撒爱心的播种机,触动了那些向善人们的心灵,从此走上了"助无助者"之路;它是车轮上的小医院,让穷乡僻壤的老乡见到了城里的大医生,得到了最好的眼科服务;它成了移动的眼科医生培训班,许多基层的医护人员通过观摩、示教方式,使自身医疗水平得到明显提高,成了当地医院的眼科业务骨干;它更像是不断延伸的感情纽带,把党和政府的关怀与百姓的期盼紧密地连在了一起。

最后，我想补上这么一句：是改革开放造就了如此难得的对外环境，无数残疾人也应运得"福"。

悟之得

从市场规律看，社会资源的稀缺性，使其同样脱离不开供求关系的引导。

"为富不仁"的本质，是缺乏对"公平与正义"的认同。公益组织如何争取来自社会原属私产的资源，以解决社会公益性服务的不足，对我们来说有很多制度层面的问题亟待破解。

"残工委"的户口

1999年下半年，广东省开始进行机构改革，其中包括常设议事机构。2000年2月26日，省残联收到省机构编制委员会下发的《广东省省直议事协调和临时机构清理方案》，省政府保留议事协调和临时机构29个，比原来118个精简89个，在新方案中的议事协调机构，没有省政府残疾人工作协调委员会。

上午10时，秘书科小江送来省委粤发【2000】2号文件，阅后我们吃了一惊：省政府残疾人工作协调委员会没有了！我们意识到此事重大，这样下来，等于全省市、县残工委在机构改革中都要受影响，由于广东的传递效应，还有可能直接波及其他省市。在当时情况下，我是清醒的，就是不要怨天尤人，竭尽全力做好"挽回"工作！

疾行记

　　与社后同志紧急商量后，10时15分，通知小江起草请示报告，紧急向省委、省政府反映我们的意见。我指示办公室主任陈锦园立即约见省编办领导。11时，编办同志反馈称，在征求部门意见时，对省残联要求保留残工委的意见有印象。下午4时，办公室报告，已经约好了向周炳南副秘书长汇报的时间。

　　27日下午2时30分，我和社后一起到省政府向炳南同志做了汇报。29日下午，在机关处以上干部述职大会上，我主动谈到了要吸取在省残工委问题上的教训。

　　3月1日上午8时，我和锦园两人到省编办汇报，李志江副主任听我们陈述理由后，他认为保留残工委机构十分必要。与此同时，我先后向欧广源副省长和中国残联组联部孙先德主任、郭建模理事长做了详细的汇报。朴方同志得悉情况后非常重视，指示建模同志直接向国务委员、国务院残疾人工作协调委员会主任司马义·艾买提同志汇报此事。6日下午，省残联收到了中国残联给省委、省政府主要领导的信函。10日，先德来电话询问我们收到函件后的工作进展情况。

　　当时，省残联机关经手处理文件的部门感到压力很大，因为在这之前收到过征求意见稿，主要是思想上麻痹大意，认为省政府办公厅在1998年4月以粤办函【1998】251号文、省政府残疾人工作协调委员会在2000年1月以【2000】3号文，分别做出调整省残工委组成人员的复函和通知，主观认为机构再调整变化，也不会影响到残工委，于是没有及时跟进、追踪后来情况的变化。班子应该把责任承担起来，我在处理此事过程中，多次主动向中国残联、省领导同志做了认真检讨。

我们收到的文件落款时间是 2000 年 3 月 2 日，中国残联致函广东省编办，同时报省委、省政府主要领导同志，来函重点阐述了三个问题：

一、建立政府残疾人工作协调机构，是联合国决议的要求

八十年代以来，残疾人工作日益被联合国和国际社会所重视。联合国及其专门机构多次通过决议，要求各国政府建立残疾人工作协调委员会，促进残疾人事业的发展。

——1981 年，联合国大会通过决议，宣布 1981 年为"国际残疾人年"，要求各国政府设立残疾人事务协调委员会。1982 年，联合国大会确定 1983—1992 年为"联合国残疾人十年"，并通过了《关于残疾人的世界行动纲领》，要求"各国政府应设立协调中心（如全国委员会或类似机构），来调查和监督各部、政府其他机构和非政府组织与《世界行动纲领》有关的活动"。"国家委员会应长久设立并靠近权利中心，有能力协调各领域的活动"。

——1990 年 11 月，联合国就"残疾人事务国家协调委员会"问题召开了专门会议，制定并经联大通过了《建立和发展残疾人工作协调委员会或类似机构的指导原则》，"强烈地敦促各国政府建立残疾人事务协调机构，或者加强现有的组织机构"。并指出"应当使国家协调委员会成为常设机构而制度化"。

——1992 年 10 月，联合国大会审议通过《人人共享的社会——从认识到行动》的决议，指出："业已证明，具有活力、组织良好的国家残疾人事务协调委员会，是在国家一级保证残疾人事业取得进展的极为重要因素。因此，残疾人事务国家协调委员会必须作为永久性

机构建立起来，以协调和联合各种努力，在国家一级处理关于残疾人事务"。

对上述联合国决议，我国政府均已做了承诺。

二、设立政府残疾人工作协调委员会，是我国法律的规定

——1991年5月15日起实施的《中华人民共和国残疾人保障法》第6条第2款规定："国务院和省、自治区、直辖市人民政府，采取组织措施，协调有关部门做好残疾人事业的工作。具体机构由国务院和省、自治区、直辖市人民政府规定。"

——国务院关于贯彻实施《中华人民共和国残疾人保障法》的通知（国发【1999】23号）要求："各省、自治区、直辖市人民政府，要做好各有关部门的协调工作。具体协调机构由各地规定。"

三、长期保留政府残疾人工作协调委员会，是发展残疾人事业的实际需要

由于残疾人群体的特殊性，构成的复杂性，分布的普遍性、需求的多样性，参与社会生活的全面性，决定了残疾人事业具有很强的社会性和综合性。残疾人工作包括预防、康复、教育、就业、文化、体育、艺术、福利、无障碍设施建设、环境条件、宣传与法律等各个方面，业务涉及多领域、多学科、跨部门，残联是个新生、弱小的部门，无法承担繁重的综合协调任务，需要政府设立协调机构，组织协调各有关部门，综合有效地发展残疾人事业。

——1993年，国务院在机构改革中，依据我国《残疾人保障法》的规定和残疾人事业的实际需要，设立了国务院残疾人工作协调委员会，各级政府残疾人工作协调委员会也相应建立。

——1998年，国务院在确定新一轮机构改革方案时，在撤销80

多个部委和议事协调机构的情况下,仍保留了国务院残疾人工作协调委员会,并做了充实和调整,充分体现了党和政府对发展残疾人事业的关心和重视。

各级政府残疾人工作协调委员会成立后,认真工作,在制定实施残疾人工作计划、政策,协调解决残疾人工作中的重大问题,推动残疾人事业发展等方面,都起到了不可替代的作用,是政府加强对残疾人事业领导的具体措施。

可以说这是目前为止,对政府残疾人工作协调委员会的设立背景、现实意义、重要作用等阐述得最全面、最清晰的文件。同年6月,省编办重新下发文件,明确残疾人工作协调委员会为各级政府的常设议事机构。这次解决问题的过程充分体现了中国残联的工作力度和省委、省政府实事求是的精神。

悟之得

人们认为最放心的地方,往往是最容易出问题的,否则就没有"盲区"一说。如果把自己的想法当作别人的想法,可谓"一厢情愿",当别人不完全是这样想法,甚至是恰恰相反,这就与自己的愿望南辕北辙了。经常从多个角度观察、互换出发点去思考问题,这也是"知己知彼"的一种途径。

工作抓上去是"硬"道理

我和社后以及班子同志一致认为，要将广东的残疾人工作搞上去，实现李长春同志提出的残疾人工作要"走在全国的前列"的要求，省残联党组、理事会就要按照中国残疾人事业发展的总体目标和部署，拿出自己的真招、硬招，激励、调动起各市的积极性和创新精神，既大张旗鼓又扎扎实实地做好各领域残疾人工作。

1998年11月5日~15日，我随中国残联王成金副理事长率领的中国残疾人艺术团赴台湾进行文化交流活动，学习借鉴当地残疾人事务的经验。

1998年11月25~27日，全国聋儿康复工作会议在广州召开，中国残联副理事长钟健、康复部主任孙金钟和省政府副秘书长周炳南到会并讲话。

1999年1月21~22日，召开全省残联工作会议。党组书记林社后传达中国残联、省残联"第三次代表大会"精神及省委、省政府27号文件精神；副理事长林圣德做1998年工作总结与1999年工作安排；我主持并做会议总结。在会议开始时我对大家说："省残联党组、理事会对召开这次全省工作会议很重视，会前，专门向欧广源副省长、周炳南副秘书长做了工作汇报。欧省长已经定下来，把残联组织建设会议与明年农村工作会议套开，有关市、县政府领导和残联理事长参加。考虑到春节快到了，大家都很忙，为了利于基层残联部署明年工作，经请示周秘书长，抓紧在年前把残联工作会议开了，这样能争取全年的主动。"

在会议总结时我强调："在今年的七项重点残疾人工作中要确保四个'完成'：一是争取我省在全国率先解决贫困残疾人温饱问题；二是按比例就业工作全面铺开，劳动服务机构在第一季度全部建立；三是实现二分之一以上县级残联完成残疾人综合服务设施建设；四是全面解决市级残联升格、县级残联单列，6月底前乡镇街道全部配备专职理事长等，实现县级残联机构一体化、乡镇残联工作'四有'化。"

3月8~12日，省人大内司委、省残联联合派出3个检查组，对广州、汕头、潮州、江门、肇庆6个市开展残疾人保障法执法检查。

3月19日，在省政府1号楼召开常务会议，议题之一是讨论《广东省按摩管理条例（草案）》（省法制局汇报），会议由省长卢瑞华主持。在会上，我就按摩行业对解决盲人就业的重要性、目前遇到的困难、需要的政策扶持及对管理部门的意见等做了发言。

在这次会议前，在有省分管领导及公安等部门参加的前期讨论会上，有同志认为，一些盲人按摩店带有色情活动，提出对盲人按摩采取更严格的限制。我提出了不同意见，我说：医疗按摩与传统医学的历史几乎一样长，它安全、实用、经济，是慢性病、常见病重要治疗手段，广受群众欢迎。不能由于有人搞色情活动，就认为按摩店是色情场所。我还举例，如果有人在公园、电影院搞色情活动，就认为那是色情场所，不很可笑吗？我还说，搞色情那不是按摩，那是"乱摸"！说到底是管理问题。与会者都笑了，大多数同志赞成我的观点。省政府常务会议审议的《按摩管理条例（草案）》，经修改完善后更

疾行记

趋科学、合理和管用。

3月30日，省残工委通报全省各市残疾人工作考核情况，前10名的城市是：广州市、汕头市、韶关市、梅州市、深圳市、茂名市、惠州市、清远市、东莞市、潮州市。

4月13~14日，在增城市召开全省残疾人扶贫解困工作现场会议。省扶贫开发领导小组副组长、省政府副秘书长周炳南讲话，林社后传达中国残联扶贫解困工作会议主要精神，王新宪做总结讲话。

4月28~29日，全省残疾人康复工作会议在广州从化召开，中国残联康复部副主任律曼华到会并讲话。

5月14日，《人民日报》华南综合新闻版刊登采访文章：《文明社会呼唤"无障碍"》。我在接受采访中，对"无障碍"是什么概念、具体包括什么内容、目前进展情况和存在哪些问题、今后的工作重点等，一一做了详尽的回答。最后我说期望在不久的将来，广州、深圳、珠海、汕头等沿海开放城市，能率先达到国际化城市无障碍设施的水平。

5月16日，第九次"全国助残日"，主题为"无障碍与视觉第一"，全省各地结合自身特点开展了各种形式丰富多彩的活动。

1999年6月2日，为进一步贯彻落实省委、省政府27号文件，切实加强基层残联组织建设，开始在全省推行《广东省街道、乡镇残疾人服务社工作规范》《广东省街道、乡镇助残志愿者联络站工作规范》。省残联发文就上述文件征求意见。

1999年6月2日，我出席深圳市分散按比例安排残疾人就业动员大会并讲话。深圳市残联理事长谢建文做残疾人就业工作报告，深圳市副市长卓钦锐代表市政府讲话。

人民日报刊登文章《文明社会呼唤"无障碍"》(1999年5月)

6月27日~7月1日,中国残联特教工作考察团在广东调研。6月28日上午,我向考察团汇报全省扶贫、就业、教育等工作情况。随后几天,该团参观考察了省市残联职业培训中心,增城市扶贫点,广州市聋校、盲校,并主持召开了特教工作座谈会。

11月2日,中国残联理事、宣传文体部主任赵济华专程从北京前来出席我省第三届残疾人运动会开幕式,并在运动会期间,为省、市残联干部做了残疾人工作形势报告。

12月6日~7日,召开广东省残疾人就业工作会议。会后,《人民日报》载文《广东助残三年安置就业百万》指出,中国残疾人事业"九五"计划实施以来,广东省共安排了18.4万城镇残疾人就业,农村残疾人稳定就业人数达89.8万,使残疾人就业率从"八五"末的70%提高到75%。广东省从1995年起分散按比例安排残疾人就业共7万人,残疾人福利企业由原来的67个发展到1455个,安置残疾人由原来 2700 多人增加到 17000 多人，残疾人个体就业人数增加到 94000 多人。

广州增城区残联帮助贫困残疾人发展种植业

12月8日~9日，全省残疾人工作会议召开。9日下午，汕头、茂名、佛山、珠海、连州、南雄等市县理事长就2000年工作思路发言，地方同志把工作讲得有血有肉，与会同志的感觉是听出了信心、听出了志气、也听出了办法。

2000年2月25日，出席深圳市残疾人工作会议，我充分肯定了深圳市残疾人工作在1999年取得的成绩，对今后工作提出四点要求。我侧重强调：鼓励、支持深圳残联发挥自身优势，积极创办"全国残疾人康复工作示范城市"，向残疾人事业现代化目标迈进。

同年5月，开始修订《广东省残疾人事业考核办法》。考核标准共分8大项，包括了康复、特殊教育、法制建设、劳动就业、社会保障、宣传文体、基层残联建设、社会环境等业务领域，分解为55个评分小项。《考核办法》的修订，目的在于引导市、县残联学会掌握工作全局，应该重点抓什么，怎么才抓得住，并重视工作的落实过程。

下 篇

悟之得

从加快发展到科学发展,是从解决"有"到解决"好"的辨证演绎过程。

"鼓与呼"的力量

省残联三代会后,我专程拜访了《南方日报》负责同志。

我首先感谢报社多年来对残疾人事业的关心和支持,同时也开门见山地说,前不久召开的广东省残疾人联合会第三次代表大会,是全省270万残疾人以及上千万亲属的大事,但该报仅在第3天才刊出不到200字的报道,与某中学建校园网的消息放在同一位置。我诚恳建议,《南方日报》作为省委机关报,要为省其他主流媒体做出表率,加大对残疾人事业的宣传力度,体现各级党和政府对残疾人的关怀,动员全社会力量,弘扬人道主义精神,推动南粤大地的社会文明进步。报社领导很重视我们交换的意见,表示要加大工作力度,进一步加强对残疾人事业的宣传报道。

后来的情况是令人鼓舞的,从1998年10月开始,《南方日报》记者先后报道了:

广州市钱路头直街盲道改造因11处违章建筑受阻;湛江市聋校学生素质好,连续三届学生全部上岗;大埔县残疾人投资百万元办鸽场,解决31名残疾人、下岗女工就业;中国残联第三次代表大会隆重召开；中山市"救死扶伤、扶危济困、敬老助残"慈善万人行，善款用于建设特教学校；经广州市政府批准，全市开展残疾人状况调查建立数据库、市财政每月补助重残困难户100元；广东伤残健儿在全国第五届残疾人运动会取得优异成绩；我省第九、十次助残日内容丰富多彩；向"白内障"宣战，向贫困宣战；舍己救人英雄战士刘志艳的事迹等等。上述报道内容翔实、生动感人，及时客观地反映了各地区、各领域残疾人事业的新气象、新发展，以及要重视解决的困难和问题，揭露批评社会歧视侵害残疾人的现象，为弘扬人道主义精神，营造关心、理解、帮助残疾人等困难群体的良好社会氛围，起了重要的示范带头重要。

参加中国残联宣传工作会议代表参观南方日报社（1999年12月）

1999年12月23~26日，中国残联宣传文体工作会议在番禺区广轩大厦召开。会议上，中国残联副理事长王智钧宣读邓朴方主席致会议的信，信中写道：

"目前，残疾人在就业、教育、康复、生活等方面还面临许多困难,对残疾人的歧视和偏见仍然不同程度地存在,侵犯残疾人合法权益的问题时有发生,有的甚至十分严重。社会对残疾人和残疾人事业仍然缺乏了解,存在着种种认识上的误区,人道主义思想的基础很薄弱。我曾经说过'不是不人道,就是不知道',要让社会广为了解,让更多的人'知道',就需要在宣传工作的深度和力度上花大力气,下真功夫。"朴方在信中强调,人道主义始终是残疾人事业的一面旗帜。大力宣传和弘扬人道主义,是每一个残疾人工作者,特别是宣传工作者义不容辞的使命。朴方最后希望,通过我们锲而不舍的努力和重在实践的工作,促使人道主义能够成为大多数人可以接受的观念和共识。

中国残联理事长郭建模、宣文部主任赵济华,广东省委副秘书长琚立铭、省委宣传部副部长李子标先后讲话,他们对广东新闻工作者以高度的责任感和使命感关注残疾人事业,采写、录制、编发了许多优秀的残疾人事业新闻作品,产生了积极的社会影响,给予了充分肯定。会议期间,有8个省市残联代表作经验介绍,广东省残联作了题为《发挥新闻媒体重要作用,营造良好舆论氛围》的重点发言。会议期间,代表们参观了南方报业集团、广东电视台(手语栏目),赴广州、肇庆、佛山等地考察残疾人工作,并举行了第三届盲、聋、培智学校学生艺术会演颁奖暨"五个一"工程奖作品表彰仪式。

疾行记

悟之得

　　如果说，法律是人类对自身的理性约束，那么人道主义就是对生命意义的本质认识。如何善待你、我、他里的"弱者"，在政治、经济和社会等等错综复杂的环境中，哪些解决途径才最符合人类精神，这可能是永恒的考问。

　　开启民智，唤起民众，让人道主义思想成为人们自觉的道德追求、行为规范，让人文关怀的社会氛围，如同我们接触的阳光、空气一样须臾不可缺少。当然，要做到所说的，我们还要走很长的路。

赶上了"末班车"

　　到省残联后，我保持了每天提前约一小时回到机关的习惯。

　　1998年10月间的一个早晨，我推开同层办公室的玻璃门，照明灯还没来得及打开，角落的办公桌上突然蹦起两个人，我心中一惊，怎么回事？急忙亮灯一看，是机关的两个小伙子！他们因没有宿舍住，晚上就在办公桌上临时凑合了。

　　我多次找到省直住房办的同志，据实反映了省残联机关干部住房的困难，我还举例诘问："从部队转业的干部现在还睡办公室的，在其他省级机关还有吗？"房改办的领导听了很受触动地说："这样吧，我设法从别的单位挤出一些房源，但购房款你们要一次到账，否则无法向其他要房的单位交代！"

这时候,手上没钱又成了最难的事。事业经费是一分钱不能动的,省残联办的企业日子也不好过,但不管怎么说时间不等人,福利分房改革工作在1999年12月底就要截止!

与此同时,我两条腿走路,多次找省有关部门领导,希望调整1~2套天河区省府小区的房源,直接解决省残联班子成员的住房困难。但接待的人十分冷淡,毫无恻隐之心,仅强调了他们的所谓困难,就没有了下文。

看来企望别人是靠不住了,自己想办法吧。经领导班子集体研究同意,当机立断以最优惠价格购买了广州东圃棠德解困住宅小区共31套住房,连同退出的旧房,能够一次性解决40多户干部职工的困难住房。

房源解决了,但调查核实干部职工住房情况、制定分配办法、落实分配方案、上报房改审批材料等一系列工作时间已经不多了,必须紧锣密鼓抓紧进行。考虑到省残联领导中有符合分房条件的同志,为做到公平公正公开,决定由机关各部(室)、直属各单位各推荐1名同志组成分房小组,经两上两下征求意见,1999年6月30日,成立了省残联住房分配小组,在省残联党组理事会领导下工作。小组由陈锦园、何小京为召集人,成员有吴秋生、钟梅、梁元义、叶丽容、郑时新、张玉峰、郭文祥、郭伟等10位同志。

6月22日,我的工作笔记:"今天会议,一、研究1998年度评先人员名单。二、研究解决机关住房困难问题:1.成立分房工作小组(征求意见、公布成员名单);2.公布申请人员名单(注明类别);3.公布分房方案(三上三下);4.作完整的会议记录,如有成员缺席要补充征求意见;5.每一步骤,要有三人以上研究进行;6.小组成员要严守纪律,可以发表意见,但决不能漏风透气。"

这次分房工作的整个过程,做到了广泛征求干部群众意见,认真制定分房办法和分配方案,并报省分房领导小组最后审批。另外,在房源十分紧张的情况下,立足重点解决从"无"到"有"的问题,在分房前暂停提任干部,避免扩大人均分配面积,使更多的同志能搭上房改"末班车",这一做法得到了机关干部群众的充分理解与支持。

12月30日笔记:"离福利住房改革截止仅剩最后一天,时间非常紧迫,分房小组召开情况汇报会,我明确提出以下几点:1.党组、理事会同意最后方案,方案贯彻了公平、公正、公开的精神;2.要求全力以赴做好工作,把无法顾及的影响降到最低,分房小组同志要包干负责;3.大家吸取经验教训,提高思想觉悟,正视自己的缺点;4.操作的动作要快;5.希望大家努力工作,不辜负组织的关心。"我还对往返棠德小区的交通做了安排,每隔3天安排一趟交通车,以方便干部职工前往处理装修等事宜。

最终,在机关福利房改革方案报送审批截止日的当天,31日下午4时前,上报审批材料全部送达,终于赶上了"末班车"。这天笔记载:"12月31日,下午3时27分,锦园、小京报告,报送省直房改办的文件资料已全部接受。"我一直在办公室等待电话,这时终于长长舒了口气。

从6月下旬开始动议研究,到最终解决,前后仅用了6个月时间。根据我笔记本记录的,在这次房改过程中,向省直房改办、省领导汇报,党组会、理事会、机关干部大会和分房小组会议等共有二十多次。

最后的工作成果是:"共41人分房,41套共2445平方米;补房11人,11套,459平方米;总面积2904平方米。其中:厅级干部2

人、处级9人、科级15人、一般干部26名。"

回顾这件事,我深深体会到:做事没有万全之策,也没有后悔药吃,该出手就出手。领导敢于担当,不患得患失,做事公开、公正、透明,干部群众会给出客观公道的评价。在最初,向省直机关房改办的同志汇报时,觉得我们出了个难题,当房改工作全部完成后,省残联因工作严谨细致效果好,受到省直房改办的充分肯定和表扬。

悟之得

马克思是重视物质利益原则的。

队伍的战斗力不是无源之水,它的集合与生成离不开基本保障。短时间靠精神突击是可以的,但难以持久。

新官理"旧事"

到省里工作还不到一周。

一天深夜,电话铃将我惊醒,话筒里传出陌生又瘆人的声音:"王理事长吗?省残联办的公司欠我的钱很久啦,你说该怎么办?!"我一时语塞无言以答,这夜几乎没睡。

不久后一天早晨,机关干部还没上班,我刚坐到办公室的椅子上,"砰"的一声门被推开了,挤进来三个人:一个扛着摄像机,一个拿着话筒,他们俩自称记者。另一个自我介绍是经理,他气呼呼地说:

疾行记

"你们单位如果不还钱给我，今天晚上就让你在电视台曝光！"话音刚落，那两人就将摄像机咔嚓对着我。我眼睛盯着他们沉默了一会儿，突然站了起来，正色道："你看过《经济合同法》《民法通则》吗？你们与残联属下公司是单纯借款还是合作经营关系？你是想协商还是打官司！"他一下愣住了，态度软了下来，扬扬手将那两个"记者"支了出去，对我表示，希望通过协商方式解决问题。

事后，我将负责清理债权债务的同志叫到办公室，交代他们既要抓紧处理多年积累的呆账、坏账，在帮助企事业单位脱困的同时，又要方法得当，注意规避因法律责任带来的新增风险。与此同时，聘请了广东商学院为"企业法律顾问"考试辅导授课的郭律师，作为省残联常年法律顾问，为残联涉法涉诉事务提供专业意见。

社后同志从省纪委调到残联后，着力抓机关的建章立制工作，很有成效。针对省残联所属企业内部管理的软肋，采取了一系列整顿措施。1999年12月，机关正式成立了审计科，进一步加强内控制度管理，防范出现新的问题。

无奈，我的身份也经常在"杨白劳"与"黄世仁"之间转换。

1995年前后，惠州成了投资开发的新热点，集资搞项目变得炙手可热，各种行当随之一哄而起。机关有些同志受"深圳机关干部买股票挣了大钱"的刺激，唯恐再次失去机会，一些老干部把"棺材本"（养老积蓄）都砸了进去。当时"惠州集资建房"风头正盛，"集资能获高回报"让人深信不疑，当时说不上什么风险意识，而且还是单位当作好事牵的头，有200多名干部职工参加了集资，总金额约300多万元人民币。

没料到，"惠州热"很快退烧，当地经济环境一下变得秋风瑟瑟。

— 284 —

老干部担心他们的钱"打水漂",在"三讲"教育实践活动中提出,希望理事会能出面解决,把他们的钱要回来。党组很重视,把它列进"三讲"整改内容中的一项。当然也有不同意见,有同志说当时集资是自愿的,不能推到组织头上。

此一时彼一时,老干部的事不可能都掰得清清楚楚。别无他法,我与分工负责的副巡视员钟龙坤、办公室老陈商量研究后,径直采取"实用主义"的做法,直接向债务人提出来:请他们体谅老同志的担心,最好如数退钱,利息算作个人集资的风险损失。如马上退不了钱,就重新签协议,明确拿以后建好的商品房来变现。我还问:今天来了,不能空手回去,有什么能拿走的东西吗?债务人说,现在最值钱的只剩一辆旧款奔驰车了。我判断,债权人肯定不仅仅我们一家,再晚些说不准连这旧车也给顶债去了。于是毫不迟疑地说,也行,我们就先把车开回广州去,你如果近期有钱就来取车。交车钥匙那会儿看得出来,老板还是挺心疼的。后来听说这车拿去修理又花了些钱,好像有点得不偿失,那是后话了。

悟之得

　　新官理旧事,往往是费力不讨好,结果也难以预料。如果有"功利心",或者患得患失,就不会诚心诚意去解决别人留下的"老问题"。这是对现任"负责人"的试金石,我们不是新闻记者,不能"喜新厌旧",如果只举新债而不理旧账,这"负责"的成色就不足了。

疾行记

"国忠"之终

谁都没料到,一个鲜活的生命戛然而止,国忠永远走了。

1997年,根据中国残联党组"推荐残疾人后备干部到残联各级岗位"的要求,组联部主任王印朝同志建议,由广州市推荐一位优秀残疾人干部到省残联机关工作。市残联党组经过慎重考虑,推荐了荔湾区残联理事长潘国忠,他是全国优秀残疾人工作者,中残联举办的首期残疾人干部培训班学员。

潘国忠到省残联后,担任组织人事部部长。他大局意识强,业务熟悉,经验丰富,作风朴实干练,工作任劳任怨。我记得1999年12月8日,在省残联工作会议上,国忠根据党组、理事会的部署做了专题发言:

"2000年组织人事部的工作是围绕党组、理事会的工作目标,以加强组织建设为中心,以基层乡镇残联组织建设工作为重点,以抓好干部队伍培训为手段,以全面提高干部队伍素质为目的,继续加大工作力度。具体说,一是继续抓好市级残联的升格,没有完成任务的还有8个地市,要争取在两个月内完成升格任务。二是要完善乡镇(街道)残联的组织建设。未完成配备乡镇(街道)残联理事长或专职干部的县(市、区)要在年底加把劲,确保在明年3月份内全部完成;上述已配备的要达到以下几个要求:1. 要有镇(街道)政府的任命批文。2. 所配的专职干部要以残联工作为主。3. 要完善乡镇(街道)

"三位一体"建设,统一挂上"镇残疾人联合会""镇残疾人服务社""镇志愿者联络站"的牌子。4. 要尽快举办专职干部上岗培训班,让专干熟悉各项工作任务。三是加强信访工作,将矛盾解决在基层,及时化解残疾人集体上访问题。四是加强法制建设。明年各市要继续争取地方人大的支持,对市(县区)残疾人工作进行执法检查,加快各项主要工作立法。争取当地领导支持,把残疾人工作业务纳入政府行为。"

从老潘的发言可以看出,上述对他的评价是客观中肯的。

2000年3月10日,中国残联评议会主任吴庆彤带领调研组一行到穗考察残疾人扶贫解困工作,国忠参加了接待工作。两天后下午3时左右,在文德南大楼的停车场碰到国忠,我说:"晚上要请外地残联的同志吃饭,你一起参加吧。"只见国忠捂住腹部说:"今天不知为什么,总觉得胃很不舒服。"我这时才注意到他的脸色灰暗,"那晚上你就不要去了,赶紧到医院看看吧!"国忠身体一直很好,我当时并没有感觉到他身体有大毛病。

优秀残疾人干部潘国忠(左二)慰问贫困残疾人(1998年10月)

疾行记

　　12日晚上10时许,我接到老潘妻子的电话,说国忠已经住进了大德路的省中医院,初步诊断是心脏问题。我随即嘱咐副理事长谢禧乐,当晚就前去看望并了解病情。深夜接禧乐电话,告没有新的情况。第二天早晨,我已经离穗到外地工作了。路上,我用手机问候国忠,他告诉我,不是胃病是心脏的事,从声音里除感觉人挺疲劳,没有听出来有明显异常,我原本的担心也放了下来。但是怎么也没料到,第二天上午10时半左右,在医生查房询问时,国忠突发大面积心梗,经一个多小时的紧张抢救,还是无法挽留住国忠的生命。事后,院方说住院期间这种突发情况十分罕见。

　　国忠刚到不惑之年,走得太早了,这是我们事业的一大损失。要知道,培养一个成熟顶用的残疾人干部谈何容易啊!这也成了我心里长久抹不去的痛。

　　2000年6月上旬,我准备到北京工作报到了。临行前,心里总感觉有事放不下,让黄司机载我到国忠女儿小张的学校看看。11时许,到学校大门口时见成群的学生涌了出来,已经放学了。

　　我有点失望,只好让车在学校附近的马路上转一圈。突然,见前方约30米处蹲着一女学生,我觉得应该过去看一下,不料竟然是小张!她脸色煞白,双手捂着肚子,表情十分痛苦。我赶紧扶孩子上车,径直送到了荔湾区人民医院。唉,我心里想,这真是冥冥之中的安排啊。

　　连续几年的春节,回穗后我都约她们母女俩在半溪酒家喝茶,了解询问她们的具体难处。国忠的妻子小周告诉我,一下子没有了丈夫的那份收入,家里的困难大多了,她已经将新分配的住房出租,来补贴女儿生活的经济来源。小周的身体一直不好,已经多年没有工作了。

在广州市残联同志的关心下,她被安排到了所属的事业单位工作。经过一段时间后,在周围同事的关心照顾下,她虚弱的身体也渐渐好了起来。

悟之得

积劳、积忧成疾,在公职人员队伍中很普遍,这现象要科学地回答并不容易,但有一点可以肯定,大多数同志是勤勉努力的。这仅仅是看到的一面。

另一面还要看到,无论是优秀的还是差劲的事例,媒体传播正能量的"量"不足,"娱乐至死""损人利己"的"趣闻"充斥社交网络平台,利益主体的多元折射出价值观多重性,导致成年人的"灰色心态"、青年人的"懵懂"期太长,这又是潜在的危机啊。

事业"情"缘

1998年9月21日~30日,根据中国残联的统一部署,教育就业部副主任田斌担任赴广东调研组组长,带领中国残联系统等7位同志,连同省残联领导及工作人员共12人分6个小组,分赴广州、佛山、汕头、潮州、韶关、肇庆、云浮、河源、梅州、中山、江门等十一个市进行调研督导。领队田斌同志还不到五十岁,正值壮年,精力充沛。工作组同志通过深入调研,了解了很多基层残疾人工作情况。

9月29日下午,省政府副秘书长周炳南听取了调研组的汇报,座谈会后一起共进晚餐。中残联的同志回顾这次的"广东行",都动了感情,为感谢省委、省政府对残疾人事业的支持,田斌向在座的省领导及厅局同志一一致谢。由于南方天气炎热,加上连日奔波,老田当晚就感到身体不适,赶紧送去了医院,翌日休息了半天才缓过劲儿来。

省残联的"三讲"教育活动,在党组和社后同志的主持下,在驻会巡视组的悉心指导下,整体是很圆满的。从1999年6月24日上午在省委礼堂召开动员大会开始,到2000年3月24日省残联"三讲"教育"回头看"活动总结大会为止,历时9个月。党组书记林社后同志和省高院副院长、巡视组组长肖万侯同志把主要精力放在抓"三讲"工作上。我没有因为到省残联时间短、又是行政负责人就置身事外,自始至终坚持做到认真学习、严格对照和严肃整改。

我到省残联之前,一些"强力"部门经常收到告状信,甚至有时这些部门还成了"被告",都忌讳与省残联打交道,持敬而远之的态度。可少了这些部门的支持怎么活啊?我花了许多精力去做理顺外部关系和内部情绪的工作,而且着力从根子上疏导化解一些突出矛盾。一段时间后,产生了明显的转圜。2000年1月,在全省"三讲"教育暨组织工作会议午间就餐时,组织部领导同志走过来说,新宪,感谢啊!这段时间平静了,真不容易!

春节前夕,省残联机关食堂聚餐,大家高声说笑,气氛很轻松、热闹。有的同志情绪亢奋,很快就进入了"豪言壮语"的阶段。社后见有同志频频来劝酒,就很体谅地说,新宪的腿不方便,少喝些好,意思到就行了,来吧,我代替喝一点!的确是这样,同志之间彼此了解熟悉了,自然就有了真情实感,机关里的气氛也更活跃、更融洽了。

我和社后都很关心机关青年人的成长。

一天，我接到了组织部党政干部处的电话通知：省委组织部近期要公派一批厅级干部去美国学习，课程是城市公共管理，学制为一年，条件是45岁以下。电话里还说，你和林圣德都符合条件，但名额有限，只能安排1个，这是一次难得的机会。我没多加思考，就向社后建议报圣德外派学习。我当时说，眼下有许多重要事情正在推进中，中间不能耽搁，我实在是走不开。再说圣德比我年轻，学习能力强，况且出门在外健全人也更方便些。当然，班子人少了工作量会大些，我们几个同志辛苦一阵子也就克服过去了。

报名经组织部批准后，圣德在广州外语外贸大学培训了一段时间，主要是强化提高外语能力。出国前，班子的同志一起在机关食堂为圣德送行，衷心预祝他在国外学习顺利。

茫茫人海，是事业之缘，让大家聚到了一起。

悟之得

我们这支队伍的同志，来自四面八方，不断有进有出，这是组织成长和事业发展的常态。

组织的凝聚力、战斗力，来自它的成员对理想的坚定和追求。同时，经常感受到组织的信任、帮助，才会有归属感、安全感，他们才可能为组织的预定目标"竭尽全力"。

送"战友"

2000年4月，在广州召开了全国残联宣传工作会议。期间，郭建模理事长与副省长、省残联主席欧广源同志见面，将朴方同志和中国残联党组的意见做了沟通，意向是将我调到中国残联工作。

随后，中组部两位同志来粤，对我进行任前考察。他们的作风深入细致，在几天时间里，分别找了多位分管过残联工作的省市领导了解情况、征求意见。在这段时间的工作交谈中，社后对我说："新宪，你来省里快两年了，我们相处得很好，最好是留下吧。"此时，我很理解老林的想法，这就是广东人常说的"做生不如做熟"啊。不过这时候，组织的调动已经进入实质性程序了。

在广东工作期间，广源副省长、炳南副秘书长对我的理解、帮助和支持，情同兄长，令人难以忘怀。

为了加快步伐使工作落到实处，我隔三岔五就跑省政府，办公楼值班室的同志也熟悉了，见我就会主动说："要等啊，领导在开会哪！""领导出去了，一时半会儿回不来。"欧副省长对炳南同志说，新宪什么时候来，再忙我们也要见，还要特事特办。广东改革开放走在前面，来自各方面的要求也高，对省财政的压力自然就大。广源同志很理解残联的难处，每年都从他很有限的"省长基金"里，挤出些钱来帮助我们，比如1999年、2000年和2001年县级服务设施建设的补贴款，大部分就是从这里面解决的。

从下面广东省"基础设施建设投资计划表",我们可以看到,国家对地方残疾人事业是很照顾的,因为当年基本建设投资体制是"一级管一级",极少直接对应县一级。且当时处于改革开放早期,国家要顾及方方面面,财政来源是很紧张的。据此,中国残联的指导思想是,从国情实际出发,第一步先解决"有个窝歇脚"的问题。县级基础设施面积在300~500平方米以内,每个县补贴额度为:西部12万元、中部10万元、东部8万元。按这标准,广东自然只能是最低一档的"待遇"了。但别小看这"8万元",它可是"关键少数",因为来自北京就具有"指令性"计划的意义,它的作用相当于国家立项批文,凭借这个支点撬动了市、县残疾人服务设施建设的全面展开。

广东省 单位:万元

日期	项目名称	建设规模（平方米）	总投资 合计	其中国家投资
1998年	乳源瑶族自治县	500	50	8
	怀集县	500	50	8
	梅县	500	50	8
	龙川县	500	50	8
	连平县	500	50	8
	阳山县	500	50	8
合计		3000	300	48
1999年	仁化县	500	50	8
	和平县	500	50	8
	蕉岭县	500	50	8
	连南瑶族自治县	500	50	8
合计		2000	200	32

疾行记

续表

日期	项目名称	建设规模（平方米）	总投资 合计	其中国家投资
2000年	平远县	500	50	8
	连山壮族自治县	500	50	8
	惠来县	500	50	8
	东源县	500	50	8
	郁南县	500	50	8
	揭西县	500	50	8
	阳西县	500	50	8
	合计	3500	350	56
2001年	陆河县	500	50	8
	合计	500	50	8
总计	项目合计：18（县）	9000	900	144

周炳南副秘书长祖籍广东开平，有1.8米高的个子，广东人里这样的"高级（高个子）领导"并不多见。2001年12月，我陪同朴方主席到广东考察工作。一天上午，省残联领导同志作工作汇报，在谈到组织建设情况时，提到了某市残联的单列问题。当时的情况是，市残联与市民政局合署办公，人员编制靠民政局内部调整解决。朴方听后说，残联的同志如果有困难，我可以到当地看看。

炳南同志对工作细心负责，善于做沟通协调工作。他立刻打电话给市委领导：希望你们从发展残疾人事业的大局出发，经济发达地区更有条件走在前面，尽早把遗留问题解决好，不要让朴方同志再操心啦！午饭时分，炳南向朴方报告，当地主要领导同志很重视，明确表态要把残联单列出来，一定让残疾人工作走在全省前面。朴方听罢，十分高兴地说：哦，那我来的这一趟就值啦！

再回到前面说的。考察组回京后不久，我就接到通知，要到北京报到了。在临行前，欧广源副省长、周炳南副秘书长放下手里繁忙的工作，专程到省残联机关送行。在欢送会上，省领导充分肯定省残联领导班子的团结、务实和高效，表扬了我到省工作后所做出的努力。

在大家的欢快掌声中，广源同志手持麦克风，声情并茂地唱了一首《驼铃》：路漫漫，雾茫茫，革命生涯常分手，一样分别两样情。战友啊战友，亲爱的兄弟，任重道远多艰辛……这情真意切、北谱南韵的歌声，令大家感动不已。

"省长这么忙还来送行鼓励，实在过意不去啊！"这是我当时那感激又忐忑的心情。

悟之得

基层干部不是都想要一般的表扬，更多的是冀望上级知道：自己做了什么工作，曾经有过什么难处，最后有什么成果。这是"人之常情"的政绩观。同样，领导能够体察下情，给予公道评价，俗话"士为知己者死"，下面的执行力就会事半功倍。

想再说几句话

从1998年8月算起，到2000年6月离任，我在省里工作了二十二个月。目前为止，省残联先后主要领导同志有文焕新、方瑞麟、梁炳林、林社后、王新宪、郭德勤、宋卓平、张永安等，班子成员有聂洪涛、陈海燕、杜勤斌、林圣德、钟龙坤、孙俊明、叶丽容、李敏、柯木夫等。

人们常说，历史既不能假设，更不能复制。回看广东残疾人事业发展的历程，每个阶段都留有它清晰的烙印，表现出许多自身的特点。

省残联机关和直属单位的同志，大多数是勤勉敬业的，他们对残疾人事业有感情、有追求，在当时的条件下，克服了很多困难，做了大量卓有成效的工作。我一直都是这么看，残疾人工作虽然辛苦，困难也多，却很能锻炼人的斗志和韧劲，对个人来说，这种"环境"也是可遇不可求的。毋庸讳言，人在这样的工作环境中，面对"最困难"的群体，不如人意的事情处处可见，要善于自我排解情绪，始终保持乐观豁达的态度、知难而进的精神，有这样健康的心态才能做好工作。

就个人而言，组织的选择既有客观性也有局限性，其实，局限性也是客观性的另一种表现形式。人的任何社会交往活动都有它的盲区，要不怎么会有"相对真理"呢。有些同志由于种种原因，没有实现自己的预期，甚至走了弯路。回到他们初上任之时，没有谁不想做好工作的，走到这担责的职位，不是一蹴而就的事。这里有组织多年的培养教育，个人在实践中的努力奋斗，长期历练得来的宝贵经验。可人又恰恰是忘性大，意识不到一旦走上新岗位，就不是"原来的自己"了，也不是原来的环境了，更不是原来的要求了，如果还是"一如既往"，那等在那儿的可能就是"半途夭折"的宿命了。

真正的责任心、使命感，要体现在不失时机地把事情办对了，而且把事办成了。同时更要明白，个人能力再强，也离不开这六个"靠"字：当好主官，靠德才。作为领导班子的"一班之长"，具备的"德与才"应该是正方形的，哪面短了都是硬伤。专业经验，靠行家。阅历再丰富，也不可能是"全能"干部，一般性的经验，替代不了专业知识。凝聚人心，靠表率。干部群众的沉默，并不意味着认可，而是在内心评价中研判你的言行。决策判断，靠班子。在正常情况下，班子集体的决策过程就是分辨真伪、纠正误判的过程。情况不明，靠调查。"真实"的掌握唯有通过调查研究的途径，性情中人更要有这份清醒的"自觉"。经受诱惑，靠慎独。监督下的自觉，如同摄像头下的表现，许多人倒在了灰色地带，因为他们的"安全观"也是有盲区的。

可能说多了，如果年轻的同志觉得有一点同感或启发，我的心愿就达到了。

悟之得

不管是集体的失误，还是源自个人的差错，事后如果能让旁人感悟、警醒，吸取其教训而不再重蹈覆辙，想必也是最高"含金量"的收益。我不知道，如果把这放在经济学里，应该算是"价值"呢，还是"使用价值"。

外 篇

  在夹叙夹议中，理论思考和实践感悟，成了这辑自选文稿的特点。"外篇"是对上、下篇不同角度的补充，也因它们本来就"独立成章"，故置于"外"以区别之。

为《残疾人事业理论研究丛书》作序

按照世界卫生组织的标准,地球村现在生活着五亿多残疾人,占世界人口的10%以上,直接影响着近二十亿家庭人口,分量之重不言而喻。我们知道,相对于工人运动、妇女运动来说,残疾人运动至少晚了一百多年,但这并不影响它成为世界历史进程的重要部分。当我们有幸置身其中时,不应是随波逐流,而应是通过考察社会历史现象,在新的实践认识基础上,探求反映残疾人运动内在规律的思想理论,总结过去思考未来,是残疾人工作者应有的责任。

残疾人理论的本质是关于人的价值、人的解放和人的发展。研究对象是残疾人存在、残疾人权利、残疾人保障、残疾人事业等,进而阐明如何摆脱基于社会环境、生活条件、自身残疾所造成的非人状态,恢复生命的高度和精神自由。残疾人理论的一般特征,具有综合性、实践性、公益性、伦理性、协同性和专业性。

残疾人理论的基本范畴，跨越了人道主义思想、现代文明社会残疾人观、国情下的制度安排、道路模式的选择、哲学精神、励志文化、人权理论、反歧视理论等领域，当然，如果将层次扩展开来，可以延伸到包括残疾人相关专业技术的学科理论，研究对象涵盖残疾康复治理和特殊服务等等问题。

无论是一般理论还是专业理论，探索的道路都是艰辛的，义无反顾的人并不太多，尤其在社会上乐于把"严肃"功利化、娱乐化的风气下，做学问搞研究要守得住底线、耐得住寂寞、经得起诱惑，实属不易。要不然，我们从小小书店到大大书城，关于残疾人方面的书籍，就不会是凤毛麟角、难以寻觅。

从事残疾人工作的同志，无论领导层、管理层、还是技术层，如果不了解残疾人问题的特殊与一般、差别与联系，就如同"不识庐山真面目"。客观地说，任何人都有自身的局限性，实际生活中不可能让你每件事都亲自"实践"一番，或者去涉猎全部相关学科和领域，没有这样的"全能冠军"。那么，解决之道就是要拜能者为师，重视他人在实践中获得的经验和成果。当然，这方面的学习还少不了刻苦的精气神。有意思的是，汉语中"勉强"一词在日语中是"学习"的意思，我以为是很贴切的，要咽下学习艰苦的果子，有时真要"勉强"自己，特别是刚入行的同志，当其是苦口良药，以"补"先天不足，即使是偶尔得之，亦会有所裨益。

我要肯定作者的勤奋钻研精神。梁左宜、符大伟、李林、郁万春四位作者，既有长期从事残疾人工作的综合管理经验，也有专攻脑瘫、自闭症康复的研究、教学经验，他们耗用许多时间和精力编撰该丛书，朴素的心愿是与大家分享其中的心思、心路和心得。现代社会人们很重视自己的"私人空间",下班后就是自己"闲暇""减压"的时间,这是无可厚非的,也是劳动力再生产的需要啊。但同时也有这样的同志,深谙人的最大差别在于业余时间的道理,常年注意梳理提炼过去的经验、钻研求解面临的难题,思考未来的方向,这是自觉、进取的生活态度。确实,海量信息的存在与自身的获得没有必然的联系,其中的桥梁是"勤奋"和"善用"。

总之,希望看到更多的有志者,用他们孜孜不倦的探索精神,点燃芸芸众生的理性之光,去照耀人民事业的前程!

2015 年 10 月

残疾人居家服务之我见

目前,家庭服务业的重要性进入了大家关注的视野,而残疾人居家服务是家庭服务业中的重点和难点,我们要按照习近平总书记对残疾人工作的要求,去"格外关注、格外关心"这个残疾人民生大问题。2015 年 8 月至 10 月间,我到北京房山区、广东江门市和山西太原市、运城市进行调研,围绕残疾人居家服务的内容、居家服务遇到的困难、要采取的对策和措施等问题,实地考察了残疾人居家服务项目,与残疾人及家属交流,听取了当地政府、社会保障、民政、财政、卫生和残联等部门及家政服务机构的意见。

一、残疾人及其亲属对居家服务需求的紧迫性

我国有 2500 多万重度残疾人,由于自身和外部条件的原因,他们

疾行记

一生基本上要在家里度过，其困难和痛苦是常人难以想象的。以北京市为例，全市有重度残疾人共计16.7万人，其中0—16岁重度残疾人3300人，劳动年龄段失业、无稳定收入的重度残疾人7万人，60岁以上重度残疾人6.2万人，这部分重度残疾人及家庭有迫切的养护服务需求。

残疾人居家服务，是以残疾人家庭为基础，根据残疾人类别的不同需求，以解决家庭起居困难、改善生活条件、提高生命质量为目的服务。残疾人居家服务，是在政府和专业部门的指导下，以社区为基本工作平台，以残疾人社会保障制度为依托，以财政支持、社会自愿组织和专业队伍为资源，为残疾人提供差别化、人性化的基本公共服务。残疾人居家服务主要内容包括：保洁清理、生活照料、自理能力辅导、康复护理、监护服药、陪同出行、精神慰藉、心理疏导、无障碍改造和文娱活动等等。

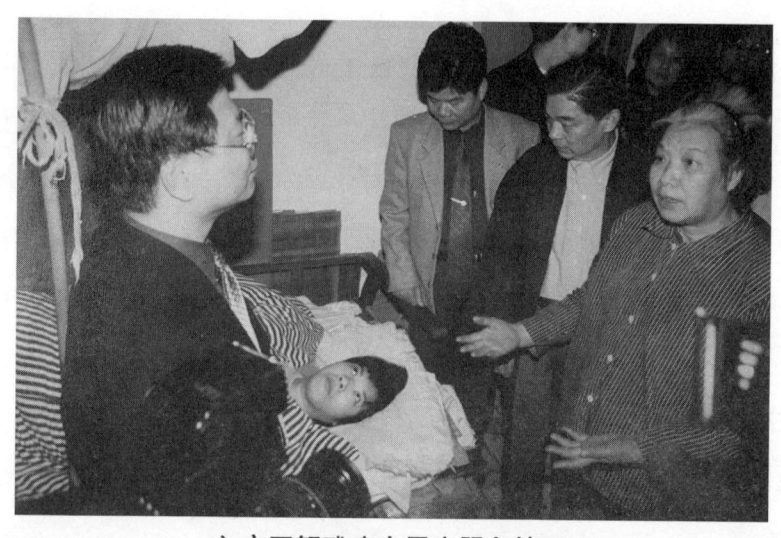

入户了解残疾人居家服务情况

做好残疾人居家服务，对残疾人来说不是锦上添花，而是雪中送炭，它关乎全过程解决残疾人生活起居方面的特殊需求，有着特别重要的意义：一是解决困难群体生存底线的需求，是兜底民生的体现，是将残疾人为本理念落实到精准扶残助残措施中，加快残疾人小康进程的重要举措；二是落实党的"十八大"提出的"健全残疾人社会保障体系和服务体系"的必然要求；三是倡导人道主义精神，构建和谐社会、推动社会文明进步，践行社会主义核心价值观的生动体现；四是促进、帮助残疾人回归社会，实现全面发展的前提；五是减少残疾人家庭生活中二次损伤，维护残疾人生命健康权、康复服务权的重要途径；六是从残疾人工作领域看，居家服务涉及社区延伸服务、福利保障类别化以及通过互联网技术推动服务理念、方法创新等，是有待开发的工作"处女地"。

近些年来，在政府和残联等有关部门共同努力下，残疾人居家服务工作逐步展开，如北京、广东和山西等地的一些大、中城市，按照"以政策保障为主导、以项目推动为抓手"的思路开展残疾人居家服务工作，受到了残疾人及亲属的欢迎，其实践经验具有借鉴意义。

（一）政府主导、政策引导，构建制度保障机制。以"助残券"制度推动居家服务，北京市出台了市民居家养老（助残）服务"九养"办法，为16—59周岁无工作重度残疾人和60—79周岁重度残疾人，每人每月发放100元养老助残券，残疾人可凭助残券购买基本的养护照料及家政服务。《北京市残疾人护理补贴暂行办法》规定，对残疾等级为一、二级的视力、肢体残疾人，残疾等级为一、二、三级的智力、精神残疾人和残疾等级为一、二级的听力、言语残疾人中的多重残疾人，每人每月予以300元或100元的护理补贴。目前全市有17.3万残疾人享受护理补贴，年支出资金约为3亿元。

江门市 2011 年出台了《阳光家园计划——江门市智力、精神和重度残疾人托养服务实施方案》，重点发展居家照料服务，包括生活照护、自理能力训练、职业技能训练和社区日间托养服务，近两年为残疾人提供居家康复服务 3600 多人（次）。

（二）通过政府购买服务方式引导社会力量参与。为探索残疾人居家服务的新模式，江门市从 2009 年开始推动残疾人"四居"服务常态化，通过政策扶持、搭建服务平台、购买社会组织服务等，为残疾人提供居家康复、居家养护、居家无障碍改造和居家职业训练等，服务已达 5000 多人（次）。北京市部分区县在残疾人居家服务工作中进行了有益尝试。2014 年，海淀区通过购买服务方式开展了居家康复服务，300 余重度肢体残疾人免费享受到了居家康复服务。东城区、西城区、朝阳区等区县的部分街道（乡镇），与家政公司签约，为老残一体、孤寡家庭、生活困难且不能自理的重度残疾人，免费提供打扫卫生、洗衣做饭、换煤气等居家护理服务，服务内容根据残疾人需求不断扩大。太原市华夏残疾人创业就业服务中心，是重度残疾兄妹俩创办的公益机构，经过专业技能的培训，许多残疾人走上了"家政服务员"的岗位，他们以对病患伤残"感同身受"的独特优势，获得了所服务家庭的认可和好评。

（三）引入竞争机制，择优选择服务机构。江门市新会区、台山、开平、恩平等市将"四居"服务项目向社会公开招标，实行期中、期末评估制度，由社工委、社会事务局、财政局、残联和街道等组成评估小组，以现场查阅资料、电话调查等方式，对项目组织运营、机构规范、财务管理、服务管理和满意度等进行评估，有效地监督项目实施情况。2015 年，北京市首次通过政府购买服务方式，在西城、石景山、房山三个区县开展居家服务项目试点工作，按照每月100元的标准，为1906户享受低保的"一户多残"、"老残一体"、重度残疾、失独等困难残疾人家庭提供了包含家政保洁、生活照料、能力培训、康复护理、陪同外出、精神慰藉等居家服务。

二、残疾人居家服务工作存在的困难与对策

目前，残疾人居家服务存在许多亟待在实践中探索、解决的问题。

部分残疾人存有顾虑，对居家服务"欲迎又拒"。居家服务进入残疾人家庭往往遇到"入户难"问题，有的残疾人或家庭不愿意接受"家里服务"，要求将服务变现为现金补贴。有的对服务人员存有排斥心理，尤其是智力、精神残疾人，普遍存在家庭环境差、自卑心理重的状况，导致难以进入家庭服务。究其主要原因，是部分残疾人收入水平低，依然把温饱放在首位，同时长期脱离社会交往，形成了封闭型的"拒外"心态。

专业服务机构和专业人员匮乏，社会服务组织对残疾人居家服务接纳度低。地方在购买居家服务前期工作中，参与招投标的家政服务公司及社会组织不踊跃。据统计，北京市残联认定的2015年社会组织129家，仅有1家可以提供居家服务，且全市家政公司及社会组织中，能为残疾人服务的专业人员十分匮乏，针对残疾人特性化需求的家庭康复训练、能力培训、精神慰藉等服务项目难以提供。

居家服务资源有待整合优化。残疾人由于身体局限，难以通过参与社会生活获得更多的服务。针对此情况，各部门开展了多种居家服务项目，残疾人在接受居家服务时，常遇到重复服务或内容不连贯等问题。这需要有关部门牵头，统筹资源、多方协作，将涵盖家政保洁、

康复护理、能力训练、文化娱乐、心理咨询、陪同外出等各种居家服务项目系统整合，实现公共产品和社会服务的居家化。

切实保障重度残疾人用于接受居家服务的必要支出。要认真贯彻国务院对残疾人实行"两项补贴"的要求，对居家服务进行职业康复、就业技能训练，家庭式分散就业的残疾人，生活有困难的给予残疾人就业保障金的救济补贴。

充分发挥社会、市场资源效力，培育适应残疾人需求的服务机构和专业队伍。要积极扶持家政公司、社会组织和社工组织开展残疾人居家服务，当地政府对这些服务单位要给予实实在在的支持，包括降低公益类组织登记准入条件、创业期启动资金的补贴、小额贷款贴息、税收减免优惠等。要鼓励社会专业组织、志愿者等参与居家服务，并通过制定行业服务的指导标准、培养业务骨干等措施，努力提高残疾人居家服务质量。

《中国残疾人》2016年第4期（有删节）

进展与缺陷
——广州市伤残青年问卷调查浅析

"桥梁"和"纽带"得到肯定

市残联及各级组织组建短短几年，通过为残疾人做好事办实事等大量工作，起到沟通、联系政府、社会、残疾人的桥梁和纽带作用。调查表明，认为残联、伤残青年协会近年来的工作对自己"很有帮助"的占29.3%，"有帮助"的49.4%，"帮助不大"的只占18.6%，不表态的2.7%。觉得残疾人组织举办的活动是"丰富"的18.3%，"一般"的44.9%，"太多"的1.9%，"太少"的28.5%，不表态6.4%。伤残青年协会推行面向全市残疾青年的"伤青培训计划"，免费培训无线电维修、打字、财务、车缝等职业技能，对此认为"有用"的占74.9%，"不足够、还应增加项目"的13.3%，不表态的5%，认为"无用"的占6.8%。

残疾青年们对"你遇到难题通常先找哪一个"的问题，选择的顺序依次是：1. 自己想办法；2. 找残联、伤残青年协会；3. 找父母；4. 朋友；5. 单位领导；6. 街道办事处。上述排列比较客观地反映了各级残联在残疾人心目中的地位。面对难题，残疾青年首选"自己想办法"，一方面表达了接受调查者自立自强的人生态度和某些实际情况，另一方面也说明在给予残疾人更多的关心和更切实的扶助方面，残联和社会还有大量工作可做。

就业，进展中的"滞后"

5年来，市、区、街和郊县大力贯彻执行《残疾人保障法》规定的集中与分散相结合、多种形式安置残疾人就业的方针，残联成立初期，残疾人迫切要求就业的情形转为残疾人与用工单位之间的"双向选择"，但是，由于历史的原因和生产力水平的限制，不少残疾人的就业和劳动收入仍滞后于社会经济发展水平。

接受调查者中，待业无收入的占18.3%（因系问卷调查，难以测定受访者劳动能力,故不同于"有劳动能力残疾人就业率"的统计),月收入 200 元以下占 50.2%,201—300 元占 24%,301—500 元占 5.3%,501—600 元占 1.1%,800 元以上占 0.7%,答案不详的 0.4%。求职方面认为要挑选好的工种和待遇才做的占 39.3%,马马虎虎、合适就干下去的 35.3%,而急切希望就业不论报酬高低的仅占 25.4%。

按照素质、能力划分,广州市残疾青年大致可分为四个档次:一是部分优秀人才已进入社会佼佼者之列,如有的曾名列广州十大杰出青年之首,担任厂长、经理及有一技之长者也大有人在。二是工作能力较强的人经济收入不亚于同行业同等工种的健全职工。三是有劳动能力但囿于身体条件限制,只能进入经济效益、福利待遇和保障程度较低的单位,或在上岗竞争中容易成为"优化组合"的劣汰者而面临第二次就业问题。四是残疾程度严重(如双下肢残疾、弱智等)不能适应正常工作的人就业的需求最为迫切。

我们认为,目前这方面的工作重点,应通过舆论及各种活动方式,大力宣传第一、二种人中的典型,激励残疾青年自立自强精神和社会责任感。对第三种人要从文化、职业技能方面切实有效地加以培训提高。对企业确实难以接纳的重度残疾特别是智商低下者,政府和社会应通过举办"工疗站"、"庇护工场"加以安排。

另外,有必要针对部分残疾人特定的心态加以教育引导。《广州市保障残疾人劳动就业规定》公布实施后,各企事业单位都要照章按在职人数千分之七安排残疾人。个别残疾人据此认为现在就业可以有更多挑挑拣拣的机会。找到某单位,发现某岗位适合自己,就一定要这个单位接纳。事实上,残疾人既可选择单位,单位也有权选用适合本单位岗位的残疾人,条件一时不具备的还可选择不安排就业而缴纳就业基金的办法。因此，抱有靠法规政策硬性安排就业的想法是不切实际的。对残疾人来讲，会因待业者对自身估计过高而贻误就业机会。

脆弱的承受力

一个值得注意的现象是，接受调查者中，担心社会、单位的改革措施使其得不到保障的竟占69.2%，不担心的仅占24.3%，未表态的占6.5%。90%以上的人认为残疾青年面对的主要难题是：找对象难、农村配偶入户本市难、子女入托入学费用太高。残疾人在家里"得到尊重或保护"与"平等"的占96%，受歧视仅占4%。但认为在单位得到优惠的则只有13%，认为有歧视的却达47.5%。尽管有些问题可以见仁见智，但上述数据也反映出一些不容忽视的问题。

取得经济收入以支付温饱乃至小康以上程度的生活开支，是残疾人自立并确立在人生、家庭、社会上地位的重要因素。对于改革开放，残疾人是拥护并得到切身实惠的。当前不少残疾人所服务的企业，包括福利企业同样要面对市场竞争和转换机制问题，这是势在必行的。但正如某些理论家指出：市场经济总是存在向强者倾斜的趋势，"马太效应"不容忽视。我们越强调改革、竞争，就越要重视社会保障的问题。目前不少福利企业根据自身实际，把"优化组合"改为"合理组合"，提出"治懒不治残"的改革劳动用工分配制度原则，是很有道理的。而某些单位或部门在新的改革措施出台时，或因思想政治工作跟不上，或各种因素考虑欠周而出现"一刀切"，承包后残疾人被要求大量加班加点或被随便解雇，使处于弱者地位的残疾人的合法权益受损害。这不利于社会安定团结，归根到底也不利于进一步改革开放。

广州市不少男性残疾青年，由于可以理解的原因与来自农村的女性结婚。因妻子无本市户口和待业证，难以找到收入较丰较有保障的工作，而子女由于同样原因在入托入学时须缴纳较高的费用。最近有关部门规定，向批准迁入市区户口的人员收取"城市基础设施增容费"。这从市政建设的角度来说是必要的，但对于残疾青年（调查显示有74%的人月收入在300元以下）而言，妻子及一个子女"农转非"便至少要增加开支7000元，这对他们是一个沉重的负担。调查中这方面的反应强烈，残疾人希望政府能给予减免。

住房，最小和最大的祈望

调查显示，残疾青年家庭人均居住面积2平方米以下的占16.4%（还有个别大青年等房结婚），5平方米以下的占33.6%，8平方米以下的占16.8%，10平方米以下的占9%，10平方米以上的占24.2%。广州市残疾青年的居住环境远未达宽裕程度，前三项合计占66.8%，前四项相加则高达75.8%。考虑到不少残疾青年须使用轮椅代步的实际状况，对卫生间、通道和停放交通工具处的面积要求都较一般人为大，如有关部门能把市区残疾人家庭居住面积达到8—10平方米列入今后若干年解困目标，在政府财力许可时逐步加以解决，则残疾人居住状况可望有较大改善，在追赶亚洲"四小龙"的历史性超越中可与健全人分享社会文明进步的成果。

王新宪、梁左宜，《穗声》，1989年第6期

提高理事会工作效率

改善运作方式，提高理事会工作效率，在残疾人事业"九五"计划开始实施之际，显得更为重要。

理事会的工作效率主要体现在三个方面：

1. 速度。理事会能以最快速度完成组织、指挥、协调、传递、控制等工作，完成预定的工作目标和任务。

2. 效果。通过实现服务和管理的目标所产生的最佳综合效益。

3. 准确性。用主要的精力和时间，实施正确的程序和方法，解决带有全局性、战略性的问题或工作中的主要矛盾。

提高理事会工作效率，可以通过下面一些途径：

一、分工

理事会要有好的分工，必须客观地考虑以下因素：1. 专业知识水平；2. 对将要分管工作的熟悉程度；3. 对工作的兴趣程度；4. 部门领导和成员对本人的感情接受程度；5. 分管部门与外部业务密切单位的关系状况。

如果以每项因素20分的话，占60分以上为基本合理的分工。分工合理的好处在于：付出为熟悉工作的时间最少；对工作的兴趣会转化成工作的动力；具有专业知识和经验，能掌握分管工作的客观规律性并给予科学指导；被领导的部门和成员有信赖感。

二、议事

办公会议是理事会最重要的工作形式之一,要使会议达到预期效果,必须严格议事规则。

1. 选择议题。讨论的问题必须属于理事会的工作范围;需要立即解决的重要问题;对问题的相关情况已有比较充分的了解;理事会多数成员同意列为本次会议的议事日程。

2. "安民告示"。开会以前,根据议题的性质、复杂程度确定时间提前量通知与会人员,让大家有较充分的准备时间。这是体现民主作风、提高会议质量,遵守"同一起跑线"游戏规则所要求的。

3. 形成决议。要按确定的议题讨论研究,不要随意临时动议。意见一致的议题要形成决议,同时做好会议纪要。其重要性是:使决议表述更清晰,防止不严谨的口头阐述造成误解,并在会后起督办作用。

高质量的理事长办公会议可以起到如下作用:

一是能充分运用与会者的经验和专业知识,使其成为理事会领导的智力延伸。一般来说,集体做出的判断比个人的决断更接近客观实际。

二是帮助理事会做出正确的集中,防止因权力过于集中造成个别领导滥用职权、个人专断带来的决策失误。集体认真审议和讨论是最好的事前监督。

三是及时解决各部(处)和基层单位的重大问题,协调各方行动,及时调解部门间的矛盾冲突,使残联整体协调运作。

四是兑现各方面的合理利益和要求,使残联组织更统一、团结,形成内部合力,发挥整体优势。

五是听取下级对问题的分析推理过程，他们的新观念、新观点，可以触发领导的思维"火花"。

六是中层干部参与讨论超出自己业务范围和工作层次的议题，可以开阔眼界，增加信息量，丰富理性思维素材，使他们有机会发挥处理更高层次问题的潜能。

三、管理

基层残联是一支完整的队伍，要使这支队伍的成员团结、高效地工作，必须努力使他们具有共同的需要、价值观、抱负、目标和期望，"参予管理"的领导方式则是实现上述目标的途径。

密执安大学伦西斯·利克特教授等人的长期研究结果认为，领导管理方式大体分为四种类型：第一类"专制——权威"型，领导者非常专制，大权独揽，对下属缺乏信任感，独自决定一切与工作有关的事宜，以行政命令与惩罚手段推动工作开展；第二类"开明——权威"型，采取鼓励、惩罚并用的方法，有一定程度自下而上的沟通，向下级征求一些想法和意见，但已做出的计划和决策不会因此而变更；第三类"民主协商"型，领导者对下级有相当的信心和信任，能在决策方面和大家协商，设法采纳下级想法和意见，上下双向沟通，但总体决策仍由高层决定；第四类"民主参与"型，领导人员对下属在一切事务上都抱有充分信心和信任，互相有着大量的交往和合作，积极采纳下级的设想和意见，下级广泛参与重大决策的过程，上下级关系融洽。

许多地方基层残联工作的实践证明，具备民主领导作风的理事会班子工作效率最高。家长式领导方式，仅靠严格控制和惩罚手段，虽也能达到一定工作目标，但上下级、同级之间及班子内部等人际关系紧张，消极态度和对立情绪积累增长，最终会使事业遭受不应有的损失。

四、决策

决策是理事会处理残联重要事务时，为达到预定目标，根据一定的前提和条件，对行动方案做出最优化的对策和选择。决策是提高工作有效性的核心环节。

我们基层残联不少同志，曾经在多个部门工作过，积累了较丰富的工作经验。经验决策对于情况简单、容易掌握、判断难度低的问题，往往不会失误。但是，残疾人事业是一项社会系统工程，时间跨度大，相关部门多，牵涉面广、问题敏感、情况多变，单靠经验决策是不能解决现实问题的。

科学决策必须通过科学的决策程序和决策技术来保证。在现代决策科学中，决策程序大体分为八个步骤：1. 发现问题。2. 确定目标。3. 价值准则。4. 拟订方案。5. 分析评价。6. 方案选优。7. 方案实施。8. 追踪决策。上述程序相互联系、相互制约，在实践中可以根据具体情况相应调整。

常用的决策技术有确定型决策、风险型决策、不确定型决策等。这些技术方法是对客观事物相互关系的一种观测和概括，为我们考虑问题、组织思想、分析社会各种变量起一种指南的作用。

五、协调

协调能力是理事会最重要的行为能力。没有协调能力也就没有生存能力。没有协调，就没有配合。没有配合，工作效率必然大打折扣，甚至无功而返。

"和而不同"是我们协调工作追求的境界和目标。"不同"是指三十多个与残疾人事业相关部门行使不同的政府和社会职能，他们的自身任务不同，工作特点不同、工作手段不同，看问题的角度也会不同。这些"不同"就是差异，差异就是矛盾，这是客观事物的一个方面。由于残疾人事业涉及方方面面，事业的交叉性和包容性表现出你中有我，我中有你，形成相互依赖、相互调剂、相互支持、相互补充和相互推动的状态，形成事业发展的合力，这就是事物"和"的一面，这种"和"是我们社会主义事业的本质反映，"和而不同"使我们的事业协调、和谐、生机勃勃地发展。

做好协调工作，要有以下境界：

顾大局、弃小利。古人云：不谋全局者，不足以谋一域；不谋万世者，不足以谋一时。处事要以残疾人事业的最大利益为出发点，要用发展的眼光看问题。不要为小利益纠缠不休而影响大局，要懂得，任何成功都是要付出代价的。

严律己，宽待人。要充分肯定相关部门为残疾人事业做出的贡献。有胸怀容人之不足，更要勇于正视自己的短处，这样才能得到别人的尊重和认同。

"合时、合理、合适"。把握事物的度，是协调工作的关键。协调效果的制约因素很多，比如政策导向的制约、管理体制的制约、思想认识的制约、经济条件的制约等等。做工作不可能一蹴而就，经过协调工作后，总体目标大体达到，就是一个较满意的效果。

六、评估

通过一个时期的工作，理事会做出阶段性的总结，客观地分析、评价过去的工作，再冷静地考虑研究下一步的工作。具体评估内容是：

一是对目标任务的评估。主要是对目标的社会性和科学性进行评估。通过一段时间的工作实践，完成了从计划到行动、理论到实践、感性认识到理性认识的过程，可以更了解目标和任务的制定是否科学，是否具有客观性。

二是对实施方案的评估。对方案可行性加以验证。

三是对效果的评估。效果应从定性和定量两个方面加以分析评价。对社会因素影响大、构成因素错综复杂、综合性较强的工作，定性分析是主要的。如社会宣传动员、社会助残意识的提高、助残风气的形成等。定量是通过数学模型，并求得各模型的解和一系列的指标，对工作进行量的评价。如残疾人就业、各项康复工作等，通过量反映残疾人事业的成就和发展态势。

七、调整

经科学评估后，必须做出相应的调整。调整包括调整目标、调整方案、调整与相关部门的关系，调整社会形象、调整理事会工作重点等等。

调整水平高低和效果，有赖于理事会班子的两种能力：

一是系统分析能力。只有对系统各因素及其相关部分、对问题解决可能性的影响做出系统的分析，从而做出正确的判断，制定出"对症下药"的方案，并采用正确运作方式才能得到贯彻落实。

二是形势洞察力。这是指用所掌握的系统理论和提高工作效率的方法，解决实际问题的应用能力。我们正处于世纪之交，政治和经济体制改革不断加快，市场竞争日趋激烈，人际关系更为复杂，社会深层次问题日益突出，这些都要求对残疾人事业健康、持续发展负有不同责任的同志，努力提高洞察能力，正确地认识、把握形势，及时调整好新起步点和内外关系，牢牢抓住本地残疾人工作重点，以"咬定青山不放松"的韧劲去努力工作，出色地完成"九五"计划，向党和人民交出一份满意的答卷。

《中国残疾人》1997年第6期

与青年同志谈"三个基础"

今天，我们召开座谈会纪念"五四"青年节。

同志们，我们将在九年后，迎来"五四"运动的100周年，十一年后，又将是中国共产党百年诞辰。发生在二十世纪上半叶这两件大事，深刻地影响和改变了中华民族的前途命运，对当代人类历史产生了难以估量的影响。

经历当年激情岁月的青年，如果健在的话都已是耄耋老人了，实在是不多了。从残疾人福利基金会所在地北池子，往东南走约百来步，就能找到东华门箭杆胡同9号小院，这里就是1917年由上海迁来的《新青年》编辑部旧址。该杂志由新文化运动旗手陈独秀创刊，他曾称赞写文章特别有见地的两人，一个是胡适，另一个是鲁迅，那时他们也不过三十来岁。

说回到我们机关和直属单位，45岁以下青年有2500多人，约占系统总人数55%，其中有共青团员近1400人。青年人朝气蓬勃，奋发有为，他们是残疾人事业的未来。

残联的老同志曾与大家一样的年轻啊。想当年，朴方主席创建残疾人福利基金会时不到40岁；1983年，团中央授予"优秀共青团员"称号时海迪才28岁。2006年初，老理事长建模同志亲自为一本回忆录作序，作者是基层一位已退休的残联老同志。不料，他的突然离去，刚写了开头的"序言"，成了永远的缺憾。难过之后，我应作者要求拙笔续写了一段："事非经过不知难。多少同志为理想追求过、奋斗过。他们都是新中国的建设者，残疾人事业的开拓者，人道主义忠实的践行者。他们与事业一同走来，事业因他们有今天。这些老同志虽离开工作岗位多年了，仍义无反顾，无怨无悔，继续关注着事业的发展，冀望有特殊困难的兄弟姐妹能早日进入小康大同。这难以释怀的情愫，就是留给年轻残疾人工作者的精神财富。"朴方说过，"五年、十年后，事业还将由你们扛下去。"当然，我不是非要青年人"从一而终"，但至少，这块为残疾人服务的热土，是青年锻炼成长可遇不可求的地方。

说到青年人的成长，有一些体会想与大家分享。

在座的同志已经具备了许多优势，但我认为：有学历不等于就有能力，有职称不等于就称职，有本钱不等于有本领，有职位不等于人生已"到位"。借用原清华大学校长梅贻琦先生所说的："一所大学之所以为大学，全在于有没有好教授"，"所谓大学者，非谓有大楼之谓也，有大师之谓也。"我想这说的道理是相通的。

青年人做到"真才实干",就要有积累、有准备,实现的途径就是要夯实"三个基",即基础思想、基本知识、基层经验。

首先,说说基础思想。哲学家培根曾经说过:"智慧与学术给人类社会所造成的影响远比权力与统治持久。在《荷马诗史》问世以来的 2500 年或是更长的时间里,不曾有诗篇遗失,但却有多少宫殿、庙宇、城堡以及城市荒芜或是被焚毁?"(《学术进步》1605 年)他还说,"我写书不是为了消度空闲时间和供人们娱乐消遣。我所关心的是人类生活中的各种问题和困难。这是我愿意借助于正确和健全的理智思考来加以改进的。"(《培根致友人书信》1609 年)

要有哲学思想。这里主要指辩证唯物主义和历史唯物主义,它是帮助我们立于不败之地的世界观、方法论。时间不会磨灭真理的光辉,马克思主义并没有像当今有的人认为的那样已经过时了,1999 年,西方国家主要媒体把马克思评为"千年伟人"。当然,我们对待这门"科学的科学",同样要积极吸取各种哲学流派的"合理内核"和新的研究成果,因为这是人类共同的智慧结晶。这方面内容无论是在大学还是在工作单位,大家都曾学习过,我就不展开讲了。

要有人道主义思想。它是起源于欧洲文艺复兴时期的一种思想体系,提倡关怀人、爱护人、尊重人,是以人为本、以人为中心的这样一种世界观,人文主义、人本主义,同出一源。

人道主义是残疾人事业的一面旗帜。据 2010 年统计,我国现在还有 20 多万适龄残疾儿童没能上学、上千万的残疾人期待康复服务。我记得,朴方在一次慈善活动致辞时,语气深沉地说:"截瘫对人是很残酷的!"我每当在马路散步时就会想:"人能坐着的比躺着的要幸福,能站的比坐着的要幸福,能走的比只能站着的要幸福!"冷漠的人还是有的，但他肯定不是真正的残疾人工作者。1985年，朴方在《生命啊生命》一书的序言中谈到，要用人道主义精神教育青年，呼吁青年人应该以人道主义精神理解人、对待人。我认为，党性的基础就是人民性。我们从事的工作，和老人、妇女等工作不一样，有其自身特殊性，比如，它的抢救性、连续性、综合性等等。

2008年，我向国家机关青年推荐《人道主义的呼唤》一书，推荐词是："人道主义思想是对人类精神的神圣解读，它诠释了生命哲学的真谛。尊重人的尊严和价值，给人以终极关怀，是人们道德和觉悟的起点。熟知并非真知，做事需要明理，行动依靠指南。希望以实现残疾人幸福为己任的青年朋友们，细心去研读、思考。"我想，这段话可以成为上述观点的核心内涵。

再说说基本知识。三千年前的古希腊哲人就提出：知识就是美德。还说，知识能改变人的性格。"为学之道，先博而后约，先中而后西，先普通而后专门。"（《毛泽东早期文稿》1915年6月）。有专家推测，到2020年，人类知识的总量将是目前的3~4倍。去年，全国出版的新书不知道有多少种，别的不说，我们华夏出版社出书就有877种，发行733.8万册，你说，这里面又增加了多少新知识啊。

习近平同志提倡我们要"爱读书、读好书、会读书"。的确是这样，现代知识，浩若烟海，只能优选，通过新知识来造就自己新的思维、新的能力。从残疾人工作这一行出发，要了解相关的社会科学知识很多，我仅举两个例子：

一个是社会学知识。社会学是关于社会良性运行和协调发展的条件和机制的科学，是综合研究社会生活、社会矛盾、社会管理、社会发展及其规律的科学。另一个学科是公共管理与公共组织。公共管理是公共组织依法运用公共权力管理社会公共事务,实现社会公共利益的过程。公共组织提供的社会服务经常以社会性项目的形式进行,它们通常采取整合政府、企业和社会的资源的方法,实现社会公益性目标。残疾人事业具有这两门学科的一般特性,公共政策的载体就是公共产品,比如,我们所推动实施的"阳光家园计划"、"长江新里程计划"和彩票公益金项目等等。

最后说说基层实践。在中国残联机关里,45岁以下青年有65人,其中,缺乏二年以上基层工作经验的就有22人。客观地说,有没有基层经验,是相对的、变化的。可以说这个"没有"本来是"无",但如果不努力改变这个"无",就成了绝对的"没有",过去没有,以后还是没有。

实践能力是一种综合能力。比如我们学习汉语,的确离不开对基本语法的掌握,但即便背得滚瓜烂熟,你也不一定就能写出好文章来。为什么?答案不说大家都会明白。唯物辩证法要求是历史与逻辑的统一、理论与实践的统一、知和行的统一。基层的历练能造就解决实际问题的能力,是丰富人生经验的必由之路。

在三十年或四十年前,我和大家一样的年轻。时间老人是公正的,谁也留不住它的脚步。明代文人文嘉的《今日歌》:"今日复今日,今日何其少!今日又不为,此事何时了。人生百年几今日,今日不为真可惜。若言姑待明朝至,明朝又有明朝事。为君聊赋今日诗,努力请从今日起。"

努力吧,同志们!

——在中国残联"五四"青年节座谈会的讲话(2010年4月)

疾行记

知善　知义　知理

还有 66 天，我们将迎来党的九十周年诞辰。在"五四"青年节前召开今天的座谈会，就有着特别的意义。

2010 年，在中央国家机关团工委和青联的指导下，我会团委、青年工作取得了新的成绩，团员和青年同志们为残疾人事业做出了重要贡献。今天座谈会的主题把残疾人事业和青年人成长成才结合起来，这是给大家也是给党组、理事会的重要题目。回想在党团组织教育帮助下四十多年历程，我深感到，青年人的思想自觉与良知，对自身成长至关重要。

青年人从稚嫩的思想"原生态"，逐渐将觉悟与良知内化为自发行为，自觉追求科学精神、人文精神和法制精神，做到关怀民众、关心社会、关注实践，这是人生里程最重要的转变。那么，"自觉和良知"具体指什么呢？我认为说得通俗一点，就是"知善、知义、知理"。

首先说知善。善，是内心基本的道德评价标准。在 44 天前，"3·11"日本 9.0 级大地震并引发其东北地区海啸，死亡和失踪 2 万多人，财产损失无数。外电 3 月 17 日报道，地震和核泄漏给日本至少带来 2000 亿美元的损失。"日本灾难引发不寻常的中国同情"，中国政府提供了 3000 万元人民币和汽油、柴油各 1 万吨的援助。国内大多数网民表示同情日本人民，但也有一些人发出幸灾乐祸的言论。这里就能看出人性的善恶。子曰："择其善者而从之，其不善者而改之"。青年人走上社会，就要存善心，表善意，起善行，终善果。做有善心的干部，老百姓叫"好心肠"。否则很难想象，他这个"官"能对人民有感情，心甘情愿当"公仆"。

说到善，我想起"文化大革命"年代那一幕。"革命造反派"在家属院游斗老干部：他们双手被墨汁涂黑，细铁丝勒进脖子，下面拽着沉重的铁牌，被强迫边走边敲锣喊："我是大黑手！"正值广东七八月酷热天，老干部脸憋得发紫，一步一蹒跚，汗水滴到滚烫的水泥地板上顷刻蒸发。我当时并不知道他们有什么"罪行"，却能感觉这是在羞辱、折磨。也困惑：平日和蔼的"叔叔阿姨"一夜之间怎么变得这么狠？在菜市场路上，还见到衣衫褴褛的尸体捆在电线杆下，他们是被人诬陷为"监狱跑出来的劳改犯"，被活活打死的无辜普通百姓。这是人性泯灭的年代，那时我们写文章很少单独用"善"字，因为那时"善"是贬义词，和"虚伪"同义。

青年人步入社会，面对就业竞争激烈、经济负担沉重、婚姻家庭矛盾等，接踵而至的有形无形的压力使人极易变得焦虑、冷漠和脆弱。我要对大家说，即便这样，也要善待同事，善待同行，善待对手，其实就是善待自己。为什么呢？包容了别人，就是包容了自己。这是人性品德，是工作态度，也是思想境界。同样看我们从事的工作，我们说残疾人有常人难以想象的困难，为什么？没有切肤之痛！盲人怎么躲避行走在马路上的危险？截瘫病人怎么大小便、洗澡？精神残疾人独自在家谁来看护？聋人怎么教自己孩子念书？智障女孩外出怎么免遭性侵害？有多少家庭，长泪无语地守望着也许永远也实现不了的期盼。对残疾人和亲属的痛苦，我们只有设身处地，才能感同身受。我想，在强调个性和人生价值的当今社会，作为残疾人工作者的人道精神，要说其先天禀赋应该源泉于此吧。

再说知义。这个"义"不是义气，是指自己承担的义务。美国前总统肯尼迪曾对青年说，不要只问国家为你们做了什么，要问你们为国家做了什么？我们在座的青年同志都分别承担着青年人的义务、共青团员的义务或共产党员的义务。2010年12月5日，四川甘孜藏族自治州道孚县发生草场火灾，烈焰忠心，15名人民解放军年轻官兵壮烈牺牲。其中最年轻的战士叫李长银，年仅18岁。还有日本核电站的50名"死士"，坚守在离核反应堆仅20米处抢修设施，被誉为遵守职业道德的楷模。他们被采访时很平静，没有豪言壮语，其义无反顾的精神已经内化为信念。

当青年人走上社会参加工作，义务就相随相伴，终身不离：一是对人民的责任，二是对组织的责任，三是对职业的责任。联系到最近国内外高度关注的食品安全问题，从"毒奶粉"到"健美猪"，最近的"漂白蘑菇"和"泡墨芝麻"等等，这些不光是小商小贩干的，其中不乏戴着光环的名牌企业。为什么人们会把社会诚信看成信任危机问题？因为社会道德诚信，是做人的底线，是社会良知的核心，是社会关系的安全屏障，更是政府施政的信誉基础。

最后说知理。这个"理"，就是要遵循规律做事。记得大学的哲学课是这样表述的：世界是物质的，物质是运动的，运动是有规律的。规律是事物的内在联系。农历三月冬去春来、四月谷雨过立夏至，南方过了清明棉被就可以入柜了。这都是大自然节气的规律。"一分耕耘一分收获"，是学习的规律；"格物致知"是研究的规律；"游泳中学游泳"是实践的规律；"吃一堑长一智"是认识的规律。

听有些青年人讲他们的苦恼,我和别人同样努力工作,为什么绩效出不来?这里很重要的是找自身原因。掌握规律就等于选择开门的钥匙,寻求正确的路径。据载有一项以青年为对象的调查,66.6%的人希望当领导,我想机关的比例会更高。无论搞管理还是搞技术,无论职位高低,都要面对"尊重客观、按规律办事",这是贯穿一生的考题。面对这道考题,我们永远都是学生。

中国残联"五四"青年节座谈会(2011年4月)

青年同志们,人生旅途会有很多自己想象不到的变化,纠结、彷徨、失误和挫折在所难免。但是,只要有心去践行"知善、知义、知理",就可能避免大的偏差,不会让思想走入极端。面对种种困难,要学会用乐观主义精神鼓励自己:没有绝境,只有挑战;没有退路,只有前方。

——在中国残联"五四"青年节座谈会的讲话(2011年4月)

疾行记

青春为理想而歌

广州，这个养育了我几十多年的岭南城市，90年前的今天，诞生了中国社会主义共青团。到了我们这个年龄，不时会联想起过去的事，没有当年，也就没有20世纪七八十年代我这个普通的青年突击队员、共青团员、团干部，这些成了青春时代的烙印。

是的，青春是一种难以言状的感觉，青春是豆蔻年华，萌动中的激情、彷徨中的期盼，那都是别样的美丽。青春又像洁白无瑕的蜡烛，照亮别人又燃尽自己。

每个青年都追求过理想。对年轻人来说，青春和理想又如同亲密无间的伴侣。

理想提升人生境界，它是润物无声的动力。崇高的理想，能使青春永不褪色伴随一生，远大理想的追求是要穷尽一生。可能有年轻人说，谈理想太不现实了，解决不了我个人问题。是的，理想不是工具箱，不是"一般等价物"，没有"吹糠见米"的本事，但理想能够设计、改变人的一生。

理想不是空想、幻想，她的沃土是客观存在，是人生追求的愿景目标，是真理的彼岸。发奋为自己谋前途是小目标、小理想，立志为多数人谋幸福是大抱负、大理想。当然，我们不能要求现在青年人都有当年报考黄埔军校的壮怀激烈，毕竟时代不同了。但是，想当年没有千千万万年轻共产党员、共青团员为崇高理想的流血牺牲，能有我们的今天吗？今年3月，到了向往已久的遵义。我怀着崇敬的心情，抬步缓缓登上了红军山，端详着庄严肃穆的红军纪念碑，我眼眶湿润了。多年轻的红军战士，连父母给的小名都没能留下，就这样无声无息、无名无分地走了——他们多数是苦出身没啥文化，但都知道，参军打仗是要死人的，依然义无反顾、前赴后继！

说理想看现实。青年同志们，如果像有些人把追求机关的"保障"当成个人的终极理想，那么人民的血汗钱就算白花了！我们看到，在机关干部竞争上岗时，大家会仔细核实自己的简介，看看学历是否填低了，经历是否缺少了，任职时间是否写短了，要突出自己的优势啊，这本无可厚非。但这个时候不要忘了问问自己，"虚名"与"实惠"是本人最终的追求吗。

公务员是国家管理团队的精英，它的成员在政治上可靠吗？人民认不认可？这道公开的考题是13亿人出的，考题的实践就是考验。就说我们公安民警队伍，在和平年代同样要付出鲜血、生命的代价，从改革开放后的1981年到2010年，共10414人牺牲，因伤致残更不计其数。但是，人们更多的是面对名利、荣辱、得失、进退的考验。比如，会不会在工作单位或社会生活中，当遇到不公、努力受挫时，就心灰意冷、怨天尤人？在国内外错综复杂的形势下，面对新世纪以来我们遇到的最严峻考验，如果一旦党和国家遭受重大挫折、谤誉参半时，就湮灭了信念之炬？还是当疾风中的劲草，重负下的脊梁？！"文革"中许多老同志蒙冤受屈、饱受磨难，但对党、对国家和人民的赤诚之心丝毫不变，他们永远是忠贞不一、信仰崇高的榜样。

朋友，青春为谁而歌？

为多数人的理想，

求索奋斗一生，

青春伴我远行……

——在中国残联"五四"青年节座谈会的讲话（2012年4月）

诚如生命

　　残疾人工作者是做人的工作，首先自身要有好的人品。"品"的核心是德，德又以"诚"为先。对青年朋友来说，谁不希望人生理想追求能得100分呢，但人世间的机缘可遇不可求，往往自己掌握不了啊。那有主观能动的存在吗？当然有，想来至少是诚信，本应是它的主人。那么如果问，自己的诚信能得多少分？我想，许多人会不愿意面对，或者不知如何去说，甚至认为根本没必要回答。

　　我曾无意翻过一本中学生教辅书，书中有一则小故事，虽没去考证它的出处，却深深地触动了我的心：

　　巴黎公社失败后的一天，军队继续屠杀起义者。在一处刑场，12名士兵奉命执行枪决。前面的人倒下后，枪口指向一名少年，年仅16岁。这时，孩子突然大声对监刑官恳求：

　　"先生，我母亲就住在附近，她很穷，我身上有一块金表，能让我把表送给她，回来再杀我吗？"

　　监刑官恰巧也有个年少的儿子，动了恻隐之心："一个毛孩子，放就放了吧。"望着少年远去，所有人都相信，他就此走了。

没有人能想到，一刻钟后，少年回来了！他站到刚垒下的尸堆前，气喘吁吁地对监刑官说："先生，表送到了。现在可以了，来吧！"

过了很久，整个杀人的刑场还是一片死寂。最后，12支步枪颤抖着举起……

读罢，我悲从心来，泪眼蒙眬。

诚信的恪守，以生命为代价。

偶然，我在广播电台里听到节目主持人说起他的一次经历：

一天夜晚，很冷，他下班回到劲松小区家的附近。这时，他看见一位老人，用干枯的手不停地翻动宿舍楼门前的垃圾筒，凛冽的北风让花白的头发几乎把她整个脸遮住了。

在怜悯心驱动下，他掏出了20元递给老人。

想不到的是，老人回绝了。她缓缓地说："这位同志，谢谢你。不用这样，我就是捡垃圾的……"

老人以质朴无瑕的诚实，来维护自己内心的尊严。

再说说发生在2004年希腊残奥会期间，我曾经历的小插曲：

一名英俊的当地小伙子，自愿当了中国代表团的义务司机。希腊是欧洲的"穷国"，许多人虽有驾车执照却没有私家车。他会开车又不大识路，结果耽误了两次外事活动。小伙子性格挺阳光的，知道对他的效率颇有微词，还是乐呵呵的。我们也觉得人家是志愿者，起早摸黑的够可以啦，大家也就欣然"认可"他的不足了。

残奥会期间的某日，我承担了接待当地官员观看中国残疾人艺术团演出的任务。小伙子是音乐"发烧友"，业余交响乐的鼓手，当听说去看中国残疾人艺术团演出，把着方向盘高兴地哼起歌来。当晚，

疾行记

国家剧院里人挤得满满的,我驻希大使唐振琪偕同夫人陪同众多贵宾观看。当晚,艺术团连"机动票"都发出去了,我们只好设法把小伙子当工作人员"捎"进去。没想到,他认为观看演出是件很庄重的事,拒绝用这种方式把他"带"进去,他不知道,"招待"看演出这在中国是挺有面子的事。最后,我们还是设法弄了张票,让他如愿以偿。可以说,小伙子不愿意牺牲自己的诚信换取所爱,显然不是所谓觉悟或矫情,应该是人家自然养成的"习惯"啊。

这件小事,我至今忘不了。

我们再说说郭明义的故事,它出自求真出版社《做郭明义式的好员工》一书:

1995年,郭明义工友马德全家的三胞胎顺利出生,大人却又喜又忧:三个孩子三天得吃两袋奶粉,一个月光奶粉钱就是300元,而两口子工资加起来才500元。

孩子三个多月时,郭明义找上门,对马德全说:"我尽力帮孩子到大学毕业。"从小学到初中,他如约每学期给每个孩子200元。

等到家里的条件大大改善,马德全郑重提出,我的生活可能过得比你还好,不能再接受你的资助了。

郭明义把退回来的钱又塞了过去:"人要讲诚信,我说过资助孩子上大学,一定信守承诺……"

我们相信,比里面主人翁有钱的人很多,但能这么做的有多少呢?这里难的不是金钱,是诚心哪!

诚信是知易行难。社会上,我们常常看到视诚信如儿戏的丑陋,在物欲、功名、权势面前,甚至对与己没任何利害关系的某人某事,仅因"无厘头"的个人好恶,就颠倒黑白、扭曲是非,无中生有、造谣中伤,甚至有一些所谓"名人"把社交网络平台打造成了当代人的"斗兽场"。

许多年轻同志在公共部门工作,"公信"是这类单位的"命门"。那我们的诚信是什么呢,应该是:对自己忠诚、恪守行业操守、自尊自律;对同事诚心诚意、言而有信;对工作求真务实、力戒浮夸。总之,无论处何种境遇绝也不弄虚作假,坚守自己的人格底线。

诚信,如果失去它,就意味着丢失了永不补发的社会"准行证",宣告人生"经营"的破产,与生俱来的"良心"也就成了无主孤魂。

青年人,守住诚与信,为别人,更是为自己。

——在中国残联"五四"青年节座谈会的讲话(2013年4月)

荣誉与责任

承载着残疾人、亲属和工作者的重托,县以上 4000 多名人大代表、政协委员开始新的任期了。向我们走来的五年,将经历两个残疾人事业发展纲要的实施、社会保障和服务体系框架的形成、全面小康目标的接近实现……代表、委员们参政议政的话语权,是沉甸甸的,它来自 8 千多万个家庭、近 3 亿人的期盼啊。

我们现在面对的,是林林总总、错综复杂的经济社会问题,从普通百姓到专家学者,众说纷纭、莫衷一是,往往使决策者瞻前顾后、无从下手。其实,任何话题都离不开"民生"二字,"芸芸众生,孰不爱生?"社情源出民情,我们代表、委员的优势恰是处于"根底",

疾行记

中国残联主席张海迪与部分残疾人大代表、政协委员座谈（2013年3月）

更为了解基层与民众。但即便如此，想当好代表、委员，还须努力践行"三要"：一要"实"，就是做足"功课"，深入核实、辨析情况，去伪存真，这是建言的基础；二要"敢"，抛开顾虑，敢于仗义执言，为最困难的人鼓与呼；三要"善"，善于献策，要言之有理、动之以情，让人们从知道走向"人道"。善提对策是最后的落脚点，就是要找出问题的内在联系来"对症下药"。当然，每个代表、委员所处环境、自身条件不尽一样，其局限性是难免的，谁也不能苛求他们"全能"，当尽心尽力就是了。

一份提案一寸心、一个建议一份情。古人豫让言："待我以国士，必以国士报之。"春天来了，耕耘吧，我们期待着收获。

《中国残疾人》2012年第3期

给力"县残联"

"残联在抽屉里"的故事是真实的。

1988年至1998年,是地方残联从无到有艰难的十年。有一次,推动组织建设的同志到了一个人口过百万的革命老区,县长说,我们很重视啊,已经成立残联了。那去看看吧,领进屋后空无一人,在破旧办公桌前拉出一抽屉,里面仅有几份中国残联发的文件。这就是当时那个"县残联"的全部。二十五年后的今天,2712个县级残联已经覆盖了全国,基层工作人员组成了65万人的队伍,从零起步的残疾人服务设施已达2000多个,建筑面积有270多万平方米。现在可以说县县"有"残联了,但我们知道,地方的同志很不容易,许多县的工作条件还是很困难、很艰苦。

县残联的担子重啊!他们是残疾乡亲的"驿站"、承担上级任务的"连队"、镇村助残委员的"上线",也是我们接"地气"最多的同志。他们期盼能得到省、地残联实实在在的"帮助":帮说话,要见县的主要领导,肯定成绩、反映困难、提出要求;帮办法,县里事杂面广头绪多,就几个人力不从心,实力部门又不够配合等等,这些都要有解决的招数;帮条件,要尽力而为,哪怕是给点"钓鱼钱",也要设法把服务平台建起来。这样,他们就能活跃在田间地头、社区家庭……否则,他们只能续写"残联在屋子里"的新故事了。

乡镇残疾人工作者培训班（1999年4月）

无论省、地工作如何出彩，我们始终不要忘记：县级残联——是全部战斗力的基础。

《中国残疾人》2013年第6期

不再"忐忑"

到今年的六月底，有80%的地级残联完成了换届，他们虽然东西南北条件各有不相同，却又站在同一时间起跑线上了。

"忐忑"是地市一级残联的常态，上有省的考核，下有县的评议，压力如影随形。工作的自我感觉虽还不错，但做到什么程度，上面才能称心下面才能满意呢？心里想踏实也着实不易。应该说，省对地市考核客观性是比较强的，基本上是按主要业务的排名。当然，产生过程的计算或投票，里面主观性是不能排除的，毕竟是人在做，这也是客观性的表现。区县的评价有时"功利色彩"明显一些，视对其帮助大小而定，"你对我好我对你也好"。

"男儿当自强"。上考下评仅手段而已，最重要的是彰显自己的本色，树起残疾人的口碑。地市具有"城市残联"的特征：能倚地域规模、人口规模、市政规模等优势，又没有省的直接责任、县的具体负担，而公共资源配置一般都有保障，至少是在"吃饭财政"水平之上，有相当的回旋空间。

地市残联要拿出自己的真功夫，将上面给的"菜谱"做成合口的"土家菜、农家饭"。比如，政府购买服务不光是持币"待购"，而且是持币"选购"，你能提供物美价廉的公共产品吗？或者你能说出谁能提供、谁应该提供的合理建议吗？这里就要有吸收消化的能力。地市就某个领域做得比省好的例子屡见不鲜，实践已经证明其优势所在，关键在于如何因势利导。

相信自己，迈开大步吧！

《中国残疾人》2013年第7期

疾行记

说长道"短"

中央"八项规定",其中要求,讲话、开会、文稿都要短。这里明确的不是八项"注意"而是规定。

文如其人,大抵喜欢写长文章的亦惯于讲长话。会议时间长,往往是讲稿冗长,以求方方照顾,面面俱到,言者滔滔不绝,听者昏昏欲睡。我们"三长"多缘于没有"自付成本"的观念,一切公家付费!大家的手机都可能接过推销一类的"垃圾"电话,那推销员可没有废话,要钓起你的兴趣就三五句话十几秒的机会,这是他们为生活练就的本事啊!纸张笔墨等物化的东西还能有价,别人的时间就是生命,你付得起吗?在机关里没有生存之虞,磕长话、熬长会、拼长稿,至少让人感觉态度"认真"。结论:形式主义是官僚主义的表象和伪装。

短话、短会、短文的好处是显然的:一是打扫暮气,革新作风;二是崇尚简约摒弃繁文缛节;三是实现动机与效果之统一。改"短"需要动力,光号召不行,要靠内因,真切感觉到问题的重大而紧迫。改"短"需要能力,短话能让人听得明白,短文能帮人悟出道道,短会能使人获得要领,这样的"短"才有实际意义。不能成"落雨收柴——匆匆忙忙",为短而短,这乃形式主义新变种。

时间是公平的。残疾人事业"十二五"纲要执行期已过半,要确保五年规划获得高质量的结果,要靠科学的态度、良好的作风和高效的工作。"改短"非争一时之长短,实为人民的功业千秋。

《中国残疾人》2014年第6期

未了的责任

在祖国六十五周年华诞前夕,《永远珍藏的记忆》一书付梓了,作者是 19 位老同志。在十几万字书稿的字里行间,抚今追昔,拳拳之心,读后让人心情难以平静,感触良多。

如果从 1988 年算起,地方从残疾人工作岗位退下来的同志已有近三万人了。他们来自五湖四海、各行各业,大多是踏进残联门槛时风华正茂。在这里,每个人都有不一样的人生起点,又殊途同归,把同一事业作为自己的归宿。

老同志、原中国残联理事长刘小成与残疾人艺术团部分演员在长江三峡合影(2014 年 9 月)

九年前,一位老同志邀我为他的回忆录作序,我不知如何下笔,最后还是勉为其难随了作者的心愿。我在序中写道:"他们是共和国的建设者,残疾人事业的开拓者,人道主义的忠实践行者。他们与事业一同走来,事业因他们而有今天。"记得在 2002 年机关机构改革时,有些同志离退休年龄还差好几年呢,为了把机会留给年轻人,他们毅然选择了"退"。邓朴方同志在机关干部大会上引用了谭嗣同"去留肝胆两昆仑"的悲壮诗句,来勉励、感谢为事业大局做出贡献的同志。十多年过去了,这些退下来的老同志壮心不已,他们协助街道残协、参加社会宣传、指导志愿活动、编写培训教材……至今还能看到这些默默劳作的身影。要知道,离开工作岗位后去做这些事,少了许多基本、必备的条件,能这么做,需要更高的境界、追求和智慧。

也许将来,有人研究改革开放以来我国人民团体的运转轨迹,来深刻阐述"中国特色",那就可以看到,残联组织是如何在这般艰难的情况下,走出了自己的路子。

昨天是今天的历史,今天是明天的历史。跨越时空的回忆,不可复制和再造,她给人们留下了弥足珍贵的思想财富,是我们精神生活的"压舱石"。

我想,回忆录不仅仅是告诉我们老同志曾经历过的,更重要的是人生启示录:它教诲我们,再困难,也没有创业时困难,没有比残疾人更困难,要当坚韧不拔的乐观主义者。它昭示我们,我国仍然是发展中国家,将长期处于社会主义初级阶段。一切工作都要从国情从实际出发,不来虚的,扎扎实实一步一个脚印,才能不断改善残疾人的状况,让他们真的"看得见、摸得着"。它告诫我们,无论何时,不可改"亦民"之初衷,得时时警惕官僚主义、形式主义,这东西搁残联身上可能成瘾性更大,潜意识是我们碰这些钉子太多了,可谓"快意情仇"啊。它期望年轻的同志，长路漫漫，要为理想不懈追求、坚守、奋斗。六十年前，毛主席对从事残疾人福利工作的同志说：你既然是为被压迫的人谋解放才出来革命的，为什么不去解放这些最痛苦的人呢？你要为他们解决困难，谋福利。古人云：人生最苦的事，莫苦于身上背着一种未了的责任。

俗话说：开池不待月，池成月自来。登高望远才能未雨绸缪。当今，国家治理体系改革将带来的新格局，残疾人自主意识的日益觉醒、社会组织潜能的逐步发挥、"陌生人"社会的"公事公办"，云计算、大数据提供的技术手段等等，不可同日而语。面对事业发展的"新常态"，要化解种种困难和压力，工作队伍加快新一轮的"社会化"进程，看来是越加紧迫了。

《中国残疾人》2014年第11期

见面能留三分情

乙未羊年将至，人们在聆听农历新年到来的脚步，媒体上的好消息目不暇接，着实让人兴奋。

不知为什么，这时我想起了一件旧事，又使人惴惴不安。

那是许多年前的春节前夕，我到南方一个小县城走访慰问，看望的是一位中年残疾教师。一番寒暄之后，主人告诉我，他的经济条件不好，结婚也晚，儿子还在上小学。有一天，孩子考了好成绩，作为父亲的他高兴地问：儿子，你想奖励什么吗？"爸爸，能让我吃一碗肉

疾行记

吗？"儿子不加思索地说。老师还没叙述完就把头低了下去。

我们久久无语，眼眶湿润了。

是啊，残疾人，寒冬腊月，有的还住在危破房子里，北方的干冻，南方的湿冷，多难熬啊？他们的父母盘算着，寒假后就要开学了，攥在手里那一点钱，都给孩子也不够啊？俺读书少没啥文化，腿脚又不灵便，节后能到外地找到活干吗？早听说了有免费的，来年能把假肢给装上吗？老夫妻俩忧心地说，咱们身后这智障孩子托付给谁啊……

俗语说，见面就有三分情，好言一句暖三冬。春节快到了，许多领导同志首先想到的是去看看残疾人，是的，多看一处地儿多进一家门，感受就会真一些，感情就会深一些，人心就会暖一些。有人问，上门走访慰问不就是个形式吗，为啥非要逢年过节才去呢？这话问得矫情。每逢佳节倍思亲，人之常情。曾有一位分管残疾人工作的领导同志告诉我，在地区工作的时候，每年的大年三十都和困难残疾人一起吃团年饭，当上省领导后他仍然坚持这么做，已经有十多年了。我想，这特别"年夜饭"的背后，让人看到的是情感的坚守，责任的坚守，人道精神的坚守。

在群众路线教育中我们坚决反对"四风"，个中不是因为"形式"不好，是"形式主义"不好。唯物主义认识论是知和行的辩证统一，形式与内容是互为依存、互为因果的。好比"走转改"，"走"是形式，"转"和"改"是内容，通过"走"，才知道如何"转"以及"改"什么。同样道理，人们走进残疾人的家里，亲眼所见常人难以想象的"困"和"难"，责任与良知就会促使自己把"格外关心"付诸行动。接触才有认识，认识才能理解，理解才出共识，共识才成合力。前者是实现的条件，后者是转化的结果。

春节前夕慰问广东农村贫困重度残疾人（2018年2月）

应该看到，人是有差别的，又是理性的。火热的心会变凉，冷酷的心也能变暖，如有一些同志说起到残联工作的亲身感受：开始是听从组织安排，没有特别的感觉，甚至还有点不情愿，后来是逐渐喜欢上的，最后感觉是不愿离开了。毛主席说，人的正确思想不是从天上掉下来的。它是实践的结果，是接受教育的结果，谁也不能逾越这个过程。不是吗，也许你真的见过"神童"，但有谁见过婴儿就成了慈善家的呢？

"时刻都要想着那些生活中还有难处的群众"，我们要遵循习近平总书记在新年贺词中的要求，行动吧，悉心组织好新春的走访慰问活动，作为察民情、解民困的扎实起步点，把干部作风的种种转变，兑现成广大残疾朋友期盼的"红利"。

《中国残疾人》2015年第2期

说法治思维面对的障碍

党的十八届四中全会通过的决定,确立了依法治国的总目标:建设中国特色社会主义法治体系和社会主义法治国家。因此,以宪法和残疾人保障法为准绳,保障残疾人合法权益,依法发展残疾人事业,是党和国家法治思维、法治方式的应有之意。

近来,报刊对法治思维的解读,其中不乏)见地的文章。我想说的是,如果站在残疾人的角度,需要的是什么样的法治思维呢?我们的国情是,在8500万残疾人中,有近一半残疾人仅是小学、初中文化,受教育程度低;占总数四分之一是重度残疾,救助难度大;贫困人口占全国的三分之一,发展机会十分匮乏。这种情况下,他们如何获得维护自身权益的基本法律知识?要维护权益的途径、渠道在哪里?法律诉讼难、法律救助难、依法解决难,要解决这"三难",亟须有"成色"的法治思维。

据有关统计,全国人大通过的法律有243部、国务院颁布的政府规章有近600部,还有8000多部地方性法规。其中,与残疾人相关的法律约有70多部。为事业发展提供法治保障,就要健全、完善残疾人工作业务领域的法律、法规及规范性文件。这里要看到,法律的基本特性,决定了它的订立、修改一般要晚于实践。因此,依法发展残疾人事业,不要变成"等"法发展残疾人事业。

以残疾人的现状,在相当长的时间内,工作重点是解决生存和发展的历史性难题,这就决定了"实践性"是法治思维与方式的鲜明特征。失去了"实践性",就失去法律本身的意义。正因如此,积极推动地方性立法,敢于先行先试,以下促上,才能在依法治国的大局中处于主动。我们可以从许多例子中得到启迪,比如,按比例就业是在江苏无锡最早启动的,残疾人危房改造是在吉林通化首先获得的经验,"量体裁衣"的个性化服务发端于四川成都,0~6岁残疾儿童免费康复是在广东试水的,等等。用正确的方法论指引法治思维导向,其重要现实意义不言而喻。

我们还经常看到这样的事,一些管理部门面对残疾人的时候讲爱心、讲文明声音很大,讲到残疾人的权利、权益时声音就很小,好像生怕残疾人会"得陇望蜀"。在研究制订政策措施时,以种种貌似"客观"的理由,把刚性条款软化成弹性条款,把规定动作变成自选动作。这样一来"责任"是规避了,但"真金白银"没有了,实招硬招没有了,把解决残疾人困难的操作性规章变成了"观赏性"文件。扭转这些存在了多少年的惯性思维和行为方式,人民团体和社会组织能够发挥自身"接地气"和"善协调"优势,拿出兴利除弊的"方子"来,在建设法治社会中起到不可替代的作用。

残疾人是有特殊困难的群体,不是"特殊群体",不会索求法外"特权"。他们期待在法治国家的襁褓中,同享一片湛蓝的天空——这里没有"黑砖窑"、"黑煤窑"的乌瘴,没有歧视、偏见的峭寒,他们的生命权、健康权一样地珍贵,在人们面前有一样的尊严。

《中国残疾人》2015年第4期

疾行记

小学往事

我是快到 8 岁才上学的,在 1962 年至 1967 年间,就读于广州市文德南路小学。

学校在一条古老的马路上。有史记载,古代广州形成于"三山两湖",也就是番山、禺山、坡山和西湖、兰湖。文德路紧靠禺山之东,最早形成于北宋庆历年间,位于孔庙东侧,因府学而兴,时称学府东街。它邻聚粤秀、西湖、愚山三大书院及广东贡院,有得南岭诗风之先的"南园诗社",因孙蕡、王佐、赵介、李德、黄哲等诗圣,引无数文人墨客顶礼膜拜。清同治年间更名为文德路,民国七年(1918 年)扩宽马路后,形成现南临珠江、北接中山路近 2 公里长的路。文德路东侧的文德楼,在 20 世纪二十年代曾被中共广东区委租用,周恩来、邓颖超、李富春、蔡畅、李之龙都曾住过。1925 年周恩来、邓颖超在这里结婚。1926 年毛泽东在举办农民运动讲习所期间,经常到这里找书看书。南端向西约 200 米就是老天字码头,1839 年 3 月,奉旨南下的钦差大臣林则徐由此登岸,踏上"若鸦片一日未绝,本大臣一日不回"的禁烟艰途。1886 年两广总督张之洞筑江堤 120 米长,这里成了广州最早的现代马路。码头向东约 1 公里就是白云路了,1927 年,鲁迅任中山大学中文系主任,后来转住在白云楼,常偕夫人许广平到文德路买书、饮茶。《朝花夕拾》、《可恶罪》、《小杂感》、《扣丝杂感》、《谈激烈》、《略谈香港》就是其间写下的。

我快到 1 岁的时候，在幼儿园染上了脊髓灰质炎，俗称小儿麻痹症，被送进广东公医医科学校附设公立医院诊治（中山医学院附属医院前身），当时这病如非典一般，医生找不出病因，症状是连日高烧不退。一周后体温降下来了，却不能站也不能坐，就软绵绵地躺着。父母看西医是没法治了，又将我急转到大德路的中医院，接诊的是老中医林澄庄先生，说如服他的药一个月，保证能起来走。当时开的药里还有虎骨、人参等，每周取六服药，好在是公家能出些钱，否则父母是负担不了的。按医嘱服药几个月后，还果真颤颤抖抖地站了起来，扶着墙吃力地慢慢挪步。这让辛苦照料的外婆惊喜不已，叫家里人赶紧过来看哪！不过，那时我已经完全不能像健康幼儿那么走了，就此成为"另类"。所以说，我从来就没有体验过人们跳啊、跑啊那些上天所给予的快乐。

我是 11 月出生的，就差两个月没让入学，多等了将近一年。近 8 岁时，入学面试我是独自去的。母亲问，老师给的题目答得怎么样啊？我满不在乎地说，很容易！就让辨认一些三角形、圆形，还有其他记不得了。我小时喜欢演讲，两只小手背在腰后："我们一定要解放台湾！"逗得大家哈哈大笑。我依稀记得，那时全校好像只有一个我这样的学生。

文德南路小学分设在三个地方，正校与珠江园一墙之隔，四层砖混结构的教学楼，外墙红砖白柱，大门朝西。学校北面隔一条小街叫旗杆巷，是学校的小操场，沙土地面，北侧有几间简陋的教室。

从学校的正西向跨过马路，是二层砖木建筑的分校，外观酷似贵州的"遵义楼"，白灰抹的外墙，地板、楼梯都是原木铺设的。经查阅历史资料，这小楼还有一段不浅的历史，此处极可能是清末的学堂，当时称珠光学校。史称:"珠江通衢,原在今八旗二马路西段北侧,南北向。巷建于清代后期。民国前期,其北端以北有珠光学校。1918年修筑今文德南路,马路从本巷南段穿过,整个南段成为马路面。其北段至20世纪90年代初,因在珠光学校之南侧,故称为学堂前。""珠光学校在今文德南路南段西侧,在珠光通津北端以北。建于清末时期,民国前期存,后废不存。建为街巷,南与珠光通津相连,北与珠光南约相接。20世纪90年代存,为学堂前之北段。"据此推断,背后的小巷"学堂前街"是因此而得名,1911年后,这里又成了民国时期的普通小学。

小学校长叫陈颜秀,我听过她在全校集会上讲话,印象里是个很朴素的女干部。一至三年级的班主任都是李秀容老师,她文静、端庄,近1.7米身高,在南方属高个女孩了。

入学后,母亲"强迫"我做的两件事:一要右脚穿上"铁鞋",这是在荣军疗养院定做的,相当于现在的矫形鞋,金属圈由脚踝往上勒到大腿,那时没有轻质材料,迈步很重,几乎是靠腰力拖着走,但能保持残腿的骨骼不变形。二要每天坚持写日记,没东西写就从书上抄几句什么话。那时都得男女生同桌,有一天,阿美同学突然发飙,以"莫须有"的理由,用尖尖铅笔往我手上狠扎了一下,现在我的右掌心还留着小黑点。当时的二层楼木地板已经踩得像精瘦人的肋骨,我脚下的缝隙竟能看到楼下同学的脑袋,有时调皮我就从小缝往下扔纸条,造成下面课室的小骚动。那时读书是一点压力都没有,因课室不够,学校实行"二部制",每周隔三岔五要在家里以小组形式自行学习。我们草草完成作业,就下军棋、飞行棋或打扑克,推攘打闹整天就一个乐啊!

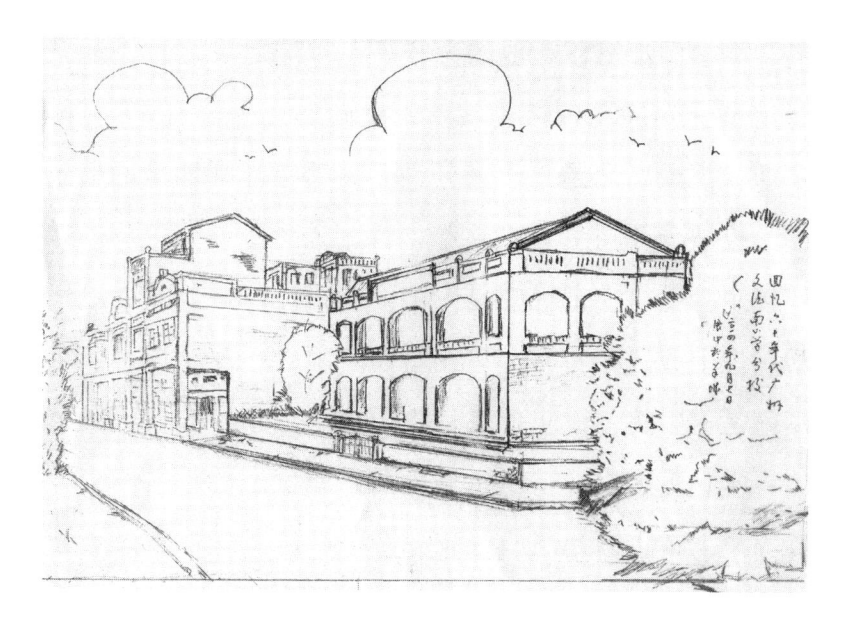

文德南路小学分校旧址（1962 年 9 月）

小学课程设语文、算术、音乐、图画、手工和体育。东山区教育局发的《小学生三千汉字与词组》，我们能倒背如流，就这像用牛粪纸印刷的粗糙小册子，奠定了我一生的文字基础。记得我和另外两位男同学阿中和阿标，几乎包办了语文老师的表扬，他们参加工作后都是先当了中学教师。

1964 年，说蒋介石趁我们三年自然灾害困难要反攻大陆，为战备需要疏散城市人口，也因我行动不便，于是我回到母亲家乡开平读小学四年级，连城市户口也迁到了农村。

蚬岗中心小学（前称启新小学）设在村南面的周姓祠堂里。班主任是周松尧老师，人很风趣，他家就在蚬岗墟口，听说他还曾教过母亲和姨妈呢。记得第一次上课，老师让我介绍自己，我大声道："我是从广州来的！"，当时班里同学都只讲四邑话，很少听过粤语（亦称白话），乍一听太别扭了，惹得全班哄堂大笑。周老师有个"绝招"，如上午听课大家纪律好，下午就加讲一节故事课。老师口才很好，讲得

疾行记

引人入胜，同学们都挺喜欢他的。开平有排球之乡之称，远亲里还曾有排球运动员受到周总理接见呢。班里同学几乎没有不会打排球的，大家一下课就往操场飞跑，十来分钟后又气喘吁吁地坐回椅子上。后来，我们学校被合并到镇上的希宪小学。

蚬岗镇东胜里村，记忆中是个美丽的村庄。村口耸立着华侨捐钱建的碉楼，像个威武壮实的士兵在站岗。南面一片小树林，东面隔着一个鱼塘就是卫生院，往北走就是坎田村了。到了农村，我第一次看到水稻、青蛙、萤火虫……乡亲们生活是原生态的，村里小孩拉屎后就用树叶擦一下，再撅起屁股让狗舔个干净。我先住在外婆家，前院是废青砖砌成拦腰高围墙的小院，中央有棵老石榴树，我把摘下的"鸡屎果"黄白熟透的先吃了，绿生生的就放到枕头里，当时这就是最好吃的水果了。后院种了白菜、豆角、金针菇，浇的都是农家肥。木瓜、香蕉树长得两人多高，靠长长的竹竿才能把果实钩下来。

后转住大舅家住。我住阁楼，要上没有扶手很陡的木梯，每天自己端盆冷水一摇一晃地上去擦洗。当时卫生条件不好，蚊虫叮咬，两脚长满脓疮，疼痛难忍。我还帮着养猪，它吃得可多了，煮猪食是将米糠和野菜拌在一起，一大筐煮熟就成了一小锅。煮猪食是靠烧茅草，熏得两眼直流泪，火苗把头发都烤黄了。舅母是很善良、勤劳的，平时说话不多。一天放学后遇着下大雨，我在校西门祠堂口等天晴。可能无意挡住了一个正蹲地抽水烟村民的视线，他竟用手臂在我小腿狠劲地一撸，我一下跪在地上，裤子膝盖处磕破了，血渗了出来。回家后我只说自己在路上摔跤了，是当时在旁的人看不过去，将情况告诉了舅妈，她怒不可遏，上门把那人狠骂了一顿。

我在农村写过的作文中，其中以学雷锋做好事和水灾见闻为题的

— 350 —

两篇,被作为优秀作文送到县教育局去了,这是周老师告诉我的。我从一年级开始,每篇课文都能背下来,我还记得有这么一篇课文:

"小斑鸠,咕咕咕,我家来了个好姑姑。

同我吃的一锅饭,同我住的一间屋。

白天下地搞生产,回来扫地又喂猪。

要问她是哪一个,她是我家好姑姑。"

这应该算是那个年代群众路线教育的好"歌谣"了。

1964年的"六一"儿童节,处文德北路的广州市第一工人文化宫新楼落成,我们全校在文化宫广场组织营火晚会,我们每人手捧着用旧报纸折成的袋子,里面装有香蕉、橘子等水果,兴高采烈地唱:"营火烧起来了,营火活泼地闪耀!我们围着营火,跳起欢乐的舞蹈!"就是这个给我们带来美好记忆的地方,"文革"时期一度成了全市产业工人造反派的总部,多次武斗流血冲突的地方。

五年级又回到原校原班,同学都没变化,班主任换成了唐向娟老师。上六年级后,"文化大革命"开始了,造反的人摈"文"弃"德",将学校改名成"挺进小学",少先队员都变成了"红小兵",每人发了毛主席手体字样"红小兵"的红袖章。虽是一普通小学,但"小兵"的疯狂劲儿不小,我们班就有同学把老师的头打得鲜血直流,教数学的许老师因"历史问题"列入"牛鬼蛇神",被贬去洗男女厕所,校长、教导主任都"靠边站"了。

1967年后,我没有再回过母校。

时间走过了12个年头后,1989年2月广州市残疾人联合会成立了。当时租用了位于广卫路民政局招待所的第三、四层办公。过不久,简兆彬理事长、钱文昌副理事长和我三人商量,尽快把服务场所建起

疾行记

来，这样残疾人来访以及残联的同志也能有个落脚的地方。有一天，老钱工作途经原文德南路小学，当时已改成东山区教育局启智学校，他认为处于路西的旧校舍地点适合我们的选择。我之前曾去看过，感觉地方小了些，麻烦还在于学校用地难以征用，但好处是没有搬迁户，建设成本不算高，能用不多的钱尽早把事办成。

前面提到"被贬"的许深庆老师，消瘦的脸颊上，架着深度近视眼镜，说话十分和气，一看就是典型的教书先生。"文革"结束后，他为帮学校创收办了印名片的小工厂。"许老师，还记得我吗？"我问。"怎不记得，王新宪嘛！"听来由后，他不高兴了，许老师绷着脸说：你知道吗？办起这小厂多艰难啊，你现在来拆老师的台？现在想起来，如果当时手里的钱多一些，可以另找个地方，不会忍心与老师"抢食"的，回想这事，心中就有抹不去的内疚。

几年后，许老师走了。

后事办得匆忙，许多人都来不及通知，家人凭着老师留的名片联系上我。告别那天，除亲友外他的学生只有一个，我的悲伤难以言语：老师，您是一生从教，"一生"送行啊！

这小故事真实地反映了我们事业起步时的状况。

当时建设的残疾人职业培训中心，是全国省会城市最早的基础设施项目，在一次工作会议期间，我向计财部刘雪东主任介绍了情况，要到了中国残联地方基础设施第一批补贴款：人民币30万元，并以此为由向市计委正式申报立项。征用教育用地难度是很大的，可以说基本不可能，之前也有几家大单位看上此地，后来都知难而退了。对征用学校旧址建设残疾人培训中心，东山区教育局领导是理解、支持的，但也遇到一些部门的敷衍拖延。为了及时沟通情况，一天晚上我去找

— 352 —

具体分管的卢副局长，他家没有电梯，每层18级台阶，一步步爬上了7层，他很是感动。又一天下着大雨，杨局长刚好目睹我在教育局湿漉漉的走道滑了一跤，动了恻隐之心，他亲自督促催办相关事情。小学的郑校长整个过程做了许多配合的工作。基建办同志开始的时候，用"正"来记录跑手续的外勤工作次数，后来多得没法记了，光跑部门就二百多次，做具体工作的同志是很不容易的。

通过相关审批程序时，规划局坚持如征用63号地段，要一并征下北面的四五家铺面。如果这样就成了南北长、东西窄的不等边三角形地块，直接扩大了代征地，拆迁难度和建设成本都大大增加。我们及时向领导反映了困难，在石安海常务副市长亲自协调下，最后把征用地的老鼠尾巴砍掉了。有趣的是，这里在做基础桩的时候，竟挖出了几十根四五米长直径15厘米左右黑黝黝的圆木，估计这里至少在清代是滩头堤坝，江面覆盖到现在珠光路以南，此时真让人有点沧海桑田的感觉。

建筑图完成后，又经香港著名建筑师指点，将大楼设计外立面的方形窗户改为上沿弧线形，大楼形象更显人性化。1993年，全国省会城市第一座残疾人综合服务大楼建成了，面积2380平方米，内设电梯、盲道等。那年，还没有"残疾人基础设施"这个概念，中央也没有专项拨款，偌大个国家，地方的这类设施加起来也仅仅几万平方米而已。

1993年7月，我去东京参加国际残疾人会议，经香港盲人辅导会总干事陈梁悦明女士联系，由年过七旬的日本失明老人松井新二郎先生，捐赠了价值30多万人民币的盲人阅读设备，1994年3月15日，建立起全国第一个盲人图书馆。广州盲人图书馆设有声阅览、静读阅

疾行记

地处文德南路的广州市残疾人培训中心（1993年6月）

览、弱视阅览等项目，并开设电话预约免费送书服务。10月28日，广州市开通能搭载轮椅的康复巴士，在公交线路方面为重度残疾人出行服务。同年，全国第一个残疾人职业介绍所，由中山六路伤青协会会址迁往新址文德南路大楼。

1994年4月，邓朴方主席到广东视察工作。6日那天，在珠岛宾馆与高祀仁书记、黎子流市长、石安海常务副市长、郭向阳副市长座谈，共商在得改革风气之先的地方，怎样去推动残疾人事业的先行发展。12月，朴方在参加有关活动期间，参观了坐落在文德路的残疾人职业培训中心。首层为城市信用社，是市残联主办的金融机构；二、三层是职业介绍所和残疾人资料库；四、五、六层是职业培训中心和盲人图书馆；七、八、九层是残疾人用品用具中心、康复巴士公司和穗康福利公司。朴方对每一层、每个项目都看得很仔细，具体了解设备、设施的用途和性能，俯身与残疾朋友亲切交谈，听取他们的想法和意见，询问他们的生活和就业等情况。最后在会议室召开了座谈会，朴方高兴地即席讲了话，他说：广州残疾人事业刚起步，就建成了服务设施，这很不容易。这楼看上去面积不大，但使用得很充分，服务项目很多。比如里面有残疾人职业介绍所，开展就业登记、用工咨询和保障金征收管理等工作，这里挂牌介绍的用人单位也不少啊。我注意看了残疾人资料库，基础数据是很重要的，它使我们的工作有科学依据，别人就不会说我们是"土八路"啦！残疾人职业培训开展起来了，还要注意了解市场需求情况，能就业是硬道理啊。盲人图书馆的设备是先进的，要让更多的人能使用上。看来盲文书是少一些，暂时还解决不了，我们再想办法吧。相信在市委、市政府和郭市长的领导下，广州的工作是会继续发展的，也能给全国创造新鲜经验。朴方的语言朴实深刻，殷切之情大家都深深感受到了。

1998年8月，我调省里工作。在省残联第三次代表大会开幕式入场前，我和社后同志向高祀仁副书记、欧广源副省长等省领导汇报工作中建议了"三个一"：一是由省委省政府发一个促进残疾人事业发展的文件，二是以省政府名义召开一个解决地级市残联单列问题的会议，三是争取广州残联同志的支持，转让文德大楼以缓解省事业用房之急需。广源同志觉得意见很好，当即拍板同意，并在大会讲话时明确表示支持"三个一"。从此，大楼又先后成为省残联机关、省残疾人就业服务中心、省残疾人福利基金会、广东狮子联会等机构为残疾人服务的重要场所。

文德南路小学（东面校址）在1990年更名为启智学校，开始招智

疾行记

中国残联主席邓朴方视察广州市残疾人职业培训中心，
副市长、市残联主席郭向阳陪同（1994年12月）

障学生，后又扩招孤独症学生，有700多个残疾孩子在这里毕业走向新的生活。2010年广州市行政区划调整，东山区并入越秀区，根据残疾人事业发展需要，在现校址建立了区残疾人康复中心，区残联的同志在里面辛勤工作。

一晃20多年过去了，这地方如同一张再普通不过的小饭桌，年复一年日复一日，不言不语"侍奉"着。如同来去匆匆的人们，往往记住了饭热菜香，却不曾问过"厨工"是谁，从何而来？现在，这楼、这小小的面积，不知还能占到残疾人服务建筑面积的多少万分之一？可是，她所走过的那些轨迹所迸发的火花，却与生生不息的"文德"之光互映生辉，熠熠闪烁着鲜活的生命。

当回忆起这些往事，我想，如果对天堂里的许老师说"你懂的"，他会笑得很开心，一定会的。

《春风吹来的时候》（第一辑）

怀念卓大宏教授

卓大宏教授离开我们半年多了，每当念及他为康复医学拓荒、给残疾人士造福的60年辛勤耕耘，念及我们从残联成立开始交往的点点滴滴，不觉泫然。

卓大宏教授是坚持"勤学、力学、敬业、乐业"的典范。他1932年11月出生于广州，1955年毕业于中山大学第一附属医院的前身华南医学院并留校任教，同年9月响应国家号召赴北京进修一年，接受苏联专家在医疗体育和物理治疗——那时还不叫康复医学——方面的培训，回来后即在医院里努力开展相关的医、教、研工作。自1960年起，他开始注意通过阅读国外文献跟踪这一门新学科的前沿拓展。他曾忆述"文革"期间如何坚持"韧学、广学、拓学"：看不到外语专业书，他就学德文版、日文版的《语录》，冒着被扣上"崇洋媚外"帽子的风险坚持订阅专业外文杂志；他曾经一个人被关在学校作为"牛棚"的一个房间，发现书柜里竟有几本英语原版书，他喜出望外，从此白天"写检讨"，晚上"读书乐"，读完再悄悄物归原处；窗外，远处武斗的枪声不绝于耳，他却完成了《欧洲医疗体育史纲》的写作。"文革"后，同行们看到他在刚复刊的杂志上发表的综述文章，惊叹他在动乱期间还有心思读书治学。

卓大宏教授是我国现代康复医学学科奠基人之一。1980年10月，他由教育部公派赴加拿大作为访问学者，跟随国际著名康复医学学者研修。随着改革开放，北京的吴弦光、王大觉等医师也分别到美国、英国学习康复医学，我国卫生部也组团访美对康复医学进行全面考察。留学期间，卓大宏教授在华盛顿举行的美国物理医学与康复学会第42届学术年会上宣读论文《中医学对康复医学的贡献》。那时很少有学者出国，康复学科的人更少，讲这个题目的他是第一个。讲完后，与会的华侨、华裔学者、外国人围上来交流，有个美国专家不了解中国情况，不屑地说："中国也对康复医学有贡献吗？我以为，世界上对康复医学有贡献的都是我们美国的。"卓大宏教授听到这句话后，很严肃地跟那人解释，直到

著名康复专家卓大宏教授
（1932年11月—2015年5月）

那人不作声。卓大宏教授1982年回国，当年6月，就在中山医学院成立了全国首个康复医学教研室；1985年，主编出版全国第一本高等教育医用康复医学教材；1986年，任中国康复医学会副会长；1987年，任世界卫生组织康复合作中心主任；1990年，主编出版全国第一本康复医学专科医师大型参考用书《中国康复医学》并获第五届中国图书奖。20年后，卓大宏教授再赴华盛顿，参加该会第61届年会，这次是应大会主席约请，作为外国讲学专家做专题讲座，题目是《社区康

复：中国的经验》。报告会上，美国著名康复医学专家马丁·格拉贝斯赞扬中国的社区康复有成绩。卓大宏教授对朋友说，美国人毕竟发现中国也能对国际康复医学做出贡献了。

卓大宏教授又是我国杰出的医学教育家。从1984年起，卓大宏教授先后担任中山医学院（后改名为中山医科大学）党委副书记、副校长、党委书记。1991年，当选中国残疾人康复协会副理事长。在庆祝卓大宏教授从医执教50周年活动上，他说："最大的骄傲是培养出来的学生都很优秀。"是的，他的第一个研究生黄东锋，现在是著名康复专家、中山大学附属第一医院康复科主任；接下来的黄国志、郭兰、高谦、王楚怀，也分别担任南方军医大学珠江医院康复科主任、广东省心血管病研究所心脏康复区主任、解放军总医院康复科副主任、黄埔医院康复中心主任；而他第五个弟子唐丹到了广州市残联，任残疾人康复中心副主任，后来还开创了一个领域——工伤康复，现任广州工伤康复医院院长。卓大宏教授教书育人的成果，完全可以用"桃李满天下"来形容。

卓大宏教授还是现代康复医学理念的探索者和身体力行者。他在康复医学工作的实践中，逐步形成了他的学术思想，这就是：在康复医疗上，强调以功能训练、全面康复、融入社会、提高生活质量为四大原则；主张疾病、损伤和残疾的防治与康复应以预防为主体，以社区为基础，以中西医结合方法为手段，以工程技术和艺术为补充；特别重视精神卫生与心理保健，主张用心理健康促进身体健康。1986年，他和同事们在广州老城区一条街道率先开展试点，作为执行与世界卫生组织西太区合作项目，经过5年努力，在组织体制、工作网络、康复领域、技术特点、社会化工作方式等方面取得经验。据澳大利亚研究人员评估，该街道 105 名肢体残疾人经过社区康复训练后，显著改善者 13.3%，改善者 77.1%，参加社区康复的老年人生活质量优于其他街道不参加者，参加社区康复的残疾人其精神面貌、心理情绪和参加社会活动的表现及能力有不同程度的提高。1991 年世界卫生组织西太区在广州召开 9 国康复工作会议，介绍和推广以广州市金花街为原型、适宜于中国城市街道推行的社区康复工作模式，称为金花街模式，又称中国城镇 CBR（社区康复）。

卓大宏教授同样是残疾人工作者的良师益友。自从残疾人福利基金会、残疾人联合会问世，他更是与残疾人工作者结下不解之缘。无论是带队深入偏远山区筛查残疾人康复对象，还是出席残联康复会议，乃至培训班、业务讲座、工作坊，也不论是当大会主席、会议主持还是做主旨报告、专家介绍以至为街道康复员讲课，他是几十年如一日地逢请必到。广州市要建设楼高 19 层的残疾人康复中心大楼，他热心指导，提出功能设置的建议，甚至亲自动笔画出图样。20 世纪 90 年代，广州市政府残工委成立残疾人事业决策顾问团，卓大宏教授是 9 名决策顾问之一。对于基层的康复工作，他甚至会比残联的同志更熟悉，见了面会说："海珠区残联康复中心建好了，我们一起去看看？"80 年代，他前往日本参加第四届国际康复会议，在机场遇见了残联的同事，得知对方也要在会上宣读论文但苦于英语水平不高，卓大宏教授亲切地说："不要怕！我来帮你。"坐了一路飞机，就教了一路英语发音。残联有的同事跟他成了好朋友，过年都会带上孩子向他拜年，而他最喜欢的回礼是赠送他写的书，像《康复求知录》《中药临床应用》等等，几十年就有了几十本。直到去世前的两个月，他还主持了在广州琶洲展馆举办的国际社区康复论坛。当时的他比以往略显苍老，但思路依然敏捷清晰，会场上有很多学生要跟他合影留念，他对摄影师说："请你按快门之前，先看看我脸的方向是否跟同学们一致，因为我的眼睛不太好。"原来，那时候的疾病已经令他眼睛不能很好地聚焦了。

相对于他的医学造诣，不太为人所知的是，卓大宏教授还是一位诗人，曾经以"诗童"自谦出版过诗集《诗童小咏·学子心声》，里面新旧体诗乃至英文诗具备。他怀念恩师的《卜算子》是这样填词的："冷月照疏松，空对残楼瓦；谁见大师独徘徊，心绘雄飞画。去也不孤凄，信有贤徒伴；待到新宇挂虹时，菁英又摘冠。"我想，以卓大宏教授的成就，本身就是告慰恩师的"摘冠菁英"，足以称为百年来出现过孙中山、陈寅恪、柯麟等众多杰出人物的中山大学的又一位大师。

（本文收集资料过程中得到陈旭红、林国徽等残疾人工作者的协助）　　　　　　　　　　《中国残疾人》2015年第10期

马仔

刚进厂时，车间的人都叫他"马仔"，那年17岁。近1.7米高的个儿，南方人的圆脸，皮肤黝黑。他人敦实，憨厚，很少主动说话，但干活肯卖力气。难得的是，小马对小工艺改进挺有兴趣，经常一个人在各车间转悠，琢磨自己想的事。车间的师傅就不高兴了，认为那

疾行记

不是他该做的，分内的活儿还没干好呢，变着法子偷懒就是了。

要说还有主动的，就是追求青年女工。他想找对象，厂里没有愿跟他谈的。记得同车间有一团员，手巧，容貌姣好，眼睛又大又水灵。他最喜欢和她一个工序干活，这女工却不乐意，老躲着他。有一次工会组织职工到珠江游泳，厂长听说他要跟着去，用鄙视的语气说："死马仔，他是想看女工游泳，就那点歪心思！"他已经是20多岁的大小伙了，被异性吸引又成了人们眼中的"不良行为"。

有一年，预报可能发生地震，轮到我和小任值班。单身集体宿舍在四层，厂房楼层4.5米高，相当于六层了。厂里给我的任务是把公章保护好。我腿不方便，怕误事，把装有厂印的木匣子交给了小任。深夜2时许，我突然感觉床有震动，房间不知哪处发出令人恐怖低沉的咚咚声。"地震来啦"！我大声喊。小任像弹簧似的从床上跃起，紧紧搂着小木匣，动作一贯疲沓的他竟三蹦两跳就到了一层。我走得慢，无意回看一下，唔，不对！怎么就光墙颤动而其他都没动静？到隔壁一看：马仔病犯了，四肢抽搐，口吐白沫，扭曲身躯不断砰砰撞击着宿舍的木隔板，这让人猛一惊醒还真以为地震呢！七八个老光棍赤着上身围着看，可能是扰了桃花春梦，有的人骂骂咧咧个不停。十分钟后，小马眼睛微张，像大字般地瘫在床上。

他没有害过别人，心地善良。他不会主动帮助别人，也不会拒绝。但帮谁他都不大乐意，嘟嘟囔囔，让人心中不痛快。帮了别人还不讨好，他没有世故，不去思量别人怎么想，也不懂掩饰自己的想法。有一次职工报案说在厂内丢了自行车，那年头这属个人的大财产，小青工不吃不喝也得四五个月的工资，至少相当于现在的摩托车了。那时候，工友之间使坏，到自行车棚偷偷拔气门的人是经常有的。但厂内

— 362 —

白天丢车，还没发生过。这种事厂保卫干事也没招儿，只好由我这个"上级"处理了。我猜是小马，最近我看到他和职工有争吵。开始问小马他不理我。"派出所来了，就当你偷！"我急了。他手里的活儿不觉停了下来，眼往车间远处堆杂物的暗角瞟了一下，我过去一看，还真猜中了，车在那儿！这种"报复"是马仔本能的自我保护，又周而复始地强化着人们对马仔的讨厌和蔑视。渐渐地，大家也习以为常了，就连残疾职工也取笑他，捉弄他。厂领导也批评多次，但法不责众，谁都没当回事。他犯病由一个月一次，到一周数次。眼睛的灵气慢慢消失了，常流露出丝丝敌意，与工友间的冲突更频繁了。不知什么时候开始，有些人不叫他"马仔"了，直呼他"傻马"。

他犯病厉害时就送医院，厂到区医院就一里多路。我和小马是同时入厂的，又曾在一个车间，对小马的感情比别人更深一些。那时没有电话，小马家我记不住去了多少次，从市区东面的厂到西头的家，每次骑自行车来回近2小时。他的父母都上班，经常就老奶奶一人在家。住的是西关老屋，不用上楼，除门槛高些对我还是方便，但每当看到白发老人，对我是难以言状的煎熬。记得有次告诉老奶奶，说小马与职工打架后又犯病了，"不会的，不会的"，老人低着头用颤抖的手不停地抹眼泪，动作很慢很慢。她告诉我，每天都站在门口等着孙子下班，最怕马仔被人欺负，心疼这个孙子。去多了，小巷邻居见我们就会淡淡地说"马仔又发病了"。

1980年6月的一天，传达室。马仔突然把桌上刚灌满的热水瓶拿起，当值班员回过神来，滚烫的开水已灌到了他肚子里……

每当我想起这个入厂最早认识的伙伴，心里就有说不出的难受。我不止一次问自己，如果当时厂里没有人讥笑他、歧视他；如果当时对精神残疾的认识早一些、多一些；如果当时他能得到多一点理解、温暖，会是怎样的呢？他的"不正常"，是病残，人们却把他称作"傻"。是无知造就了偏见，歧视成就了无知。回过头来看当时，我们对精神疾病认识的匮乏、对生命价值的漠视、对现代文明的无知，不同样到了"傻"的程度？一晃30年过去了，现在，人类探索已经到了远在4000万公里外的金星、火星、土星……却仍对自己伸手可及的大脑知之甚少，从儿童的自闭症到成人的抑郁症，再到每年上百万人生命的自我了结，人们还是束手无策。

"人猿相揖别"的三百多万年前，我类才逐渐从蒙昧、野蛮走向原始文明。5000年前祖先发明了轮子，今天我们已经能用技术控制时速486.1公里的列车。当对自然力的利用、控制成为现代人的荣耀时，却发现自己控制不了对人性支点的疯狂侵蚀。对贪婪、冷酷的失控，会使我们堕入万劫不复的深渊，这使人不由想起萧伯纳那句话：人生两大不幸，莫过于失去梦想和梦想成真。

我忘不了他。马仔，1953年9月出生，小学文化。

《三月风》2011年第8期

文"痣"

"痣"和"痔"不一样，不疼不痒。虽如此，人们大都不喜欢，毕竟是身上的小斑痕、小疙瘩，增加不了美感。却又与身体割舍不开，毕竟是自己长的，也是爹妈给的，不管青的、红的、褐的、黑的，就认了。过去没有指纹采集、DNA 测定技术，看这有时比身份证还管用呢。

新中国成立后到改革开放前，江山一统实行的是部门所有制，以阶级斗争为纲和计划经济的需要，单位对人的管理，体现在文字上最要紧的莫过于人事档案了。其内容可以说是个人"小百科"：家庭、个人成分，记载历史功过，记录奖励处罚，血亲姻亲关系（上至曾祖下至孙辈），历次政治运动的表现，履历表、登记表，旁证材料，个人说明等等。一句话，起点、中点、终点，亮点、污点、疑点，不成档的就成"案"了；这些文字形成的"痣"，使你纵有凌云"志"，给戴顶"病"帽，即便"疑是"病，也幽灵一般，与你如影随形。文"痣"有金刚不烂之身，对你不离不弃，甚至它使你盖棺不能定论，还"荫及"亲属好友，影响当然以配偶、子女为甚。

20世纪八十年代，我参加过清理档案。先不说光怪陆离、啼笑皆非，牵强附会、无限上纲，国家大事、个人隐私，林林总总、纷繁复杂。当然也有共性特点，如年轻、根正苗红，卷宗内容简单，厚薄如学生练习册似的。年长又经历坎坷，至少如中篇小说一般，得耐着性子才能看完。

职工老陈，当过"反动军官"，平津战役被俘，他多次告诉我"按当时情况应该算起义"。我看过他档案里有五六张身着国民党军官戎装的照片，是他主动交给单位的。他们夫妻二人年轻时都在日本学习过，懂日语。落实政策回单位后，考虑他年纪大了就安排在门岗值班。老人壮心不已，天天拿着日语小辞典背单词。记得他说，当年我是热血青年，受三民主义感召，为理想从军的。营长给了好几个军饷空额，我还拒绝没有要呢。"文革"中老陈全家被遣送回乡，他的老屋也被房管局分给了四户人家住。落实政策回城后,他和妻子、女儿无处落脚,只好在原来房屋过道里搭床过夜,天没亮就得赶紧爬起来,免得被现住户斥骂。老陈跑了不知多少遍,收回房产也没有着落。当时他女儿十几岁了,实在撑不住了,急着找我。记得当时市房管局在登峰南路,工作人员见我是残疾人,可能动了恻隐之心,找了半天,把原房产证及落实政策申请书翻了出来,还附有档案"历史问题"的摘录。我想这不会是工作人员不积极的原因吧,麻烦是肯定有的,因为如果真落实了归还私房政策,还得找地方让那几户搬呢。

小林、小慧,长辈文"痣"的阴影就落到了他们身上。

小林是重度残疾青年,要求上进申请加入共青团。当时,入团的外调是必须的,实际就是看父母、兄弟姐妹有没有问题。小林父亲有一段刻骨铭心的经历,他是志愿军,在朝鲜战场被俘。档案在战俘营的一段文字记载下,清清楚楚用红墨水画上杠,在旁打了个大问号,该单位还特意提示我们这点。我还记得女青工小慧的事。她父亲是桥梁工程师,参加过武汉长江大桥建设,就因与苏联专家共过事,文革初期受到迫害,后失踪了。单位认为是自杀,那年代凭这就能定性为"自绝于党和人民"。小慧虽表现不错,为此入团还是几经周折。

一天,在清理中一张对折纸从档案袋掉在地上,我捡起来翻开一看,从纸里掉出个皱巴巴的东西,竟是个避孕套!这张纸是从普通笔记本上撕下的,里面写的是工人师傅老何,他最大爱好就是喝酒,终身未娶。一天下班后,百无聊赖的他,在离单位不远的东华东路瞎逛("文革"间改名为延安四路),无意碰上一"流莺",三十来岁,她递上一物,说若与她云雨一番,仅要5元。老何思想着实斗争了一阵,还是拒绝苟合。毕竟老工人还是有觉悟,为了检举坏人坏事,他把此物揣在身上，回单位报告了。不知当时他有否受到表扬，经办同志将他口述记录夹上缴获的"作案工具"，本着"对同志、对组织"高度负责的态度，作了归档处理。我嘀咕经办人当时是想证明老何的觉悟呢，还是……如果老何知道如此，估计打死也不会说这事。我未经请示，行使清档的"权力"，把体现人的动物性证物扔进了现实的垃圾堆。

看来，"痣"不比"痔"好，后者破皮嗜肤，前者戳心毁人哪！

我幸运能赶上今天的时代。自己不知叫感悟还是该叫醒悟。客观地说，充满政治特色的人事档案，是在极其复杂的历史环境下形成的，不能苛求前人。现在看似荒唐、可笑的事，说不定你当时做得更"过火"呢。只是，过去的文"痣"多是单位积累的，想不到的是，三十年后的今天，赚得"盘满钵满"的网络公司，催生、豢养的"大力水手"也在日夜加班、疯狂编造奇文怪"痣"，被"痣"者，无论猩红、黑褐、青紫，一夜捧成大众"香馍馍"，一帖又骂成全国"臭狗屎"。人们又在讨论，互联网、社交网站是"阳光天使"还是"潘多拉魔盒"？回头路是不能走的，网络受欢迎，是因能听其声，不见其人，极大地满足了人事实上平等、自由的追求。我想，今后像过去那样的档案清理是不会再有了。现在，海量造文"痣"的时代来了，不少人争先恐后，趋之若鹜。三十年、四十年后，儿孙们会说我们是"智叟"呢还是"稚童"？

当然，后面的事不想也可以，有点杞人忧天了。

《三月风》2011年第9期

疾行记

颠倒了的价值

这是两则真实的故事。

1985年,粤北一小村落遭水灾,无情的洪水,掠去了一个活泼可爱但双眼失明的小盲童的生命。事后,乡亲们质问小童的两个哥哥,为何不把自己的亲弟弟救出来?回答:"来不及了。"乡亲们不解,再问:"没有腿的家什都全搬出来了,有腿的活人倒没能耐拉出来?!"哥儿俩愧然。

本市某科研所,一位工作卓有成效而又半身瘫痪的研究员,要参加一次研讨残疾人工作的会议,从所里到会场二十里路,请求所里派车。行政办公室答曰:"该同志是参加社会活动,应由党委办派车。"球顺当地踢了过去。党委办复曰:"该同志是业务人员,属行政方面管理,当然由行政……"球又精准地踹了回来。严格的"分工"把研究员先弄懵了,管车的却不糊涂:汽油是各部门承包的,省下来……

时至今日,若引古人所云"仓廪实则知礼节,衣食足则知荣辱",来推定那些刺痛人心的社会现象,大概人们不会应允了。是啊,如果穷乡僻壤致使亲情淡如水,那繁华都市为何也时时善心难寻?倒是哲学家说过,存在决定意识,意识又反作用于客观存在。人们渐渐明白,经济发展了其社会意识不一定就自然跟着进步,一个地区如此,一个国家也如此。不是吗,多少年遗留下来的对残疾人的偏见、歧视,在我们一些已经拥有先进的技术或巨额财富的地方,在一些自诩"有现代思维方式"的"高尚"人那里，仍深植于脑，溢于言表。

敬老扶弱助残，是我国劳动人民世代相传的美德，现在，已成了现代文明社会共同追求的东西。当有识之士试图将过去颠倒了的价值重新回归，我想，生活在社会主义国家的人们，不更应该为残疾人的事去鼓与呼吗！

《穗声》，1989年第6期

有爱无碍

——黄山二日随笔

我到黄山，是在金秋十月的最后一个周末。在屯溪老街与新安江畔，首届两岸三地无障碍环境旅游研讨会暨轮椅黄山行十周年公益活动就要开始了。

到达会议驻地，已经是晚上八时多了，最先见到的迎接者程剑，是"轮椅黄山行"活动的主要组织者。三十年前的今天，一次惨烈的交通事故，他被迫离开了导游这个健步如飞的职业，从此与五湖四海的"轮友"为伴。从2006年开始，在当地志愿者的帮助下，他每年都组织轮椅上的残疾人上山，使许许多多的"重残"朋友实现了人生的"黄山梦"。程剑，"十年磨一剑"的坚持，也成了那里志愿者活动的"品牌"。

当晚九时过后，与肢残协会的几位同事相聚，大家有段时间没见面了，围绕着无障碍的话题，各抒己见气氛活跃，都说了很多的话，到子时才不舍地散去了。

第二天上午，是首届两岸三地无障碍环境旅游研讨会。主持人是安徽省残联理事长张纯和，他热情地一一介绍了与会来宾。其中有世界旅游组织专家组专家、安徽省文明办、旅游局、住建厅；湖南省肢协、河南省原肢协、上海市肢协；台湾无障碍协会、香港伤残青年协会；黄山市有关部门及来自中央、省、市有关媒体代表等。黄山市陆群副市长致辞时说，黄山市的地域面积和人口，恰好都是全国的"千分之一"，这概括挺形象的也好记，我不由笑着跟了一句：这真是"千里挑一"啊！肢协主席徐凤健等同行做了主旨发言，大家从字里行间能感受到这些年国内无障碍工作的进步与发展。

研讨会上，代表们发出了"无障碍环境旅游"的呼吁："全球残障人士已达6.5亿之多。残障人士与健全人一样，拥有着畅游大千世界、饱览秀美河山、享受美好生活的梦想和权利。然而，现实环境中方方面面的障碍让诸多残障人士望而止步。"倡议书希望全社会为五个"实现"一起努力：

实现出行交通无障碍。高速公路服务区、火车站、汽车站、飞机场、港口等公共交通服务场所应设立无障碍通道；允许视力障碍人士携带导盲犬乘坐飞机、火车、公交车，入住宾馆及进入公共旅游场所；旅游景区、文化场馆等要建有和开设坡道、盲道、盲文指示牌、语音提示设施、绿色通道、无障碍卫生间，配置备用轮椅、残疾人专用停车位等符合国家标准的无障碍服务设施；实现接待服务零距离。建立专门的残障人士旅游服务接待室，按规定落实残障人士减免门票的优惠待遇；成立专业为残障人士提供服务的旅游服务机构，开发适合的旅游产品，细分旅游市场，培训手语导游等服务工作人员；实现起居环境人性化。旅游宾馆、酒店、商场、银行等公共服务场所要建有无障碍电梯、无障碍卫生间、绿色通道、低位服务台等符合国家标准的无障碍设施，宾馆要有标准化无障碍客房；实现信息获取更快捷。加快建立无障碍环境旅游信息系统。景区、酒店、专业残障人士旅游服务机构在无障碍官网发布无障碍旅游及无障碍客房信息，方便残障人士提前了解信息，规划旅游线路；实现合法诉求先保障。任何旅游服务单位对残障顾客不得歧视，并根据残障顾客的需要给予适当帮助，对残障人的旅游投诉应给予优先办理。

台湾无障碍协会理事长林俊福介绍了台湾地区这方面的发展，他的结束语朴素而实在："若当地景点一定要去，没有无障碍设施，则应先做好功课，规划自己应如何克服，需要携带哪些辅具以辅助自己使用。""旅行让我们心胸开阔，恢复健康的身心灵，所以我们要勇敢走出去。"期间，香港伤残青年协会主席吴家荣医生送给我两本小书：《无障碍庙宇古迹游》、《湾仔区友膳食肆》，阅读后觉得颇有新意。他在序中写道："推行'无障碍旅游'旨在倡导社会大众关心有需要人士外出旅游时的需要和困难，并唤起各社会团体和机构认同无障碍旅游的理念。'无障碍旅游'是指任何人士，包括残疾人士、长者等，都能轻松自如地到达各旅游景点游览，并使用景点内的所有设施。"

从港岛的东华三院文武庙说到新界大澳，"小资料"共介绍了33处著名景点，全部注明了残疾人洗手间设在何处，并提出了改善建议和注意事项。同时，在香港湾仔区检查了约100家餐馆，对其内部无障碍设施以小册子形式公布，比如某家食肆："有升降机通达其他楼层"、"厕所进出口宽大、平顺无高差"、"附近5分钟路程内有无障碍车位"、"进出口斜坡有扶手"、"餐桌间距方便轮椅就餐"、"餐桌下有净空间,方便轮椅靠近"等等,这些信息看似平淡无奇,却恰恰是"不便者"最想知道的。

在山里两天下来,我感觉走的台阶是一年里最多的,两条腿还能走,这可不是每个人都能有的幸福啊。因活动的时间很紧,还要与山顶上的各地残疾朋友汇合,我的腿肌张力很弱,上下台阶已经不能交叉连步了,要两腿并拢站稳后再迈出下一步。太慢了,不得已坐了一段的滑竿,看见路人投来的目光,好像是在问我为啥不用腿走?还真有些"特别"不好意思的感觉。

接待我们一行的是黄山风景区管委会副主任程光华,他提出,要将黄山风景区建设为全国5A级残疾人(老人)旅游示范区,大家都颔首赞同。一路上,我们与省建设厅、管委会规划处的同志边走边看,带着问题考察、探讨如何改进景区的无障碍环境:乘坐光缆车处,有几级台阶,轮椅上不去,旁有空地可以增设坡道,并不影响环境;台阶的扶手仿松树干形状,贴近自然感观,但过于粗糙硌手,扶手不是用来看的,除安全功能外,是老人、残疾人上下台阶的依靠;提出完善全景区的无障碍标识系统;还要根据老人、残疾人特点来设计旅游线路产品,等等。

有人说,中国太大,这些事要慢慢来。试问,当今许多省会、地级市建设比欧洲许多地方都要好,为何无障碍环境却比不上人家的小城镇,这与区域的大又有何关系呢?巨大的进步与巨大的差距,这就是实实在在的现状。

无独有偶,我想起了回良玉同志的《七情集》,书中把"黄山情"

重度残疾人轮椅"黄山行"活动（2016年12月）

与"人道情"，放在了开篇的"一、二"章，生动地描绘了人与自然间的真善美："黄山的美，其突出的表征是独步天下的山水美、是独树一帜的人文美、是独具特色的发展美——我们从残疾人的期盼里，领悟到责任与担当；从残疾人工作的职能中，体悟到光荣与崇高；从残疾人工作者的身上，感悟到平凡与伟大。"我想如果有一天，残疾人所期望的"自由行"，成了真正的自助游、自主游或叫"自尊游"，无障碍景区让残疾人忘却了脚下的"禁区"，人文关怀的"善与美"成为祖国壮丽山河的灵动之气，那定会让天下人陶醉啊。

黄山百里，处处弥漫着清新的松香，沁人肺腑，我真不舍得大口地去吸啊，似乎这样太奢侈了。值了，我登了今年里最多一次的台阶，也被奖赏了一年里最好的空气。巍巍黄山，是大自然举荐的佼佼者，它的馈赠来自我们绵绵不断的爱惜。同样，如果人们懂得善待弱者，得到的一定会更多、更多……

《三月风》2017年第1期

后　记

　　如果说这是在回顾历史，说不定会有人哑然失笑，因为它的确太"年轻"了。即便如此，过去几十年的事情，如同江河里漂流的浮萍，在波光里若隐若现，起伏在清晰与模糊之间。幸好大多数同事与朋友都在，共同的回忆使过去时光褪去点点锈色，返还它朴素的真实。《疾行记》按时间顺序，分上篇（1968~1988年）、下篇（1989~2000年），叙述作者在广东期间生活、学习和工作的经历。外篇则选辑了与之有关联的若干闲章，亦涉及历史、文化和社会等方面，这就摆脱了"上下篇"的时间局限。这里叙述的毕竟多发生在过去半个世纪里，疏漏造成的遗憾也是难免的。

　　我衷心感谢张永安、宋卓平、孙俊明、梁左宜、陈学军、胡作鸿、杨毅、梁炬、叶启蓁、陆展中、李小峰、江明旭、廖志刚和欧永波等同事，他们给了我很多真挚热忱的帮助。我特别感谢华夏出版社黄金山、潘平和赵楠等同志，他们在该书出版过程中奉献了宝贵的时间和精力。

戊戌年春

图书在版编目(CIP)数据

疾行记／王新宪著．－－北京：华夏出版社，2018.8
ISBN 978－7－5080－9492－2

I.①疾… II.①王… III.①散文集—中国—当代 IV.①I267

中国版本图书馆 CIP 数据核字（2018）第 107167 号

疾行记

作　　者	王新宪
责任编辑	赵　楠
出版发行	华夏出版社
经　　销	新华书店
印　　装	三河市万龙印装有限公司
版　　次	2018 年 8 月北京第 1 版　2018 年 8 月北京第 1 次印刷
开　　本	710×1000　1/16
印　　张	24.25
字　　数	288 千字
定　　价	68.00 元

地址：北京市东直门外香河园北里 4 号　　邮编：100028
网址：www.hxph.com.cn　　电话：(010)64663331（转）
若发现本版图书有印装质量问题，请与我社营销中心联系调换。